Shannon Price

GANGUES DE SÃO FRANCISCO

TRADUÇÃO
UBK Publishing House

ubook ubk Publishing House

Publicado mediante acordo com Laura Dail Literary Agency, Inc. Edição original do livro *A Thousand Fires*, publicada pela Tor Teen.

COPIDESQUE Know How
REVISÃO Thamiris Leiroza e Débora Ferreira
CAPA Bruno Santos
DIAGRAMAÇÃO Studio Oorka

Dados Internacionais de Catalogação na Publicação (CIP)
(Câmara Brasileira do Livro, SP, Brasil)

Price, Shannon
Gangues de São Francisco / Shannon Price ; tradução UBK Publishing House. -- Rio de Janeiro : Ubook Editora, 2021.

Título original: A thousand fires
ISBN 978-65-5875-105-2

1. Ficção norte-americana I. Título.

21-56219 CDD-813

Ubook Editora S.A
Av. das Américas, 500, Bloco 12, Salas 303/304,
Barra da Tijuca, Rio de Janeiro/RJ.
Cep.: 22.640-100
Tel.: (21) 3570-8150

Para meus pais.

*

Com amor especial a Nick Gomez-Hall.
Sinto sua falta todos os dias.

NOTA DO AUTOR

Li a *Ilíada* pela primeira vez na faculdade, e a história ficou comigo de uma forma que nenhuma outra ficara antes — imagens vivas, personagens inesquecíveis e combates emocionantes que ainda causam arrepios na espinha séculos depois que o poema foi escrito. Anos depois, enquanto eu morava na periferia de São Francisco, comecei a imaginar o épico de Homero em uma versão alternativa daquela cidade que mexia comigo com a mesma energia vibrante.

A *Ilíada* é, inquestionavelmente, um texto sobre guerra e contém muitas representações variadas de violência e brutalidade. Ao escrever *Gangues de São Francisco*, tomei esses mesmos elementos emprestados e apliquei-os a um cenário moderno. Não incentivo nem sou uma defensora da violência, em nenhuma forma, e este livro não pretende defender o uso de armas ou da agressividade. É ficção inspirada por um mito atemporal e por uma cidade muito querida por mim.

Gangues de São Francisco é uma história que tenho na cabeça há muitos anos e estou emocionada por finalmente compartilhá-la com o mundo. Boa leitura!

De coração,
Shannon

Canta-me a Cólera — ó deusa! — funesta de Aquiles Pelida, causa que foi de os Aquivos sofrerem trabalhos sem conta e de baixarem para o Hades as almas de heróis numerosos e esclarecidos, ficando eles próprios aos cães atirados e como pasto das aves.

Homero, Ilíada, I.1-5

1

Você completa 18 anos, e eles o encontram. É assim que você é selecionado.

Dezoito anos de idade — velho o suficiente para ter seu coração calejado, jovem o bastante para que o sangue ainda pulse através dele.

Nem todos são recrutados, é claro, mas as gangues são inteligentes. Elas escolhem aqueles que não têm nada a perder. Os que estão com raiva. Aqueles que se juntam à infame Guerra da Ponte Vermelha de São Francisco o fazem de boa vontade.

— A ponte não é vermelha — disse Leo uma vez —, é laranja. Aprendemos isso na escola.

Ele estava errado, penso. Eu via vermelho.

Mas isso foi há muito tempo, em praticamente outra vida, e hoje à noite tudo vai mudar.

Minha mãe e eu nos sentamos em lados opostos da mesa da cozinha. A superfície da mesa tem velhas manchas de tinta brilhante e marcas de giz de cera: um registro da minha infância. Tento tirar um pouco das marcas com a unha.

Lá fora, os postes iluminam o nevoeiro como dentes-de-leão de luz laranja em um mar cinza escuro. Batuco os dedos na minha caneca de café Blue Bottle. Meu pai me deu dois sacos dessa marca de café ontem, antes de partir em sua viagem de negócios.

— Sei que eles não vão recrutar você — disse ele —, mas se fizerem isso, diga "não". Não creio que virão atrás de você, mas...

— É para eu dizer não. Eu sei.

Fiquei com o coração partido diante de seu olhar de alívio. Meu pai nunca foi um homem de muitas palavras. Mesmo comigo, sua filha mais querida. Agora, sua única filha.

De volta ao presente, a caneca de minha mãe permanecia descansando na frente dela, intocada. O cabelo dela, geralmente bem arrumado, está preso em um coque baixo e, em vez de blazer e calça comprida, ela está usando um robe lilás desbotado e calças de pijama.

Eu espeto meu garfo no glacê do bolo em cima da mesa entre nós. Lyla diz que dá azar fazer o próprio bolo de aniversário, mas nunca me importei. Fazer doces é o meu único consolo. Adoro o ritmo do processo: as frestas finas que vão se abrindo na casca dos ovos, a faca que a gente passa na boca da xícara para nivelar a farinha e o açúcar, o som da batedeira enquanto observo os redemoinhos dos batedores gêmeos se misturando um ao outro.

Cozinhar ocupa minhas mãos e, mais importante, desanuvia minha mente. Manusear uma massa é como arejar meu cérebro. Misturo os ingredientes durante o dobro do tempo indicado, nunca quero parar. Às vezes isso estraga a receita, mas, na maioria das vezes, as coisas saem bem. Se não, descarto tudo e começo de novo.

Ao nosso redor, a cozinha parece um festival de doces — uma bandeja de muffins de mirtilo que fiz na terça-feira às três da manhã, quando não conseguia dormir; um prato de bolinhos meticulosamente decorados que sobraram da reunião organizada por minha mãe para arrecadação de fundos na noite passada; e a sobra dos cookies de chocolate que enviei para o trabalho de meu pai antes de sua viagem. Todo mundo no escritório dele me ama: a filha que faz doces. Eles pensariam diferente se soubessem por quê.

Mas a Guerra é a minha chance. Sei que é arriscado, mas é tudo o que tenho. Toda a minha pesquisa, toda a perturbação na cabeça de Matthew com mil perguntas — tudo isso valerá a pena quando os Herons me escolherem. Olho o relógio: já são 22h26. As gangues sempre escolhem novos integrantes no aniversário deles. *Vamos lá,* eu imploro mentalmente. *Estou pronta. Vamos lá.* Só preciso saber — vão me escolher ou não? Posso tentar compensar o que aconteceu ou não?

Minha mãe está segurando um bilhete amassado do qual eu sabia, no mesmo instante em que escrevi, que iria me arrepender muito. E agora eu me arrependo mesmo. Tem um armário no meu quarto onde há muito tempo guardamos aquelas coisas que a família só usa uma vez por ano, e claro que minha mãe simplesmente tinha de ir lá guardar a decoração de Halloween.

Ela se deparou com minhas malas, minhas coisas embaladas. Ela é esperta — sabia o que aquilo significava. Bastou o terror na voz dela, quando a ouvi me chamando lá de cima, para que eu adivinhasse o que acontecera. Em retrospectiva, vejo como foi estúpido da minha parte deixar as coisas naquele armário, mas não há como mudar isso agora.

— Querida, não faça isso — diz minha mãe. — Termine a escola, e então você pode tirar um ano de folga. Você sabe que seu pai e eu concordaríamos com isso. Mas não isto — ela balança a cabeça negativamente. — Val, você pode morrer.

— Eu sei, mãe.

— Então, *por quê*?

Eu me afasto dela. Ela sabe por quê.

— Eu não vou deixar — garante ela.

— Tenho dezoito anos. Legalmente, você não pode me impedir se eu escolher ir.

Ela começa a chorar. Mesmo com toda a minha determinação, quase desisto ao vê-la enxugando as lágrimas do rosto — se eu continuar sentada aqui, vou ceder. Então, levanto e coloco os pratos sujos na pia, sempre de costas para minha mãe. Abro a torneira. A água estava começando a ficar quente quando minha mãe diz:

— Querida, isso é por causa do Matthew?

— Não, mãe. Caramba.

— Sei que vocês terminaram, mas você sabe como os Westons são...

— Quero entrar na Guerra, mãe. Não se trata de Matthew. É sobre mim.

— Você se juntar a eles não trará seu irmão de volta.

Meu telefone recebe uma notificação. Enxugo as mãos molhadas no jeans, verifico a tela. É a Lyla. Ela deveria ter me mandado uma mensagem antes de embarcar no avião, mas deve ter esquecido. Lyla fez dezoito anos em outubro. Nenhuma das gangues veio atrás dela — como a maioria das pessoas, ela e a família ficaram aliviadas. Mesmo que alguma gangue a tivesse procurado, teria de enfrentar a vó cubana e durona de Lyla.

Abro a mensagem.

PRESA NO AEROPORTO. VOCÊ PODE VIR ME BUSCAR?

Momentos depois:

O MATTHEW TE DESEJOU FELIZ ANIVERSÁRIO?

Mamãe enxuga os olhos com um pano de prato.

— Quem é?

— Lyla — respondo. — Ela quer que eu vá buscá-la no aeroporto.

Minha ansiedade e meu nervosismo dão uma trégua quando recebo a mensagem de minha melhor amiga toda em letras maiúsculas. É uma coisa nossa — nunca trocamos mensagens de outra forma, mesmo que seja uma bobagem como ESQUECI MEU LANCHE ou VOCÊ TEM UM ELÁSTICO DE CABELO SOBRANDO?

Começo a digitar uma resposta do tipo desculpa-mas-não-posso-responder-agora, mas meu coração se enche de remorso e eu a mudo para: DEIXA COMIGO. SAINDO AGORA. CHEGO AÍ EM 45 MINUTOS.

Tomara que não tenha trânsito.

Minha mãe vira para o relógio. São 22h28.

— Vamos buscá-la.

— Você não precisa ir.

— Não vou deixá-la ir sozinha.

— Os Herons vão me encontrar você estando comigo ou não.

Levanto e vou para o cabideiro perto da porta da frente. Enquanto pego meu casaco, olho para uma pequena moldura dourada na lareira. As asas de prata brotam de ambos os lados. Entre elas, um garotinho com sorvete de menta nas bochechas dá um sorriso largo, o cabelo castanho dele é igual ao meu.

Os Herons me encontrarão seja como for — acredito nisso. Terei de voltar para buscar minhas malas de qualquer maneira, e então nos despediremos. Quando eu me juntar à Guerra, não poderei voltar para casa por pelo menos um ano. As gangues têm muitas regras para evitar a rejeição de toda a cidade e manter os integrantes afastados da família é uma delas. Assim como também é regra o poder de escolha: eles podem tentar recrutar você, mas você também pode dizer não.

— Já volto — digo à minha mãe.

— Val, por favor. *Mahal kita.* — Ela se levanta e me abraça com força.

Mahal kita. Significa "eu te amo" em tagalo. Minha mãe só usa sua língua materna para duas coisas: conversar com meu tio e me fazer prestar atenção ao que ela está dizendo. *Mahal kita* é nosso código. Nós o reservamos para ocasiões especiais, como antes de ela fazer uma longa viagem de negócios ou no primeiro dia de aula.

Minha mãe dizer isso agora significa muitas coisas. A Guerra é uma dessas coisas em que os pais acreditam e não acreditam. *A Guerra é real*, eles pensam. *Mas não vai afetar minha filha. Não vai afetar meu filho. Meu filho não vai participar, não vou permitir.*

Cada minuto a mais que passo aqui faz meu espírito vacilar, como areia sendo jogada em uma fogueira de raiva. Eu me retiro de seu abraço e pego minhas chaves da cesta ao lado da porta.

— Tchau, mãe, te amo. — A porta bate atrás de mim, abafando o grito da minha mãe.

Houve um tempo em que mamãe teria me seguido com fogo nos olhos e uma determinação materna que poderiam derrubar as muralhas da cidade. Mas isso foi antes de Leo, antes que ela ficasse devastada. Amo minha mãe — e é exatamente por isso que preciso deixá-la agora, mesmo que as garras da dor rasguem minhas entranhas da mesma forma que a culpa tem corroído meu coração desde aquele dia, há dois anos.

Lá fora, minha cidade está fria e quieta, e ajusto meu casaco mais próximo ao corpo. Destravo meu carro, suas luzes piscam na névoa. Abro a porta e estou prestes a entrar quando ouço meu nome.

Matthew corre em minha direção. Seu cabelo escuro está desalinhado e ajeitado ao mesmo tempo, de um jeito incrivelmente sexy que só ele tem — não, não. *Ele terminou com VOCÊ. Você está proibida de pensar que qualquer coisa que ele faça é minimamente atraente. Ele é seu amigo e mais nada.*

— Feliz aniversário — diz Matthew.

— Feliz aniversário para você também.

Vizinhos desde os sete anos de idade, sempre achei legal que eu e Matthew fizéssemos aniversário no mesmo dia. Continuei pensando assim mesmo quando deixamos de ser crianças e eu aprendi sobre a Guerra. Não importava o que acontecesse, eu sentia que nossas histórias estavam entrelaçadas. Eu adorava isso. Ainda adoro.

— Você está bem? — pergunta ele, com o olhar preocupado.

Meneio a cabeça.

— Sim. Só rolou uma briga com minha mãe. Está tudo bem.

Ele apoia um cotovelo no teto do carro.

— Aonde você vai?

— Aeroporto de São Francisco. Lyla está presa lá.

— Que droga!

— É. Só vou buscá-la e já volto.

— Tudo bem. — Ele põe as mãos nos bolsos da frente e treme. — Presumo que os Herons não passaram por aqui...

— Não. Você?

Ele parece aliviado.

— Não.

Graças a Deus. Se Matthew ainda não tem notícias deles, então estou bem. Ele vai ser um Heron, sem dúvidas — os dois irmãos dele foram e a família dele é ligada aos Herons desde o início. Ficaremos juntos o ano inteiro. Além de precisar deixar minha mãe e tudo mais, ainda não parei para imaginar o que vai acontecer em seguida entre mim e Matthew, dada toda a nossa história.

— Volto logo — digo novamente. — Tente parecer surpreso quando os Herons baterem à sua porta.

— Não há garantia.

— Ah, faça-me o favor. Você é como o príncipe herdeiro do trono dos Herons, graças a Alex.

Matthew ficou tão chateado quando seu irmão, Alex, entrou para a gangue. Sempre foram tão unidos desde a infância. O outro irmão de Matthew, Aaron, é muito mais velho e do tipo ovelha negra. Ele vive sozinho em uma cabana em Tahoe e nunca vem à cidade, nem mesmo no Natal.

Mas Alex — Alex é diferente. Ele é o irmão que compartilhava o gel para cabelo, com quem Matthew jogava basquete. Sério. A noite em que Alex se juntou aos Herons foi a primeira vez que Matthew chorou na minha frente. Acho que ele estava com medo de que o irmão fosse assassinado.

É um medo que nunca tive.

— Acredite em mim, eu sei. Tenho sangue Heron. — Ele levanta o tom na palavra *sangue*, numa imitação perfeita dos trejeitos de sua mãe. Ela é uma pessoa de bom coração e geralmente bem-intencionada, mas só para manter a própria imagem. Nunca a vi com um fio de cabelo fora do lugar.

— Sangue Heron. Quem me dera ter isso — murmuro.

— Não, você não quer isso.

— Eu quero sim. Aí eu saberia com certeza que seria recrutada.

Ele não diz nada, apenas abaixa a cabeça. Ele está escondendo alguma coisa — você aprende uma coisa ou duas sobre uma pessoa depois de ser amigo dela por anos. E de namorar com ela, também.

Matthew e eu estávamos juntos há apenas seis meses quando ele terminou o namoro. Mas foram seis meses de felicidade. Lyla disse que tudo entre nós dois era como a magia da Disney.

— Um cara e uma garota não podem ser amigos por tanto tempo sem que apareçam certos sentimentos — disse-me ela depois que ele me convidou para o baile de formatura. — Este é o seu destino. Está escrito.

Mas isso tudo foi em março, antes de Matthew terminar o namoro, no final de julho. Simples assim. Ele disse que queria se concentrar em se preparar para a faculdade, e eu o chamei de mentiroso. Já tinha a sensação de que ele estava pensando em entrar para a Guerra. Ele pediu desculpas centenas de vezes até que gritei para que fosse embora.

A raiva se tornou uma companheira próxima — qualquer coisa para esconder o quanto eu estava magoada e confusa. Lyla me ajudou a superar a fase de lágrimas e de consumo de comida calórica, e Matthew e eu nos evitamos durante o restante do verão.

Então, o perído escolar recomeçou e nós ainda nos encontrávamos por aí, ambos silenciosos, decididos a deixar o passado para trás, sem nunca mais mencioná-lo. Passei cada vez mais tempo com Lyla e o pessoal do teatro, agradecida por ser acolhida na escuridão do sótão dos bastidores onde assistíamos aos ensaios.

Ainda assim, as lembranças nunca estão longe: namorar na cabana da família dele no alto das montanhas, passear juntos na Cupid's Span ou a maneira como ele ainda sorri para mim do outro lado da sala de aula...

Uma mão na minha bochecha me traz de volta ao presente. Matthew se inclina, sussurrando meu nome apenas uma vez, de modo bem suave. Desesperadamente. Depois, ele me beija.

Seu beijo é brusco — e eu *adoro*. Não treinei nem me preparei para este momento. Simplesmente aconteceu. Aproveito o máximo que posso, e a distância entre nossos corpos desaparece. Ele se afasta logo e meu coração quase salta pela boca.

— Desculpe — diz ele. — Eu não...

— Tudo bem — respondo, evitando seu olhar para que ele não veja meu sorriso. — Sem problema.

— Olha, eu sei que terminar com você daquele jeito foi uma merda, mas eu não queria. Só pensei que seria... melhor.

— O quê?

— Não significa que não amo você — confessa ele. — Porque eu amo. Eu amo você.

Digo a primeira coisa estúpida que meus lábios conseguem articular:

— Você me ama?

Nunca tínhamos dito isso, não assim. Não como se ele tivesse se preparado a vida toda para este momento.

— Sim, eu amo você — diz ele, e espera.

Eu fico paralisada. Meus membros estão moles, dormentes e formigando ao mesmo tempo. Matthew me ama. Ele não queria terminar. Então, por que terminou? E por que diabos isso importaria quando...

— Eu te amo — digo, simplesmente.

Inclino minha cabeça para cima para encontrar o beijo que sei que está por vir. Apertamos os braços um ao redor do outro até que não houvesse nem mesmo a esperança da menor distância entre nós. Quando ele me solta, encosto minha cabeça em seu peito. Consigo ouvir o batimento do seu coração.

— Vou cumprir meu ano — diz ele. — Não posso dizer não, por causa da minha família e tudo mais. Sempre foi meu plano me juntar à gangue.

Aperto os braços ao redor de seu peito.

— Vamos cumprir nosso ano juntos — digo, enquanto um calafrio atravessa meu corpo. — A menos que você já saiba de algo que eu não sei.

— Se eu soubesse de alguma coisa, eu diria a você. — Matthew abaixa os braços e se afasta, ficando com apenas os dedos entrelaçados aos meus. Ele aperta minha mão direita, depois levanta a outra. — Juro, juradinho.

Cruzo nossas mãos e nossos dedos. Leo inventou isso — ele nos obrigava a fazer esse gesto quando pensava que estávamos enganando-o. Envolver o dedo mindinho em forma de promessa não era suficiente para meu irmãozinho. Ele sempre nos obrigou a cruzar todos os dedos. Com o tempo, Matthew e eu passamos a fazer isso também. É uma promessa inquebrável, um voto sagrado que significa que estamos sendo cem por cento honestos um com o outro.

Aceno com a cabeça, apertando os mindinhos dele com os meus antes de abaixar as mãos. Matthew sorri.

— Vá buscar Lyla. Estarei aqui quando você voltar.

Gesticulo que sim, ainda tonta por causa do beijo. *Por causa de tudo.*

— É bom que esteja mesmo.

Entro no carro e dou a partida. Minha respiração está acelerada e me sinto mais viva do que nunca. Abro a janela.

— Ei, vizinho?

— Sim, vizinha?

Peço que ele se incline. Quando ele o faz, eu o puxo pelo colarinho da camisa e o beijo. Intensamente. Eu o solto.

— Eu te amo.

A maneira como ele me olha é tão perfeita que por um momento esqueço o passado, a culpa, as cicatrizes e o sangue que correu pelo pavimento como tinta.

— Eu também te amo.

Eu poderia morrer por aqueles olhos aqui e agora, mas Lyla está esperando por mim. Matthew bate no teto do carro e volta a subir a ladeira para casa. Recupero meus sentidos o suficiente para ir em direção ao aeroporto.

Matthew me ama, e vamos nos unir aos Herons.

Esta noite é o destino, penso eu, lembrando das palavras de Lyla. *Esta noite.*

Eu me inclino no banco do carro conforme a cidade de São Francisco passa por mim do lado de fora. Repassei mentalmente todos os fatos sobre a Guerra que memorizei durante os últimos anos, como se isso fosse alinhar as estrelas a meu favor. Há um site de "fãs" e contas no Twitter de internautas que monitoram a Guerra na segurança de suas casas. Eu acompanho todos, além de fazer minhas próprias pesquisas.

A primeira gangue a surgir foram os Herons. Pelo que li online, eles eram originalmente um clube para criação de empresas de tecnologia — um lugar onde as pessoas podiam se encontrar, trocar ideias e consolar umas às outras quando os projetos fracassavam. Richard Weston, o pai de Matthew, foi um dos membros fundadores.

Depois veio o boom de empresas "ponto com" dos anos 1990. Ter as conexões — ou melhor, o dinheiro certo no bolso certo — era tudo. Os Herons financiaram alguns dos primeiros supercomputadores. Os pais de Matthew conheceram Steve Jobs e Woz muito antes da fama.

Com o tempo, ser um Heron passou de ser motivo para se gabar a um ponto em que as pessoas se definiam exclusivamente por aquela identidade. Os Herons se tornaram tão populares que havia uma taxa para se unir a eles. A taxa dobrou e depois triplicou da noite para o dia, chegando rapidamente a centenas de milhares. Alguns resistiam à mudança, mas a maioria ia bater, com as mãos ávidas, nos portões perolados do Clube Heron. Todas as empresas queriam trazer seu dispositivo, site e software para o altar do Clube Heron — no caso, o conselho de investimentos.

Os magnatas da tecnologia ou eram Herons ou eram não Herons — o que nem sempre importava, é claro. Mas quando importava, *realmente* importava. As famílias cresceram como dinastias, e pessoas como Matthew não conheceram um mundo diferente daquele.

A segunda gangue, os Boars, começou como uma brincadeira — um clube para "homens comuns", sem o ar pretensioso que os Herons tinham. Enquanto os Herons vinham de South Bay ou de outro estado, os Boars se orgulhavam de serem originários da "verdadeira" São Francisco. Qualquer pessoa nascida em São Francisco pode fazer parte da gangue dos Boars. Pelo que vi na internet, eles não *faziam* muita coisa além de elaborar petições contra os novos projetos de construção dos Herons e gritar na rua com os membros da gangue rival.

Então, há cerca de dez anos, algo mudou e os dois grupos passaram de discussões para espancamentos nas ruas, assaltos à mão armada e depredação de estabelecimentos comerciais. As pessoas pararam de brincar sobre os integrantes dos Boars: se você faz parte da gangue, significa que você é perigoso e que tem orgulho disso.

Os bairros passaram a ser reivindicados por uma gangue ou por outra, os pontos de ônibus e as latas de lixo estampados com símbolos dos Boars ou dos Herons. As brigas começaram a aumentar até que a polícia interveio, e os Boars encolheram até quase desaparecer. Um repórter do *San Francisco Chronicle* escreveu um editorial sugerindo que a polícia deu mais margem de manobra aos Herons porque muitos integrantes fizeram doações para as forças policiais. Não duvido disso.

Não é difícil avistar os Herons pela cidade e nas áreas vizinhas. Eles sempre se vestem com roupas imaculadas cor de marfim, como se tivessem acabado de sair de um catálogo da Ralph Lauren. Esta é a cor dos Herons — branco. A cor da candura e da inocência, como os Herons querem que o público pense que eles são.

Os membros públicos do clube — no Facebook, no Twitter e no resto — mantêm firme a postura de que não estão de forma alguma ligados ao grupo de adolescentes desmiolados que se autointitulam Young Herons. São os integrantes desse grupo que realmente saem às ruas atrás de encrencas com os Boars.

Enquanto os Herons usam branco, o uniforme dos Boars inclui um capuz cinza com listras vermelhas na lateral. Já vi pessoas embarcarem no trem em uma estação do sistema BART[1] e descerem na seguinte quando veem um Boar no mesmo vagão. As pessoas preferem perder um compromisso ou chegar mais tarde em casa a ficar no mesmo espaço que um Boar.

Ninguém sabe muito sobre a terceira gangue, os Stags. Eles se vestem de preto — mas todos os outros habitantes da cidade que usam roupas da The North Face também se vestem assim. Eles surgiram há poucos anos. Meu pai nem sequer acredita que eles são reais. "Apenas um bando de aspirantes", de acordo com ele.

1. *Bay Area Rapid Transit*, sistema de transporte público da área da baía de São Francisco. [N.E.]

Bato a mão no rádio, desligando-o. Os Boars arruinaram minha vida de tantas maneiras — sem eles, eu nem sequer saberia de nenhum desses acontecimentos. Eu seria como qualquer outra pessoa: preocupada com a faculdade em que vou entrar, o que quero de presente de Natal ou com que vestido irei ao baile de formatura. Talvez ainda estivesse planejando as férias familiares em algum lugar. Tive a sorte de crescer numa família que viajava regularmente, mas havia um lugar que sempre quis ir, mas nunca soube como: as Filipinas, onde minha mãe cresceu.

Eu costumava imaginar minha mãe, meu pai e Leo caminhando comigo por estradinhas de terra, respirando o ar tropical úmido e vislumbrando o mar entre densas matas. Eu queria experimentar o frenesi da vida urbana, mas também visitar as regiões mais calmas e até mesmo aquelas que atraem turistas. O fundo da tela do meu telefone já foi uma imagem das cachoeiras de águas azuis cristalinas de Cebu.

Apesar de meu tagalo estar bem enferrujado, para dizer o mínimo, há muito tempo sei que não me sentirei completa até visitar as Filipinas. Uma vida inteira de projetos escolares sobre "de que país você é" tinha fomentado ainda mais esse desejo.

Mas todos os meus sonhos de novos horizontes morreram com Leo.

Meus olhos começam a marejar, mas resisto ao choro. *Não chore, Val. Concentre-se.*

Chego a um semáforo e o carro atrás de mim acende os faróis. Fico tensa — já ouvi histórias horrorosas de pessoas que param por um motivo bobo na estrada e são sequestradas — ou pior.

Mas e se forem os Herons?

O semáforo fica verde e permaneço observando o carro atrás de mim. Ele pisca os faróis novamente. Desta vez, alguém acena. Vejo uma manga branca para fora da janela.

Tem que ser eles, penso. Como sabiam onde eu estava? Não importa, está acontecendo.

As luzes dos carros em alta velocidade na rodovia passam à minha frente, mas encosto em uma rua lateral. Desta vez, o carro atrás de mim pisca os faróis repetidamente, o que tomo como um bom sinal. Quando paro, o outro carro também para.

Quase imediatamente, outros dois carros surgem, cortando à minha frente e bloqueando minha lateral. As figuras se precipitam para fora dos carros; nenhuma delas está usando branco. Até mesmo o primeiro motorista que vi desaparece na multidão.

— Merda. — Ligo meu carro novamente. — Ah, meu Deus.

Com certeza é assim que as pessoas morrem. Mudo a marcha com a mão já suada de pânico. Pisando com força no pedal do acelerador, desloco o carro para fora da posição em que estava, mas automaticamente piso nos freios — o instinto me salva de atropelar a terceira figura que aparece na minha frente.

Alguém bate na minha janela. Um par de olhos perversos me espreita por cima de uma bandana vermelha que cobre o nariz e a boca da pessoa. Ele está usando um capuz. Um capuz cinza.

Ele bate na janela novamente enquanto outro Boar tenta abrir o lado do passageiro, mas está trancado. Cada parte de mim treme.

— Isso não faz nenhum sentido — *os Boars nunca me recrutariam. Não depois de Leo.*

O cara que se aproximou primeiro soca a janela e soca uma mão na outra duas vezes. Como não reajo, ele golpeia a janela com uma arma, empregando tanta força que me surpreende que ela não se quebre. Ele faz o movimento novamente.

— Desligue o motor.

Aceno para mostrar que entendi.

Alcanço a chave, meu carro estremece e fica em silêncio. Verifico o retrovisor procurando por um Heron de branco, que poderia desafiar os Boars e me levar para minha nova casa. A ironia de procurar um anjo salvador não passou despercebida.

— Vamos, Matthew — eu sussurro. — Por favor.

O primeiro Boar abre a porta lateral do motorista.

— Saia.

— O que você quer?

— Fora do carro!

Não me mexo. Ele agarra meu cabelo, solta meu cinto de segurança e me puxa para fora. Ele me joga no chão como se eu não fosse nada e meus joelhos raspam contra o concreto através do tecido da minha calça jeans.

— Está bem, está bem! — eu grito, levantando as mãos sobre a cabeça. Eu me viro para tentar sair correndo, mas estou cercada. As figuras fantasmagóricas vestidas de cinza e vermelho me observam, sorrindo e acenando umas para as outras. Tensiono meus músculos para evitar que tremam, mas não adianta.

— Recuso sua oferta de adesão — digo. — Eu não aceito.

Os Boars explodem em gargalhadas selvagens e estridentes — sou a pessoa mais engraçada que existe. O primeiro deles se aproxima de mim, tira uma pistola da cintura. Ele a aponta para o meu peito e cambaleio para trás, gritando.

— Ninguém disse que esta era uma oferta de adesão — diz o homem. — Ajoelhe.

— Por favor, não. O que eu fiz? Por que eu?

— De joelhos. No chão.

— Por que minha família? O que fizemos a vocês?!

Ele engatilha a arma de lado, como vemos nos filmes.

O ar parece se extinguir em meus pulmões enquanto meus pensamentos tropeçam em um labirinto de lembranças: um pequeno corpo jogado em uma calçada, uma respeitável família vestida de preto, um vizinho que enxuga as lágrimas...

Lamento muito, Leo.

Há um disparo.

O Boar à minha frente grita e agarra seu braço enquanto o sangue jorra do ombro.

Os Boars se dispersam. Neste momento, alguém me agarra e me levanta do chão. Com um zumbido nos ouvidos, olho para quem está me carregando — ele não está vestindo branco; na verdade, está vestindo o oposto.

— Um Stag? — pergunto-me em voz alta.

O cara me coloca no chão, atrás de um carro estacionado.

— Fique aqui — diz ele, empurrando e arrumando o cabelo bagunçado. Ele agarra meus ombros como se eu não o tivesse ouvido. — Não. Saia. Daqui.

Ele se lança de volta ao mar de figuras cinzas e negras, agachado. Eu me esforço para fazer o mesmo, encolhendo-me entre o chão e um Honda Civic azul. Raspo minhas mãos na calçada para me estabilizar.

Isto está acontecendo. As sensações, os sons, os Boars, os Stags. Tudo real.

Um cheiro desconhecido permeia o ar. Eu não sabia como é o cheiro de pólvora.

Conforme me enraizo no caos, os sons se desvanecem. O sangue pulsa em meus ouvidos enquanto espero que um Boar me encontre e termine o que a gangue começou.

Mas nada acontece. Depois ouço vozes.

Avançando um pouco, espio na direção do para-choques do carro. O Boar que me arrancou do carro dá um passo à frente para encarar um dos Stags. O resto dos membros da gangue dos Boars fica quieto, dando aos dois bastante espaço. O Boar guarda a pistola. O Stag não parece ter nenhuma arma. Ele empurra o ombro do Boar, que não revida.

Alguém toca no meu ombro. É mais um Stag — uma garota —, e ela parece entediada.

— Levante-se — diz ela. — Ninguém vai matar você hoje.

Uma sirene grita na esquina. Ao ouvi-la, o Boar ferido e o Stag correm em sentidos opostos, o último vindo na minha direção. Quando ele se aproxima, outros Stags emergem de seus esconderijos e giro a cabeça para contá-los. Cinco.

— Valerie Simons — diz o primeiro Stag. — Eu, Jax, ofereço a você um lugar na Guerra, ao lado dos Stags. Se aceitar, você será tatuada. Deverá ficar conosco por um ano. Depois, estará livre para sair, se quiser. Você aceita?

Os batimentos do meu coração ribombam na minha cabeça. Onde estão os Herons? Eu me afasto dele.

— Que... que horas são?

Jax, o líder, não responde. Ele olha para a Stag atrás de mim.

— 22h58 — diz ela.

Falta apenas uma hora. Posso correr esse risco? Estou tremendo novamente, a pior das Cinderelas, procurando algum sinal dos Herons. Luzes azuis e vermelhas reluzem na rua acima.

— Você aceita? — grita Jax.

Não são os Herons, mas também não são os Boars. *Só tem uma coisa...*

— Meu irmão — digo. — O nome dele era Leo Simons. Morreu em um tiroteio envolvendo os Boars. Você sabe quem o matou?

Jax sorri, lento e sinistro.

— Sim.

— Então, eu aceito.

Não tenho tempo para refletir sobre o que acabei de fazer. A Stag se aproxima de mim e cobre minha boca com um pano que cheira a ácido e sofrimento.

Eu desmaio.

2

Quando volto a mim, estou deitada em um sofá de uma sala de estar pouco iluminada que cheira a café e maconha. Os móveis parecem ter sido recolhidos em um lixão — um sofá laranja de dois lugares (bambo, por sinal), uma cadeira giratória cinza que seria imprópria até para o mais decadente dos escritórios, e um grande pufe. A enorme TV de LED é nova, no entanto. Um emaranhado de consoles de videogame e fios pretos se espalha no chão.

O único outro elemento que não é lamentável e desgastado é a imagem de um animal pintada com spray na parede à minha direita.

A gigantesca figura de um veado (animal símbolo que dá nome ao grupo) me encara, com seus olhos largos e atentos, chifres entrelaçados na direção do teto. O chifre da direita tem várias ramificações pontudas, mais do que um chifre de veado normalmente teria. Espinhos. O chifre esquerdo não é um chifre, mas uma espécie de pena enrolada.

Já vi a imagem antes em pôsteres nas paredes de estações do BART e nas rodovias. Todos na cidade conhecem os símbolos das gangues, mesmo que finjam não conhecer.

O estilo selvagem dos Boars ("javalis"), as asas curvadas dos Herons ("garças") e o olhar expressivo dos Stags ("veados").

Mas esta imagem é diferente. É arte, requintada e viva.

Levanto e escaneio a sala novamente, tentando manter a calma. Vasculho meus bolsos.

— Onde está meu telefone? — questiono, pensando alto.

A luz que entra pelo vidro da porta da frente é de um azul pálido, então concluo com segurança que já é de manhã. Se eu tivesse um relógio, saberia que horas são, mas há algum tempo meu pai notou minha quase obsessão com o horário e ficava perturbado quando eu usava relógio. Assim, em vez disso, simplesmente mantenho meu telefone comigo o tempo todo. Vasculho os bolsos novamente, minha ansiedade aumenta.

— Que horas são? — pergunto a mim mesma.

— 7h31— responde uma voz.

A Stag de ontem à noite está no corredor adjacente, com uma xícara de café. Usa uma bandana verde militar no cabelo ondulado e um top branco que deixava à mostra uma barriga de dar inveja aos praticantes veteranos de ioga. Pontas de chifres se erguem em seu quadril esquerdo. É uma tatuagem de veado — tinta escura em pele escura.

— Onde estou? — pergunto.

— Ingleside.

Penso no mapa da cidade para tentar me situar. Minha casa fica no Marina District — não muito longe, considerando alguns fatores; embora nada em São Francisco seja realmente muito longe.

— Onde está meu telefone?

— Foi destruído. Nós lhe daremos um novo.

— Destruído? — repito. — Eu tinha um monte de foto lá. Mensagens. Como vou ligar para... Você não pode simplesmente fazer uma coisa dessas!

Mãe. Pai. Lyla. *MATTHEW*. Preciso que eles saibam que estou bem.

A expressão da Stag se transforma em uma mistura de raiva e diversão.

— Jax faz o que quer. É melhor se acostumar a isso ou não vai aguentar cumprir o seu ano.

Um ano. Foi com isso que concordei, não foi? São as mesmas regras que os Herons e os Boars têm. Você serve a partir do dia em que faz dezoito anos até o dia em que faz dezenove.

— Me chamo Nianna — diz a garota. Ela pronuncia o nome lentamente (Ni-a-nna) como se eu fosse muito burra para entender.

— Valerie. — Dou alguns passos em direção a Nianna e aperto a mão dela. Outra tatuagem se revela em seu pulso: uma flecha estreita, finamente trabalhada com uma plumagem no final. — Há quanto tempo você é uma Stag?

— Oito meses — ela sorri. — Tempo suficiente para ter visto de tudo.

Nianna deixa sua resposta suspensa no ar enquanto soam passos do corredor. Outros dois Stags -— as roupas e cabelos desgrenhados gritando "casal" — se aproximam de Nianna. O rapaz é encorpado e de pele bronzeada. É apenas um pouco mais alto do que a moça, embora ele fosse um pouco curvado. Tufos de cabelo preto escapam de um boné de beisebol virado para trás em sua cabeça.

— Jesus! Você não dorme? — pergunta o cara.

Nianna dá de ombros e bebe um pouco do conteúdo da xícara em suas mãos.

— Tem café pronto.

— Porra, aí sim!

A garota ao lado dele fecha o casaco que está vestindo.

— Valerie, certo? Sou a Kate. — Ela aperta minha mão. — Prazer em conhecê-la.

Kate tem cabelos longos, estilo Rapunzel — um véu brilhante de ouro que se move quando ela se move. Os cabelos chegam até a cintura, mas de uma forma leve e natural, como se ela não se importasse ou percebesse.

— Prazer em conhecê-la, também. — digo.

— Este é Mako. — Ela aponta para o cara. — Está com fome? Amor, cozinhe algo para nós.

— O que você quer?

Kate olha para mim esperando uma resposta.

— Ah, qualquer coisa. Qualquer coisa está ótimo — digo. — Na verdade, o que eu queria era usar um telefone.

— Já avisamos sua mãe, se é com isso que você está preocupada. Suas coisas também estão aqui. Pegamos quando devolvemos seu carro.

Meu carro. Minhas coisas. Eles foram na minha casa sem mim.

Sinto um solavanco no coração quando imagino minha mãe com aquele velho roupão que ela costumava me deixar usar quando eu ficava doente — tão solitária — abrindo a porta da frente e dando de cara com estranhos. Impossível ela não ter chorado. Impossível ela não ter implorado para que mudassem de ideia e me devolvessem. Começo a morder meu lábio inferior nervosamente.

Minha mãe não pediu isso. Ela não pediu nada disso.

— Ovos com bacon, Mako — diz Kate. — Vegetariano para mim.

— Bacon falso saindo para a madame.

Mako começa a trabalhar na cozinha enquanto Kate pega minha mão.

— Vamos. Vou mostrar seu quarto.

Ela me leva pelo corredor curto, passando por um banheiro com chuveiro. Ao abrir uma porta lateral, ela desce uma escadaria que leva a um porão.

— Você fica com o esconderijo.

O *esconderijo* é, na verdade, a garagem. É tão aquecido quanto uma geladeira e lotado de móveis velhos e caixas de papelão cheias de sabe-se lá o quê. Junto à porta, há um conjunto de pesos e um espaço para malhar.

No canto, entre dois biombos japoneses, há duas camas de solteiros com lençóis dobrados em cima. Minhas malas estão empilhadas ao lado de uma delas, com um origami de papel laranja em cima. Não sei o que fazer com isso.

Engulo em seco — pensei que a uma hora dessas estaria desfazendo as malas em um quarto dos Herons, limpo e seguro. Matthew ao meu lado. Forço minhas unhas contra a palma da mão. Os Herons não vieram me buscar, mas sei que procuraram Matthew. Eu deveria ter recusado os Stags?

— Ei, Kate?

Ela franze a testa olhando para o chão, enquanto cutuca uma espinha no rosto.

— O quê?

— Com que frequência as outras gangues, tipo, se encontram? Por exemplo, se eu quisesse falar com um integrante de outra gangue.

Ela dá de ombros.

— Tudo isso tem de passar por Jax. Mas não costumamos *falar* com eles, e sim foder os seus planos.

— Ah. Tudo bem. Obrigada.

— Sem problemas. Vou deixar você se instalar. Ah! — Ela se inclina rapidamente sobre uma das caixas, puxando um vaso roxo e limpa a poeira do objeto na roupa. — Fique à vontade para pegar qualquer coisa que quiser. Eu nem sei de onde tudo isso veio. Mas suba daqui a pouco. Mako faz um café da manhã da hora.

— Está bem. Obrigada.

Kate sai em um redemoinho loiro, a escada range sob seus pés descalços.

A porta se fecha atrás dela, e eu tremo. Olho para minhas malas, e algo mais do que a razão me move até elas. Abro a divisão superior da mala menor e meto a mão lá. Meus dedos encontram um metal frio.

O canivete em minha mão traz uma sensação boa. Firme e *concreta*. Sob o tecido da minha calça jeans, sinto um formigamento na sequência de cicatrizes que possuo na perna.

Não. Coloco o canivete de volta na bolsa. Ainda não preciso disso.

Em vez disso, encontro um pano de limpeza esfarrapado e um limpa-vidros. Chuto uma caixa para fora do caminho e chego à janela para esfregar a sujeira e as teias de aranha até conseguir ver a luz através da vidraça. Ouço passos rangerem na escada novamente.

— O café da manhã está pronto? — pergunto à Kate e depois me viro. Não é a Kate.

Jax está com as mãos nos bolsos da calça. O cabelo dourado recém-lavado vai até a clavícula, e uma toalha paira sobre um dos ombros nus. Jax é pelo menos um palmo mais alto do que eu e caminha de cabeça erguida, como se ninguém se igualasse a ele. Não posso deixar de reparar em seu torso musculoso — magro, mas definido, como os caras da equipe de natação. O topo de sua cueca samba-canção xadrez está à mostra e consigo ver parte daquela musculatura em V que os caras têm e que eu nunca entendi. Uma tatuagem de veado se espalha sobre seu peito, orgulhoso e destemido.

Eu estava chocada demais para perceber isso ontem à noite. Jax não é apenas atraente: ele é o cara mais gostoso que já vi. A delicada barba por fazer em contraste com sua mandíbula faz seu rosto mais angular, e fiquei imaginando quantos anos mais velho do que eu Jax seria.

— Gostou do lugar? — pergunta ele.

— Claro. Gostei, é bom. Obrigada.

Seus olhos vão para o trapo na minha mão e ele sorri, admirado.

— Está aqui há dois minutos e essa é a primeira coisa que você faz?

— Estava muito sujo. — *Belo começo, Val.* — E é muito escuro aqui embaixo. Preciso de toda luz que conseguir.

Jax dá um passo para trás e liga um interruptor em um pilar ao lado da escada. Luzes florescentes brancas azuladas emitem um zumbido enquanto ligam.

— Ah. — *Estúpida.* — Obrigada.

— Por nada — diz Jax. Ele se aproxima de mim novamente. — Então, você queria isso há muito tempo, não é mesmo?

Fico vermelha — como evitar? — e tento manter contato visual enquanto aquele homem muito atraente, muito sem camisa fala comigo.

— Como assim?

— Você queria participar da Guerra. Tenho estado de olho em você — ele mexe no zíper da minha mala.

— Queria, acho que sim. Quero dizer, não pedi que ficassem de olho em mim. Estou aqui pelo meu irmão. Quero me vingar.

— Eu sei.

Ele sabe?

— Você pode me dizer quem é? O cara que o matou? Quero dizer, era mesmo um cara? Sei que a maioria dos membros é homem, mas...

Jax sacode a cabeça.

— Não vou lhe dizer nada disso.

Franzo a testa.

— Mas você disse que sabia quem era.

— E sei mesmo. Mas você não está pronta para saber.

— Estou sim — retruco. — Por favor, me fale. Preciso saber.

— Ah, então — diz Jax. — É que temos de resolver algumas coisas primeiro. — Ele se aproxima de mim, me fazendo andar para trás até ficar acuada entre ele e a parede.

— Ei! — Tento empurrá-lo de volta, mas Jax segura meus pulsos ao lado do meu corpo e o calor incendeia meu rosto. Não há para onde desviar o olhar, então, eu o encaro.

— A primeira coisa que você precisa saber — diz Jax — é que você não dará ordens por aqui. Eu dou. E você obedecerá a todas. Você nunca me desafiará — ele solta um de meus pulsos e coloca dois dedos em meu rosto. — Agora você é uma Stag, Valerie Simons. Diga que você entendeu.

Queria não estar tremendo. Eu confirmo com um aceno de cabeça.

— Quanto a seu irmão, sei quem o matou. Não foi correto, e quero que seja você a pessoa a matar o culpado. Quero que se sinta vingada. Mas se eu lhe dissesse agora, você sairia correndo, faria alguma estupidez e acabaria sendo morta. Não vou deixar isso acontecer.

— Eu não faria nada disso.

— Sim, você faria. Ou você correria para Weston e pediria que cuidasse do assunto. De qualquer forma, você sairia correndo. E, sim, sei sobre Weston.

Eu engulo em seco. Jax está certo? Não sou tão estúpida assim — não sei como encontraria essa pessoa uma vez que soubesse sua identidade, mas com certeza eu faria *alguma coisa.*

Jax se inclina para trás, aliviando a pressão no meu pulso que ainda estava preso.

— Sou um homem de palavra, Valerie Simons. Prometo lhe dizer quando você estiver pronta. Quando eu tiver certeza de que você é leal ao nosso grupo e que não vai fugir. Até lá, você é minha.

Merda. Quero perguntar muitas coisas, como quanto tempo ele pensa que vai levar para eu estar pronta, ou se ele me contaria se eu prometesse não fugir, mas sou mais esperta do que isso. Jax é líder de uma gangue — uma palavra errada e eu poderia acabar despertando a antipatia dele, e, então, nunca me diria.

Faça isso, faça pelo Leo.

— Entendi — digo, finalmente.

Ele relaxa os ombros e se afasta de mim.

— Não foi tão difícil, foi? Agora você é um dos meus. Cuidarei de você. Você fará sua tatuagem esta noite.

— Hoje à noite? — Eu sabia que esse momento ia chegar. Tatuar os integrantes era uma coisa comum às três gangues. Acho que esse é o *modus operandi* padrão das gangues, mas minha teoria é que isso é um teste mental, mais do que qualquer outra coisa. *Uma vez que você está dentro, não pode recuar.*

Jax responde à minha pergunta com um aceno de cabeça.

— Você ficará na guange por um ano. Se mudar de ideia e tentar fugir de alguma maneira, alertarei os outros líderes. Então, qualquer um tem sinal verde para matá-la. Mesmo que você escape, não há nada que impeça qualquer uma das gangues de tornar as coisas bem difíceis para seus pais. E eu não poderia protegê-los.

A explicação é clara: Jax não protegerá meus pais se eu for desleal.

— Você entendeu?

Minha mãe. Meu pai. Eles merecem um destino melhor do que serem adicionados às estatísticas sangrentas da Guerra. Se permanecer aqui os protege, eu ficarei pelo resto da vida.

— Sim — respondo com firmeza. — Eu entendi.

— Boa menina — diz Jax. — Não somos tão ruins assim, Valerie Simons. E ninguém vai mexer com você agora que está comigo. — Ele sorri. — Está com fome?

A hora da refeição é... surpreendentemente organizada.

Kate e Nianna pegam os talheres enquanto Mako traz os pratos com ovos, bacon, salsichas, torradas e até mesmo frutas frescas. Além disso, eles servem café e uma jarra de suco de laranja. Meu estômago ronca. A última coisa que comi foi o bolo com minha mãe.

— Sente. — Jax me aponta um assento.

Sem esquecer nossa conversa de minutos antes, faço o que ele manda. Os demais se espalham ao meu redor e eu me sinto um pouco menos inútil quando ouço alguém que acabou de sair da cama se espreguiçar lentamente.

— O melhor de nós enfim desperta! — exclama Jax.

O rapaz que se aproxima por trás de mim é magro, de cabelos pretos e curtos. Ele usa uma calça jeans desbotada e um moletom verde solto com o nome "Bolinas" estampado, um lugar ao norte da cidade, não sei exatamente onde. Seus braços e mãos estão cobertos de tatuagens.

— Bom dia — diz ele, ocupando o lugar ao lado do meu. — Sou Micah.

— Valerie. — Apertamos as mãos. Sua pele ainda está quente depois do sono reconfortante.

Enquanto os Stags ocupam seus lugares, eu os conto. Estão em cinco, assim como na noite passada. Eu me inclino para Micah e pergunto:

— Onde estão os outros?

— Que outros?

— Não há mais Stags?

— Só mais um, o Jaws. Você não o verá muito. Mas saberá quem é quando o vir.

— Então... só seis?

— Sete, com você. Os outros Stags estão em casas diferentes. — Ele mexe a cabeça de um lado para o outro, conforme vai tentando lembrar. — Além disso, há mais alguns que estão tecnicamente fora, mas poderíamos chamá-los se precisássemos.

— Ah. Ok. — Isso é... inquietante. Eu sabia que os Boars eram o maior grupo (li que existem entre setenta e cem deles). Sobre os Herons, é mais difícil calcular um número porque são mais cuidadosos, mas acredito que são pelo menos cinquenta. Eu pensava que os Stags eram, no mínimo, desse tamanho também.

Observando Micah, meus olhos viajam pelas tatuagens em suas mãos e antebraços.

— Onde você quer a sua? — pergunta ele.

— Hum. — Olho para meu corpo. — Não tenho certeza.

Eu queria uma tatuagem Heron nas costas. As asas se estenderiam sobre minhas omoplatas, elegantes e eternas. Mas acho que os chifres dos Stags podem dar o mesmo efeito. Micah se aproxima de mim.

— Incline-se para frente.

Quando me inclino, ele toca a pele macia na parte de trás do meu pescoço, bem abaixo da linha do cabelo. Os arrepios se estendem pela minha coluna vertebral.

— Aqui — diz ele. — Esse é o ponto ideal para você.

— Como você sabe?

— Eu sempre sei. Intuição de artista.

— É verdade — afirma Kate, enquanto se senta. Ela abre o moletom e puxa o tecido solto da camiseta regata que está usando por baixo, revelando o emblema dos Stags em sua caixa torácica. — Eu também não sabia onde queria a minha, mas adoro o lugar que ele escolheu. Micah tem um dom.

— Com certeza — responde Micah, com uma ponta de sarcasmo, mas sorrindo.

— Você faz as tatuagens? — pergunto. — Pensei que as gangues tinham, tipo, um cara de fora para isso.

— Não — diz ele, sorrindo. — Eu sou o cara.

Jax senta-se à cabeceira da mesa e levanta um copo.

— Um brinde a você, Valerie Simons. Bem-vinda à casa.

Os outros também levantam os copos. Ao lado dele, Nianna bebe seu suco sem tirar os olhos de Jax. Suas cadeiras estão próximas, mas eles não parecem incomodados com isso.

Os cinco Stags devoram a comida. Encho meu prato duas vezes. A cada garfada, minha determinação retorna um pouco mais.

Aqui não é tão ruim assim. É como um acampamento de verão. A diferença é que é um acampamento de verão com uma turma de companheiros mais velhos que podem ou não ter matado pessoas antes.

Posso conviver com isso, lembro a mim mesma. Além disso, não é sobre mim. É sobre Leo. E se eu tiver que fazer esse jogo até Jax estar satisfeito, então que seja.

Após o café da manhã, o grupo deixa os pratos na pia e cada um vai fazer suas tarefas. Coloco meu prato na máquina de lavar louça e enxáguo o resto. Quando termino, recorro aos outros para receber instruções.

— Acho que vou desfazer as malas, então? — pergunto a Micah, o único que ainda está na cozinha comigo.

Ele termina a mensagem que estava digitando e guarda o telefone no bolso.

— Você quer ajuda?

— Ah — *que simpático.* — Claro. Obrigada.

Descemos a escada. Um conjunto de gavetas ao lado da cama serve também como uma mesinha de cabeceira. Depois de guardar todas as minhas roupas, ainda sobra muito espaço. Eu me apresso e escondo todas as roupas brancas e off-white que havia comprado, ainda com as etiquetas. Como nunca nem sequer cogitei a ideia de que eu poderia ser recrutada por outra gangue?

Tiro todo o resto de dentro das malas — minha maquiagem, meus acessórios e todas as outras coisas absurdas que pensei que precisaria como uma Heron. Micah desliza a mala grande para baixo da cama e dá uma sacudida final na mala menor. Meus dois últimos pertences chacoalham, e ele levanta uma sobrancelha.

— Apenas alguns livros — minto. — Pode deixá-los aí.

— Tudo bem. — Ele deixa a mala ao lado da outra e depois põe as mãos nos quadris. — Isso é tudo?

— Isso é tudo. — Meus olhos examinam o quarto caótico, e minha ansiedade aumenta. — Você acha que... Tudo bem se eu fizer uma faxina básica aqui?

— Acho que ninguém vai se importar, se é com isso que está preocupada.

Micah buscou alguns sacos de lixo na cozinha. Eu soco punhados de lixo nos sacos e desmonto as caixas. Há um pouco de cada coisa: um par de tênis com sujeira grudada na sola; um edredom puído; uma foto emoldurada de alguma garota de cabelos pretos e curtos sorrindo com a Golden Gate ao fundo, o sol poente lançando luz em um lado de seu rosto. Coloquei o último destes itens no lixo com mais reverência — provavelmente alguma pobre namorada de um Stag, há muito desaparecida. Imagino se ela habitou este mesmo espaço e se eu estava jogando fora as recordações de alguém. *Alguém jogará fora as minhas algum dia?*

— Então — me dirijo a Micah —, há quanto tempo você está nos Stags?

— Desde o início — diz ele. — Há cerca de três anos.

— O quê? Pensei que os membros das gangues só ficavam um ano.

— A maioria sim, mas eu não vou embora enquanto Jax ficar.

— Por que não?

Ele sorri.

— Nós nos conhecemos há muito tempo. Jax é basicamente meu irmão. Ele pediu que eu me juntasse ao grupo, e eu me juntei.

Estou agitada e querendo fazer outras perguntas, mas, pelo tom de Micah, acho que ele não quer falar mais sobre isso. Pegamos um fio de luzes de Natal que eu encontrara e o amarramos ao longo da parede. É como decorar um dormitório... só que com estranhos... no porão de uma casa de criminosos. Observo enquanto Micah coloca um prego na parede e passa o cordão de luzes sobre ele. Com ar sério, ele retira o prego para movê-lo mais para baixo.

— Obrigada por ajudar — digo. — Nunca... nunca pensei que realmente estaria aqui.

— Você não pensou que seria recrutada? — Micah estica um canto da minha nova colcha antes de se sentar na borda da cama.

— Ah, não, eu esperava sim. Só pensei... bem, eu queria ser uma Heron.

Ele levanta uma sobrancelha.

— É só que... Sempre pensei que faria parte da gangue deles — gaguejo. — Meu ex faz parte de uma grande família Heron. — *Ele disse que me ama, e eu o amo.*

— Qual é o nome dele?

— Matthew. Matthew Weston.

— O irmão de Alex Weston.

— Sim — digo. — É ele. Como você sabe?

— Os Westons são Herons, totalmente. — Micah balança a cabeça. — Sinto muito, Valerie, mas ele definitivamente já é um Heron a essa altura.

Em algum lugar do meu coração e da minha cabeça eu já sabia, mas pensar que se sabe algo e ter a confirmação de que é verdade são coisas diferentes. É como ouvir falar de um acidente de carro e depois efetivamente sofrer um acidente de carro. Cruzo os braços na altura do peito, abraçando a mim mesma, tentando lembrar do calor do corpo de Matthew, do beijo dele. *Gostaria que tivéssemos tido mais tempo antes de eu partir...*

A porta no alto da escada se abre.

— Jax quer falar com você — Nianna chama Micah.

— Tudo bem. — Ele se levanta. — Vejo você mais tarde, Valerie. Escolha um lugar. — Ele bate na parte de trás de seu pescoço, uma das poucas áreas de seu corpo que não são tatuadas, e desaparece ao subir as escadas. Nianna desce e fica na minha frente, com as mãos nos quadris.

— Já desfez todas as malas?

— Praticamente.

— Ótimo. Olhe para mim. — Quando olho, Nianna levanta o queixo. — Vou dizer isso apenas uma vez: não acho que você deveria ter sido recrutada. Mas Jax insistiu. Por isso, vou insistir em algumas coisas também.

— Jax já me explicou como são as coisas por aqui — espero não ter soado muito defensiva.

— Isso é diferente.

Eu cerro os dentes.

— Tudo bem, tudo bem. Manda ver.

— Primeiro, nunca me desafie ou eu corto sua garganta.

Eu me esforço para não rir. Cortar minha garganta? Quem diz uma coisa dessas, além dos velhos mafiosos do cinema?

— Hum, está bem. Claro.

— Também não faça nada que possa causar a morte de outro Stag. Não seja imprudente, mas também não seja covarde. Faça o que mandarem você fazer.

— Tudo bem.

— Última coisa. — Ela bufa como um touro furioso. — Não se apaixone por Jax.

Desta vez, não consigo segurar o riso. Claro, ele é gostoso, mas o cara é louco. Instável. Não é uma das minhas qualidades favoritas.

— Isso não será um problema, Nianna — acrescento o nome dela para dar certeza.

— É melhor mesmo.

Ela volta a subir as escadas sem dizer nem mais uma palavra. A porta se fecha atrás dela e termino minha risada. *Me apaixonar por Jax? Sem chance.* Já existe alguém no meu coração, muito obrigada.

Pego um casaco em uma de minhas novas gavetas e começo a colocá-lo, quando sou atingida pelo cheiro. Levo o tecido macio ao meu nariz e lentamente inspiro. Cheira a sabão de lavanda. O cheiro de minha mãe, de meu pai e da minha casa. Fecho os olhos e sinto meu coração se amarrotar como um jornal velho.

Caio de volta na cama, molas rangendo a cada movimento. De alguma forma, isso torna tudo pior. Esta não é a minha cama, não é o meu quarto. Mas, na verdade, é sim. E será pelos próximos 364 dias. Soluço sob o casaco, deixando-o abafar o som.

O que minha mãe está fazendo agora? Meu pai ainda não voltou para casa. Deus, espero que ela esteja com alguém. Uma das senhoras da arrecadação de fundos, como *Tita* Patty. Tomara que ela não esteja sozinha.

Meu canivete me chama do lugar onde está, debaixo da cama, mas luto contra o impulso. Em vez disso, pego a mala menor e abro o bolso principal. Procuro até encontrar o que disse a Micah para deixar lá dentro. Tirando o álbum de fotos de um bolso lateral, coloco-o no meu colo como se fosse um presente de alguma divindade sem nome.

Tento respirar enquanto folheio as preciosas lembranças. Minha mãe, meu pai e eu aos sete anos, em frente ao carrossel da praia de Santa Cruz. Uma fotografia de Lyla e eu em um jogo dos Giants. Uma foto dos bastidores com o pessoal do teatro. Matthew, eu, Leo e o time da Little League, que havia ganhado o jogo das eliminatórias. Matt foi o treinador dos meninos. Depois outra foto de Matthew e eu em Ocean Beach, apenas algumas semanas antes de nos separarmos. O braço dele está em volta de mim.

Uma foto final, escondida na parte de trás. O sorriso de Leo sempre foi grande demais para seu rosto. Uma vez, quando ele ainda era bebê, Leo me ignorou um dia inteiro. Sem falar comigo, sem tentar puxar meu cabelo. Era como se eu não existisse para ele.

Até que, quando eu estava de saída para o cinema com uma amiga e os pais dela, ele pegou minha mão e a colocou sobre a dele. Palma contra palma. Pulso contra pulso. A malha de nossas veias pulsou o sangue que compartilhávamos um com o outro. Uma hora depois, na sala escura do cinema, eu ainda podia sentir o sussurro mágico daquele momento.

A dor açoita meu peito e, em seguida, atinge minha garganta. *Leo*.

Voltei a colocar o álbum debaixo da cama e depois rolei para o canto. Aproximando meus joelhos do corpo e envolvendo-os como uma bola, choro em posição fetal, enxugo os olhos e limpo o nariz.

Eu amava meu irmãozinho mais do que amei qualquer pessoa, antes ou depois dele.

E, então, eu o matei.

3

Um leve toque no meu braço me desperta em um sobressalto.

— Desculpe — diz Micah. Ele se afasta. — Há quanto tempo está dormindo?

Eu sento e alongo um de meus braços, que ficou dormente pela posição em que dormi.

— Não sei. Não tenho relógio. Nem telefone.

— Ah — diz ele. — Bem, posso ajudar nisso.

Ele põe a mão no bolso de trás e me dá um telefone velho. Sem aplicativos, sem firulas. Nos contatos, havia apenas alguns números salvos. Jax, Micah, Nianna e o resto. Um serviço de táxi. "Casa".

— Está programado para que você só possa ligar para os números que estão aí — diz ele. — Você deve atender toda chamada que receber. Leia todas as mensagens, mas não responda nenhuma, a menos que seja um de nós.

— Não posso ligar para mais ninguém? Nem mandar mensagens?

— Apenas para os números que estão aí. Nada de mandar mensagem para outras pessoas. — Ele deve ter percebido o desapontamento em meu rosto. — Desculpe. Você pode olhar as redes e tudo mais, mas sem postagens. Por razões óbvias. Se Jax descobrir... bem, você pode imaginar.

Eu certamente posso.

— Ok — respondo, sinalizando com a cabeça. — Algo mais?

— Só isso. — Ele enfia a mão nos bolsos e depois atira alguma coisa em minha direção. Eu a pego pouco antes que acerte meu rosto.

— Que porr...

Ele ri. A risada dele tem um som agradável, como um aperto de mão firme e um abraço ao mesmo tempo.

— Desculpe, deveria ter avisado.

Falo uns palavrões quando vejo o que é. O maço de notas mal é contido por um elástico azul.

— O que é isso?

— Dinheiro.

— Isso eu estou vendo. — Separo as notas. É uma mistura de notas de um e cinco dólares, com algumas notas de cem escondidas no bolo. — Mas para quê?

— Para qualquer coisa que você quiser — responde ele. — De vez em quando, Jax dá dinheiro a todos nós. Quando ele acha que deve. Aqui está sua carteira, também.

Eu a pego. Meus cartões e documentos desapareceram, exceto o documento de identidade e o cartão da biblioteca.

— É sério isso? — digo, olhando para este último. Micah dá de ombros e começo a guardar as notas na carteira.

— De onde o Jax arranja dinheiro?

— Com a mãe dele.

— Sério? — É estranho pensar que Jax tem família, mas é claro que ele tem. — E ela simplestemente... dá o dinheiro a ele?

— Sim.

— Ela sabe o que Jax faz com ele?

— Sabe. Ela sabe. Mas Jax é tudo o que ela tem. Não há nada que ela não faria por ele. Você vai conhecê-la, provavelmente. Theresa gosta de nos surpreender com visitas periódicas. — Ele bate no telefone que está em minha mão. — Você quer ligar para casa?

A mãe de Jax desaparece da minha mente. *Casa.* Meus dedos tremem enquanto toco na tela. Micah finge estar distraído e olha pela janela vagamente. Não há muito para ver além de um feixe de arbustos espinhosos, mas aprecio a tentativa de parecer concentrado em outra coisa.

Mamãe atende no segundo toque.

— Alô?

— Mãe?

— Val? Ah, graças a Deus. Você está bem? Onde você está?

— Estou bem. Ah... Não tenho certeza se posso dizer onde estou.

Da janela, Micah balança a cabeça.

— Todos estes anos, não pensei... Não pensei que você iria. Pensei que conseguiria impedir. — Ela se acalma. — Mas você está a salvo, não é? Eu estava tão preocupada. O Matthew está aí? Posso falar com ele? Heather estava aqui agora mesmo.

Sou apanhada de surpresa ao ouvir o primeiro nome da mãe de Matthew. Para mim, ela sempre foi a sra. Weston. Mas esta não é a razão do meu sangue gelar.

Minha mãe acha que Matthew está comigo.

Ela pensa que sou uma Heron.

Cubro a boca com a mão. Por que a sra. Weston não contou a ela? Melhor ainda, por que Jax não disse a ela quando foram pegar minhas coisas?

Mudando o telefone para a outra mão, respiro fundo.

— Não, ele não está aqui. Mãe. Fui recrutada pelos Stags, não pelos Herons.

— Os Stags?

— Sim.

— Mas o seu pai disse...

— Eu sei. Eu também achava a mesma coisa. Eles me interceptaram no caminho para o aeroporto. Os Stags — é uma decisão fácil não mencionar que quase fui baleada. — Não sei como eles sabiam. Mas faço parte do grupo deles agora. — Tiro um lenço de papel da caixa e espero. — Papai está em casa?

— Não, ele ainda está no avião. Ele estará de volta em algumas horas. Por favor, volte para casa. — Ela está chorando de novo. — Não faça isso. Por favor, por favor, volte. Não posso perder vocês dois.

— Mãe, vou fazer a coisa certa.

— A culpa não foi sua, Val. Não. Foi. Culpa. Sua. — Ela começa a ficar desesperada. — Se a culpa for de alguém, é minha. Se tivéssemos estado mais por perto, então você...

Fecho a mão forçando as unhas contra a palma.

— Eu deveria estar lá.

Eu deveria tê-lo protegido. Esse é o meu trabalho como irmã mais velha.

Era minha obrigação.

— Preciso desligar agora — digo.

— Ah, Valerie. Você vai ligar de novo, não vai? Eu sei... sei que você não pode nos visitar.

De todas as regras que as gangues têm, essa é uma que minha mãe certamente conheceria.

— Claro que vou ligar novamente. Tanto quanto eu puder, mãe.

Fora da minha vista, Micah produz um som que é algo entre uma risada e um suspiro.

— Val?

— Sim?

Ela recomeça, mas já não ouço mais. Jax sabe quem matou Leo, e para mim isso vale mais do que qualquer outra coisa no momento.

— Vou ficar aqui, mãe. Mas eu vou ligar. Prometo. Eu te amo, mãe.

— Também te amo, querida. Por favor, por favor, volte.

— *Mahal kita*, mamãe. Eu te amo.

Desligo antes de ouvir mais alguma coisa. Não tenho certeza se conseguiria aguentar. Deus, eu sou a pior pessoa do mundo. Penso nos amigos dela — por que não sei o número de nenhum deles de cor? Talvez eu possa fazer uma ligação de uma cabine telefônica ou algo assim.

Meu pai estará em casa à noite. Ficará tudo bem. Ele voltará para casa, e os dois lerão meu bilhete novamente, e entenderão por que fiz o que fiz.

Micah não diz nada enquanto espera por mim. Quando nossos olhares se encontram, ele está mexendo em um dos muitos piercings em suas orelhas.

— Tudo bem?

— Acho que sim. — Limpo o nariz. — Na medida do possível.

— Ah — responde ele. — Então, você quer ir agora?

— Aonde?

— Fazer a tatuagem.

— Ok. Me dê um segundo.

Abrindo meu parco conjunto de pertences, vasculho até achar um casaco colorido. Hesito e troco-o por um casaco preto de corrida. Agora sou um Stag. É melhor eu me vestir de acordo.

Vou ao banheiro e prendo meu cabelo em um coque bagunçado. Levo dois segundos para retocar minha maquiagem. Fiquei um dia inteiro sem me olhar no espelho e dá para notar. Franzo a testa, observando as bolsas sob meus olhos, e aplico um pouco de corretivo; depois, guardo minhas coisas debaixo da pia.

Na sala de estar, Jax relaxa em uma das cadeiras laranja de frente para a TV. Os dedos dele correm em um controle de videogame.

— Ah, não é possível!

Ao seu lado, Mako ri, levantando o próprio controle enquanto se senta. Sons de guerra escapam da tela. Nianna está sentada no tapete ao lado de Jax e Kate faz tranças no cabelo.

— Estamos prontos para ir — diz Micah.

Jax acena com a cabeça.

— Volte direto para cá quando tiver terminado.

— Sim, senhor.

Mal tenho tempo para calçar o tênis antes que Micah me leve até a porta. Ao sairmos, passamos por cachos de hortênsias mortas, salpicados de rosas murchas que deviam estar ali há muito tempo.

Caminhamos pela Holloway em direção à Plymouth. Em um poste telefônico próximo, há um cartaz amarelo e o número do ônibus de que precisamos. Quando ele para, Micah me dá o valor da tarifa e ambos pagamos ao motorista.

Ingleside passa por nós em um borrão de casas em tons pastéis, jardins sem cuidados e carros estacionados de forma precária. Chegamos à estação do BART e entramos em um trem para o centro da cidade.

A constante sacudida e o turbilhão de aceleração do vagão me trazem uma calma bem-vinda. Mesmo com a luz desconfortável e o ar embolorado, sinto algum conforto no interior do trem. Por mais sujo e sombrio que seja, pelo menos é algo conhecido. A cor azul acinzentada dos bancos é tão familiar quanto a cor dos olhos do meu pai.

Micah não tentou puxar conversa, mas não me importo. Ele não parece ser alguém que se ocupa com conversa fiada. Fico em silêncio, grata por só ele ter vindo comigo. Eu odiaria que Nianna ou, pior ainda, Jax me vissem contorcendo sob o zumbido da agulha.

— Dói? — pergunto. — Fazer tatuagem?

Micah dá de ombros.

— Menos do que você imagina.

— Então, dói.

Ele ri.

— Você vai ficar bem. Aqui — ele puxa uma barra de granola do bolso. — Coma isto para não desmaiar.

Abro na mesma hora e meu estômago ronca.

— Obrigada.

Nós saímos na 16th com a Mission e subimos a escada rolante até a rua. O Mission District é colorido — literalmente. Murais ao estilo de Diego Rivera enchem as vielas entre os edifícios e nos cruzamentos. Nenhuma gangue os vandaliza. Corrimões rosa, amarelos e azuis enfeitam as saídas que levam até o nível da rua — uma homenagem à rica comunidade da região. Quando chegamos ao ar livre, prendo a respiração para combater o cheiro dos mendigos reunidos fora da estação. Eles são, em sua maioria, inofensivos, até mesmo educados, e dolorosamente fazem parte do Mission District tanto quanto os murais.

À medida que caminhamos, é fácil dizer quais edifícios se beneficiaram do influxo de dinheiro e quais não. Os primeiros têm pinturas arrojadas e elegantes e caixas de jardinagem repletas de suculentas. Sob os galhos das árvores nuas, jovens de vinte e poucos anos de idade com camisas xadrez amarradas na cintura dão as mãos às suas namoradas, vestidas em blusões enormes; eles superam em número os nativos mais velhos e acabados. Elas parecem bonecas Barbie deslocadas ao lado dos mercados hispânicos e dos restaurantes salvadorenhos.

Passamos por uma mulher que segurava um cartaz de papelão pedindo dinheiro, com um bebê amarrado ao peito. Faço uma pausa, encontro o maço de notas no meu bolso e tiro uma de cem. Entrego a nota à mulher.

— *Gracias* — diz ela, com os olhos vermelhos e cheios de lágrimas. — Obrigada.

Eu dou um rápido aceno e alcanço Micah. Ele nos conduz em direção à Valencia e além. O céu é um manto rosa pálido. As nuvens se estendem em ondulações de plumas pelo céu, mas o vento é suave. Apesar de tudo, é um belo fim de tarde em São Francisco.

Alguns quarteirões depois, Micah para em um edifício residencial. Eu cruzo os braços sobre o peito, abraçando a mim mesma, enquanto ele esmurra o interfone.

— Olá? — Uma voz falha se manifesta.

— Ei, sou eu.

A porta se abre. Micah a segura aberta para mim. Algo em mim hesita. Que diabos estou fazendo? O corredor acima de mim está mal iluminado — não consigo ver onde vai dar. Pode haver qualquer coisa ali, ou qualquer um. *Respira fundo.* Seja lá o que houver aqui dentro, tenho de encarar. *Quero* encarar, fazer as coisas direito. Matthew não estaria assustado. Ele entendia exatamente o que significaria estar na Guerra, e eu também.

Dou um passo com esperança.

O piso de linóleo cola-se à sola dos meus sapatos e eu me controlo para não questionar a limpeza daquele lugar. Micah vem logo atrás de mim. Ele cumprimenta um cara de pé no topo da escada, à frente de um par de portas.

— E aí, irmão? — Eles se abraçam e Micah dá dois tapinhas nas costas do amigo.

— Tudo tranquilo. Negócios, como sempre. — O cara segura uma chave. — Está exatamente como você o deixou.

— Obrigado. Jules está aí?

— Não, mano, acabou de sair. — O cara acena para mim e seus olhos inspecionam meu corpo de cima para baixo, daquela maneira rápida que os caras acham que as garotas não percebem. — Ei, novata. Meu nome é Kurt.

Aperto sua mão quando ele a estende.

— O meu é Valerie.

Ele puxa a manga até mostrar a tatuagem de Stag no bíceps.

— Esta é a sede 2S: "segunda sede". Jax não é tão bom quando se trata de nomes.

— Deixe só ele ouvir isso — Micah dispara de volta e os dois riem. Kurt olha de novo para mim.

— Pode não parecer muito, mas é seguro aqui. Vocês foram filmados por três câmeras nos últimos dois minutos. As paredes são reforçadas e temos estoque aqui.

— Além disso, um dos degraus da escada é uma armadilha — diz Micah. — Basta girar um interruptor lá dentro e ele vira uma rampa.

— Ah, sim, claro. Essa é a nossa maior defesa.

Solto uma gargalhada.

— Legal. Obrigada.

— Enfim — diz Kurt —, meu número está em seu telefone. Se precisar de mim, basta gritar.

— Está bem. Obrigada.

Micah destranca a porta e a mantém aberta para mim. *Esta* sala é imaculada. Os últimos raios de sol iluminam uma cadeira de couro escuro ao lado de um banco e de uma mesa. Frascos de tinta estão enfileirados como paladinos coloridos ao lado de uma bandeja de pistolas com agulhas na ponta. Nos cartazes ondulados colados nas paredes, um desenho se repete: um veado com chifres de espinhos e plumas.

A história do emblema Stag, do rústico ao refinado, se desenrola ao longo de toda a sala. Mais perto da porta, há esboços não retocados — veados com olhos redondos, depois com olhos de diamante. Silhuetas de corpo inteiro saltando no ar como se fossem velhos brasões. Mais perto da janela fechada, o atual, o emblema oficial, faz sua primeira aparição.

A partir daí, todos mostram o mesmo desenho, com apenas pequenos refinamentos. Diferentes estilos de espinhos e plumas. Uma energia não dita canta através de cada papel e as imagens tremem com uma vitalidade totalmente própria.

— Isso é incrível — digo. — Como você aprendeu a desenhar assim?

— Desenhei ao longo de toda minha vida — responde ele. — Eu era *aquele garoto* em todas as minhas aulas de arte.

Sinto um toque de tristeza em suas palavras, mas ele rapidamente desconversa, ocupado em organizar as coisas.

— Bem, são maravilhosos — eu falo. — Como você aprendeu a tatuar?

— No início, quando os Stags estavam apenas começando, tínhamos muito mais tempo. Encontramos um cara que me aceitou como aprendiz.

— Não à toa. Você é supertalentoso.

Ele sorri alegremente.

— Obrigado — diz ele, batendo no braço da cadeira. — Fico feliz que tenha gostado. Agora, sente.

Tiro meu casaco e me acomodo na cadeira, e Micah se move como se estivesse em transe. Ele pega garrafas de esterilizante para limpar, um rolo de papel toalha, uma grande caixa branca, que ele me diz ser uma caixa de luz para tracejar, e alguns pedaços de papel em branco. Micah coloca o papel em uma impressora enfiada embaixo da mesa. É muito claro o quanto ele adora tudo isso.

— Então, braço, pescoço ou outro lugar? — pergunta ele, ligando a caixa de luz. Ele coloca uma impressão na parte inferior e o papel vegetal na parte superior. Ele segue as linhas, olhando-as tão de perto que me pergunto como ele consegue ver a imagem.

O veado que Micah desenhou para mim exige ser visto. Ele me olha fixamente, o chifre de penas suave, mas ousado, ao passo que o de espinhos é todo cheio de pontas.

Estou tão admirada de ver um mestre trabalhando em sua arte que me esqueço de responder.

— Ah. Atrás do pescoço. Como você disse.

— É na coluna, vai doer mais.

— Você disse que não dói.

— Eu disse que dói menos do que você pensa.

Respiro fundo.

— Atrás do pescoço. Mas não muito grande.

— Não pode ser muito pequeno ou vai estragar os detalhes.

— Está bem. Hum. Então, o menor que puder.

Micah coloca suas mãos em meu pescoço, medindo-o com os dedos. Imagino o cérebro dele trepidando e fluindo com facilidade artística.

— Tudo bem. Me dê um segundo.

Fecho os olhos enquanto ele faz seu trabalho. Pensei que ficaria mais nervosa, mas não; isto é necessário. As tatuagens fazem parte do acordo.

— Você tem certeza de que quer fazer isso? — pergunta ele.

— Atrás do pescoço? Sim, tenho certeza.

— Quero dizer se você tem certeza de que quer ser uma Stag.

— Sim.

Ele espera um momento para replicar.

— Você sabe que não há como voltar atrás depois disso.

Não, certamente não há como voltar atrás. Tranco meus dentes.

— Eu sei. Mas tenho de fazer isso. Estou pronta.

Micah me mostra o contorno e, uma vez aprovado, pressiona-o contra minha pele, depois o limpa e repete o procedimento. Não me importo que ele demore o quanto precisar. Afinal de contas, é minha pele. Ele pressiona o meu pescoço novamente.

— Então, será desta largura, desta altura. Tenho um espelho, se você quiser ver.

— Confio em você. Vamos fazer isso.

— Muito bem, prepare-se. — Um zumbido ressoa em meu ouvido. Os dedos de Micah pressionam para baixo e as primeiras mordidas de metal me atingem.

Ele estava certo — dói menos do que eu esperava. Sorrio internamente. *Isso não é tão ruim quanto o que faço a mim mesma.* Ah, não. Deixa para lá. Isso dói. Cacete! Mantenho meu corpo tão quieto quanto possível enquanto a agulha esquenta. É como se eu estivesse sendo marcada, penso. Logo reviro os olhos por conta de minha própria estupidez, pois, obviamente, é exatamente isso o que está acontecendo.

Micah limpa o sangue e a tinta.

— Está viva?

— Aham. — Eu me concentro em inspirar e expirar.

Quando tudo termina, já havia passado quase três horas. Micah coloca a pistola de tatuagem para baixo e recolhe a cadeira.

— Pronto, acabou.

— Sério?

Micah tira as luvas.

— Sério.

— Como ficou?

— Uma obra-prima.

— Bastante humilde de sua parte.

— Ei, eu tenho um dom, lembra? — Ele ri. — Ou talvez Kate estivesse errada. Talvez eu tenha apenas desenhado um golfinho voador estranho no seu pescoço.

— Por favor, não.

— Um segundo. — Ele pega seu telefone e tira uma foto. Ele o entrega para mim. — Dê uma olhada.

— Ah, meu Deus! — A tatuagem é maravilhosa. Delicada, mas forte. Apesar de ser o mesmo desenho de todos, não posso deixar de sentir que este é exclusivamente meu. Criado apenas para mim, assim como as espadas eram forjadas de maneira única para generais e reis.

— Não consigo parar de olhar para ela. É incrível. — Eu me viro para Micah. — Obrigada.

— De nada.

Micah rasga um pedaço de plástico para colocar cuidadosamente sobre o desenho em meu pescoço. Ele guarda suas coisas e me instrui sobre como manter a tatuagem limpa.

— Se você precisar de ajuda, basta pedir. É um pouco difícil alcançar essa região. Não escove muito o cabelo. Quando o fizer, tenha cuidado.

— Está bem. — Minha cabeça está pesada e meu pescoço pinica quando me levanto.

Então é isso. Faço uma pausa, maravilhando-me com a facilidade com que escolhi alterar minha vida radicalmente. É uma noite de domingo — em todos os lugares da cidade, jovens da minha idade estão ocupados se preparando para as provas de fim de ano ou no shopping fazendo listas do que querem ganhar no Natal.

E eu? Estou por minha conta, com uma tatuagem que acaba de se misturar à minha pele. Estou fazendo isso pelo Leo. Por meus pais. E por mim.

Nós nos despedimos de Kurt e saímos. Uma multidão se aglomera nas ruas. Grupos de pessoas caminham, escolhendo o local onde irão jantar, rindo e trocando histórias pretensiosas e ruidosas sobre restaurantes temáticos e lugares que seus amigos simplesmente *precisam* conhecer.

Micah coloca um agasalho azul gasto, o logotipo da San Franpsycho se destacando na etiqueta lateral.

— Às vezes sinto saudade de morar aqui. — Ele aponta para um casal de aparência hipster, fumando cigarros eletrônicos na esquina. — Outras vezes, não.

— Mudou muito — digo. — Tipo, de onde saíram tantas lojas de móveis?

— O comércio novo não me incomoda. O que eu não gosto é do que aconteceu com as pessoas que viviam aqui antes. Se você ainda não notou, dê uma olhada em volta.

Entendo o que ele quer dizer.

— A cidade ainda é diversificada — digo, soando mais defensiva do que gostaria.

— Sim — diz Micah. — Mas muito menos do que costumava ser, e temos de agradecer aos Young Herons por isso. Tudo o que eles fazem é trazer mais pessoas ricas para São Francisco, o que acaba tornando a vida aqui impossível para quem não tem dinheiro saindo pelas orelhas.

Nós pegamos o trem, espremidos entre passageiros com olhos cansados. O trem balança e meu corpo esbarra no de Micah, mas ele não parece se importar. Estávamos na altura do Glen Parking, uma parada antes da nossa, quando ele coloca a mão no meu pulso.

— Boars no vagão ao lado.

— O quê? — Estico o pescoço e a tatuagem dói. — O que a gente faz?

Os olhos de Micah estão flamejantes e atentos.

— Provavelmente é uma coincidência. Só fique atenta. — Seu tom é sombrio e incomum, como se alguma besta nele tivesse ganhado vida.

Ele pega o telefone e envia uma mensagem de texto tão rapidamente que me pergunto se ele digitou mesmo alguma coisa.

— Jax? — pergunto.

Ele acena com a cabeça. Cadenciando a respiração, faço uma expressão tão calma quanto possível. O trem para e o maquinista diz algo sobre a manutenção nos trilhos. De todos os dias, logo hoje resolveram fazer manutenção. Faço meu melhor para me concentrar em minha respiração e ignorar meus batimentos cardíacos, e o fato de que estou apavorada.

Finalmente, o trem começa a se mover novamente e o operador do serviço de som se pronuncia:

— Balboa Park. Estação Balboa Park.

— Não se mexa até que as portas se abram — diz Micah.

O trem diminui a velocidade. Uma vida inteira passa. As portas se abrem.

Micah me empurra para a frente, não se preocupando em pedir desculpas ao ciclista no qual esbarramos ao sair. Passo meu bilhete na catraca e acelero através da barreira. Em um movimento que não consigo decidir se é estúpido ou corajoso, olho para trás.

Três caras com as pupilas dilatadas e usando moletom cinza e vermelho nos seguem. Eu faço contato visual com um deles, que sorri como um psicopata. Ele para por um segundo e puxa a manga para cima.

Em seu braço, um nome está escrito em vermelho. *Leo.* Perco todos os sentidos.

A mão de Micah encontra a minha — a dele quente, a minha gelada — e me conduz para fora pela saída oeste. Um longo viaduto de concreto se conecta à Ocean Avenue à frente, e um homem emerge das sombras.

Ele é enorme em todos os sentidos da palavra. Sua estrutura robusta vem em nossa direção, e é somente quando ele passa por nós que vejo a tatuagem de Stag cobrindo metade de seu crânio.

Quando chegamos ao final do viaduto, Micah diminui o passo. Volto a olhar para trás, mas os Boars devem ter ficado na estação. Uma névoa suave se instala acima de nossas cabeças. As gotículas se acumulam no boné de Micah. Ele solta meu braço e eu agito meus dedos para recuperar o fluxo de sangue.

— Quem era aquele? — pergunto.

— Jaws, o último de nosso grupo. Você está bem?

O sangue lateja em meus ouvidos. Eu vejo chuva. Vejo vermelho. Vejo um pequeno corpo e as luzes de uma ambulância. Sem sirene.

— Valerie?

— Ah, sim. Estou bem. — Respiro fundo. — Você viu?

— O nome? Sim.

— Era o nome do meu irmão — digo calmamente.

— Eu sei. Eles só estão tentanto abalar você.

— Eu sei.

— Eles conseguiram?

— Conseguiram o quê?

— Abalar você.

— Não.

Fico olhando para o chão. Meus tênis estão escuros na parte onde uma água da poça os molhou. A bílis sobe por trás da minha garganta.

— Como eles podem saber sobre Leo?

Ele olha para mim por um longo tempo.

— Sempre tem alguém para espalhar boatos — diz ele, mas de uma forma que me faz acreditar que ele se resignou a isso, mas não adora essa realidade.

Então, gentilmente, ele toca meu cabelo e o plástico que protege a tatuagem. Micah se vira e caminha em direção à rua, tão rapidamente que pareceria a um observador externo que eu partira seu coração.

4

Micah destranca a porta e somos atingidos por uma onda de calor e pelo cheiro de bebida. Mako pula no sofá e levanta as mãos sobre a cabeça.

— Aí está ela!

Ele me dá um abraço e beija minha bochecha. *Bêbado.* Kate emerge do corredor. Ela está de calça jeans escura e blusão preto.

Na verdade, Mako também está todo de preto.

— Val! — grita Kate. — Venha aqui agora mesmo. Está na hora dos shots!

— Espera, o quê? — pergunto, enquanto ela me arrasta para a cozinha, os cabelos em formato de ondas balançando em torno de seus ombros, lembrando as antigas divas de Hollywood. A garota realmente sabe como usar um *babyliss*. — O que estamos comemorando?

— Você, obviamente — responde ela.

Na cozinha, Nianna está empoleirada na bancada, tomando um copo de vinho tinto. Ao lado dela, Jax pega um shot pequeno do que acho que é vodca. Ele o coloca na minha mão.

— Iniciação. Beba. Agora.

— O que é isso?

— A bebida dos deuses.

— Vodca não é a bebida dos deuses — diz Nianna, revirando os olhos.

— Não ligue para ela — responde Jax. — Se ela não bebe, nós bebemos. — O ar entre nós crepita com ousadia. Com Jax, tudo é um jogo de verdade ou consequência permanente. Eu escolho consequência.

Levantando o copo para ele, viro a bebida na boca. A vodca está gelada e é horrível, mas tomo tudo de uma só vez. Jax bate palmas e até mesmo Nianna parece satisfeita.

— Outro — diz ele. — Agora. Mesmo.

Duas doses depois, meu estômago revira. Já bebi álcool algumas vezes antes. — Zoe, a irmã da Lyla, nos deixa acompanhá-la em algumas festas — mas já sei que isto será diferente. Ninguém vai tomar conta de mim ou verificar se estou bebendo água suficiente aqui.

Fico imaginando se Matthew está bebendo esta noite. Se ele estiver, é champanhe e vinho refinado. Meu peito dói só de pensar nele. Onde será que ele fará a tatuagem?

O meu novo rabisco me tranforma no centro das atenções por um bom tempo. Enquanto seguro as mechas do meu cabelo para cima, os Stags admiram a tatuagem entre suspiros.

— Ah, meu Deus, está perfeito! — Kate se deleita. — Nianna, você está vendo isso?

— Estou vendo — responde ela. — Bom trabalho, Micah.

Mako e Kate passam a flertar um com o outro no canto, enquanto me direciono para a porta fria da geladeira. Engulo um sanduíche que encontro na geladeira, grata por colocar alguma coisa no estômago.

Micah — que havia desaparecido por um momento — volta vestido de preto da cabeça aos pés e toma um lugar ao lado de Jax. Este último bate amistosamente em seu ombro.

— Então, como foi a nossa Valentine? — pergunta ele.

— Ela foi bem, dado que era um local difícil de tatuar.

Jax adora a resposta.

— Perfeito. Perfeita, porra! — Jax ruge como um animal e depois serve outra bebida. E mais outra.

— Valentine.

Eu olho para cima.

— Está falando de mim?

— Claro que sim, é com você mesma. Esse shot é seu.

— Ah, não — digo. — Estou bem. Acabei de comer, então...

Ele se endireita e me estende o copo.

— Pensei que já tínhamos conversado sobre isso. Mais um. Depois vamos.

— Aonde?

— Beba primeiro.

Relutantemente, obedeço. Minha garganta e meu estômago estão em chamas enquanto balanço a cabeça para Jax, que me empurra de brincadeira para a frente. Ele me mostra o dedo do meio e sua mão pousa perto da minha bunda. Me esforço para fingir que não notei. Na porta, Mako desafia Kate a abrir o que parece ser um guarda-chuva muito quebrado.

— Não abra isso aqui dentro — ordena Jax.

Kate murmura um pedido de desculpas enquanto Mako uiva com gargalhadas.

— Eu te disse que ele piraria — diz Mako.

Escondo meu sorriso. Jax, o grande líder durão. Quem diria que ele era supersticioso? Ele me encaminha porta afora, onde Nianna — *quando foi que ela saiu?* — espera, com duas mochilas pretas penduradas, uma em cada ombro. Manchas de tinta neon revestem as laterais e zíperes das mochilas.

— Certo — diz Jax. — Procedimento padrão. Não sejam vistos. Não sejam pegos.

— Vamos logo fazer isso — diz Nianna. Ela atira uma das mochilas para Mako e ele a pega com facilidade. Seja lá o que há dentro delas, faz um barulho estridente — metal sobre metal. Jax e Micah seguem Nianna. Mako solta um grito de euforia e me dá o braço.

— Você está conosco, Valentine.

— Isso é tão fofo. "Valentine" — diz Kate, enlaçando o outro braço de Mako, que a beija na cabeça.

— Aonde estamos indo? — pergunto.

— A lugar nenhum — diz Mako. — A lugar nenhum, e a todo lugar, e a lugar nenhum de novo.

— O que isso significa?

— Sinceramente, não faço ideia — diz ele. — Basta me seguir.

O álcool começa a bater, então levanto minhas mãos no ar.

— Está bem, que se foda! Vamos embora.

A neblina recai em nossas roupas enquanto caminhamos, mas me sinto mais quente do que nunca. Já estamos andando há dez minutos, talvez quinze — não tenho a menor ideia —, dando voltas às vezes, rodopiando em outras. As ruas estão vazias, mas Mako nos mantém fora dos faróis de qualquer carro e ônibus.

Kate para e aponta para uma cerca de madeira. É parte de uma igreja.

— Amor, aqui — diz ela. — Aqui mesmo. Me passa o negócio.

Mako se agacha e abre a mochila. No interior estão latas de tinta spray fluorescentes. Ele pega duas — laranja e rosa — e as entrega para Kate. Em seguida, ele desenrola um estêncil de plástico. Pelo brilho suave da luz de um poste próximo, consigo apenas distinguir a forma do emblema Stag. Kate pega uma lata e fica de frente para a parede.

— Observe e aprenda — diz Mako. Ele toca na minha região lombar, e eu vacilo. Ele apenas ri.

Os braços de Kate voam através das tábuas da cerca, deixando marcas coloridas em seu rastro. Ela se lança de sua "tela" para a mochila e vice-versa, agarrando rapidamente as latas e deixando-as cair no chão assim que esvaziam. Ondas de cor vêm umas sobre as outras. Da esquerda para a direita. Da direita para a esquerda. A cor transforma a madeira escura em um mar de tons pastel que treme de energia e paixão.

Ela limpa as mãos na calça, enfeitando suas coxas com novos detalhes em neon. Ela pega o estêncil e a última lata de tinta para três pulverizações finais.

Kate se afasta de sua obra-prima e passa a parte de trás do braço na testa. Três emblemas Stag olham para nós, a tinta azul-marinho se destacando entre os tons pastel. Sorrindo, ela se levanta e corre seu polegar contra minha bochecha.

— Para você — diz ela. — Com amor.

Peço a ela que me entregue uma das latas.

— O que é isso? — Eu reviro a coisa. As palavras "à base de giz" se destacam. — Não se parece com tinta spray de verdade.

— Não é — responde Mako. — Não usamos mais por causa da forma como escorre. Jax não gosta de bagunça. Diz que isso nos torna preguiçosos. Então, temos de nos atualizar constantemente.

Meu cérebro se confunde com as palavras dele. Os símbolos não são permanentes, e é por isso que tenho visto poucos pintados por aí. Eu ando de um lado para o outro, o álcool agora fluindo livremente pela minha corrente sanguínea.

Atravessamos a vizinhança, a avenida Holloway e além. Mako nos mantém afastados da Ocean Avenue, pois diz que tem "gente demais". Em vez disso, subimos a colina e entramos na névoa.

Colorimos cercas, postes telefônicos, pontos de ônibus municipais. Parece errado. E parece incrível. É como se estivéssemos administrando a cidade, reivindicando-a a cada símbolo pintado. Somos os Stags, estamos aqui e esta é a nossa cidade. Eles me deixam fazer meu próprio trabalho, mas não consigo acertar. Cada um que faço é apenas uma imitação descuidada do que eles criam.

Se Kate é o mar, Mako é o céu. Auroras explodem das mãos dele. As pinceladas são mais bruscas, mas intensas. Artísticas. Ele me deixa pintar o estêncil final. A tinta tem cheiro, mas não é ruim.

Todos os nossos telefones tocam de uma só vez. Kate nem sequer o verifica antes de parar e dar meia-volta.

— Hora de ir para casa — diz ela. — Puta merda, tenho que mijar.

A adrenalina se desvanece como a neblina. O que eu realmente quero fazer é vomitar. Posso sentir o álcool em *meus olhos.* Eu só estive bêbada, sei lá, duas vezes antes? Aquele sanduíche que comi foi meu jantar, mas tomei muitos líquidos...

— Merda, Kate — grito. — Agora eu também preciso mijar.

Mako, que se aliviou em uma cerca duas ruas antes, dobra-se em gargalhadas. Quando ele se recupera, dá um tapa na bunda de Kate e gira ao redor do cruzamento vazio, alegremente.

— Este é o caminho — diz Mako. — De volta à Casa Holloway.

— Gosto da forma como vocês falam, como se fosse um lugar real — falo, enquanto descemos a ladeira aos tropeços. — Casa Holloway.

— Bem, existem outras casas — diz Kate. — Tipo o lugar onde você fez sua tatuagem. Há outra no centro da cidade, na Beale Street. Mas nós ficamos aqui com mais frequência. É a maior. — Ela ultrapassa Mako e eu, praguejando conforme respira. — Porra, tenho que mijar.

Nem Kate nem eu conseguimos aguentar. Sem fôlego de tanto rir, cada uma de nós encontra um canto escuro para fazer xixi. *Minha mãe surtaria se me visse fazendo isso,* é o pensamento que cruza minha cabeça. A culpa por deixá-la ressurge e preciso fazer força para expulsá-la da minha cabeça.

Levantando minhas calças, verifico meu "novo" telefone. Seu peso ainda é estranho em minha mão — é um modelo menor do que o meu antigo. Kate estava certa, a mensagem de texto era de Jax. Tudo o que diz é "H". Pode ser Holloway ou home (casa), não sei ao certo, mas não questiono.

Chegamos à casa. De pé à direita da porta está o gigante que estava na estação do BART: Jaws.

— Opa — digo. — Eu sou a Valerie. Prazer em conhecê-lo. — Estendo a mão. Quando ele a aperta, quase solto uma risada, pois a mão dele é duas vezes maior que a minha. Ele a solta, e dou um passo para trás, esperando pela resposta dele.

— Ah, o Jaws não fala muito — diz Kate. Ela lhe dá tapinhas na bochecha e ele nem sequer pisca. — Ele nos mantém extrasseguros.

— Ah — digo, enquanto ela segura a porta aberta para mim. — Bem, obrigada, Jaws. — Ele acena com a cabeça.

Dentro da casa o ar é sufocante. A TV está berrando raps pesados e o cheiro de maconha se pronuncia dos cômodos.

— Valentine? — Jax está novamente espalhado no sofá, uma cerveja abandonada ociosamente na mão. — Venha aqui.

Eu me sento ao lado dele, toda torta e sem fôlego. *Quem é esta Valerie?* Não me reconheço, nunca estive tão à vontade com caras que acabei de conhecer. Ai! A vodca está agindo novamente. Em que eu estava pensando? Ah, é. Eu nunca fui *aquela garota*, em cujas pernas os caras passam as mãos para cima e para baixo, da maneira como Jax pode ou não estar fazendo agora.

— Você se divertiu? — pergunta Jax.

— Sim. — Afasto minha perna dele.

— Que bom. Espere aí. Fique de pé por um segundo.

Ele se desloca, levantando-me até me colocar empoleirada com uma perna de cada lado de seus quadris. Jax diz algo.

— O quê? — Minha cabeça está girando. Estou a dez mil milhas de altura.

— Você não deve dobrar seu pescoço — diz ele. — Não com essa tatuagem novinha. Micah me mataria.

— Onde ele está?

— Foi para a cama. Tatuar é algo que o cansa. — Ele desliza um polegar debaixo da minha camisa. Eu tento me afastar novamente, mas Jax enrola os dedos firmemente no tecido de minha roupa, mantendo-me ali, próxima a ele. Minha pele está quente e a dele também.

— Vamos pegá-los — diz ele, em voz baixa.

— Quem?

— Os Boars. — Jax se desloca novamente, ainda me segurando, enquanto eu me esforço muito para me concentrar em suas palavras e não no calor presente entre minhas coxas. — Sei que você está com raiva por eu não ter te contado. Mas, prometo, vamos pegar o cara que atirou no seu irmão.

Ao nosso redor, o recinto está silencioso — ou porque todos já foram dormir, ou porque a música parou, ou porque estou ficando surda, não sei. Tudo o que vejo, sinto e ouço é Jax.

— Desculpe — diz ele, notando meu olhar. — Eu só queria que você soubesse... sei que não foi correto. Aquilo não foi honroso, e por isso vamos fazê-los pagar.

— Promete?

— Prometo. É essa a razão pela qual estamos aqui, Val. Viva ao máximo, lute pelo que quer, depois morra e seja lembrado por tudo o que fez.

— Vou começar lutando — respondo. São palavras de um juramento para mim mesma e para ele.

Aqui estou eu, em uma casa estranha, em uma parte da cidade com a qual não estou familiarizada, sem meus pais ou amigos por perto e, ainda assim, pela primeira vez em dois anos, consigo sentir esperança.

Não foi assim que você planejou, Valerie, é o que eu penso no momento. *Mas você está onde queria estar.* Na Guerra. Mais perto de encontrar *aquele* Boar maldito.

Mais perto de ser livre.

5

Abro os olhos e focalizo um teto desconhecido. Minhas bochechas estão geladas e estou com a mesma roupa que estava usando ontem.

A noite passada foi mesmo real?

Sentada, tateio em busca do copo de água que me lembro vagamente de ter trazido aqui para baixo, e engulo o líquido até a última gosta. A luz pálida que entra pela janela ilumina o quarto e o cheiro de café vindo do andar de cima enche minhas narinas.

Minha fronha está salpicada de sangue e tinta. Micah disse que isso aconteceria. Toco com os dedos a parte de trás do pescoço, passando por cima das cristas de tinta e pele cicatrizada. Foi tudo real, tudo.

Dia Um na Guerra, concluído. Volto a cair na cama, com o estômago revirando a água. *Ah, caramba.* Não me sinto bem. Minha mente vagueia enquanto procuro coragem para levantar.

Fico pensando se alguém mais que conheço havia sido recrutado. Eu não tinha tantos amigos além de Lyla e Matthew, mas tinha alguns. Colegas do ensino fundamental e do ensino médio. Tenho uma visão repentina de mim mesma apontando uma arma para um velho colega de classe ou um amigo de um amigo, e o pensamento me faz tremer.

Eu me arrasto para fora da cama e para o andar de cima. Rapidamente faço xixi, lavo o rosto e depois vou para a cozinha. Nianna já está de pé, enfiando uma esponja dentro e ao redor de um copo pequeno.

— Bom dia — digo.

— Bom dia, novata. — Ela me dá um rápido aceno e gesticula em direção à cafeteira ao seu lado. — Você toma café?

— Tomo, obrigada.

Encontro uma xícara e despejo nela uma porção generosa. Alguns de meus amigos odeiam café, mas adoro a forma como ele combina com os doces que eu faço. Além disso, tem cafeína — juro que não teria conseguido funcionar na escola nos últimos dois anos sem café para mascarar os efeitos de todas as noites sem dormir direito devido aos pesadelos.

Abro a geladeira para procurar o creme de leite. Mesmo com o festival de comida no café da manhã de ontem, a geladeira está totalmente abastecida. Dentro, há uma miscelânea de marcas e itens, todos guardados aleatoriamente nas gavetas.

— É muita comida — digo casualmente, tirando da porta o que preciso.

— Apoiamos o máximo que podemos as lojas dos comerciantes daqui — responde Nianna. — Mesmo que isso signifique comprar mais do que precisamos.

— Ah, entendi. — Ok, há desperdício, mas, pelo menos, eles apoiam os negócios locais.

Caímos em um incômodo silêncio — eu tomando café, ela lavando louça. Fiquei pensando se ela está demorando só para não ter de olhar para mim. Limpo a garganta.

— Então, você sempre acorda tão cedo?

Ela faz que sim com a cabeça.

— Eu tento. Faço ioga toda manhã.

— Isso é fantástico — digo. — E realmente impressionante.

— Me ajuda a aprimorar a concentração.

— Imagino. — *Ok, então talvez Nianna não seja tão ruim assim.* Melhor continuar a puxar conversa. — Então, Kate e Mako estão obviamente namorando. Eles se conheciam antes de se juntarem à Guerra?

— Não — responde Nianna. — Recrutamos Mako cerca de dois meses antes de Kate. Eles se deram bem desde o primeiro dia.

— Ah, uau. — Abro os armários, procurando por açúcar. Encontro um pouco e esvazio o pacote amassado na minha caneca. — E quanto a você e Jax?

Nianna bufa sem paciência.

— Você acha que estamos namorando?

— Bem, não mais.

— Definitivamente, não — diz ela, com uma risada que morre rapidamente em seu tom. — Jax é... demais para se lidar. Além disso, sou *queer*. E com muito orgulho. Então, não.

— Ah. Que legal. Legal — digo. *Vamos lá, Valerie, você sabe outras palavras além de "legal".* — Eu vou... err... tomar um banho.

— Ok.

Volto lá embaixo para buscar minha toalha e meu xampu. Entre correr por aí e me embebedar na noite passada, o resultado é: estou fedendo.

O banheiro é apertado, mas, dado a quantidade de coisas, de tanta gente, não me surpreende. Fios secos de cabelo dourado se amontoam no chão. Frascos e mais frascos de xampu, colônias e cremes de barbear lotam a única prateleira. A lata de lixo transborda com lenços amassados e — Jesus Cristo — um preservativo usado.

Ligo o chuveiro e o estado do banheiro desaparece da minha mente enquanto testo a temperatura da água morna com minha mão.

Esfrego meu rosto duas vezes, pegando emprestado um esfoliante de damasco e um gel de limpeza de chá verde. Há um trio de frascos no parapeito ladrilhado que promete manter o tom loiro do cabelo na melhor forma. Acho que pertencem à Kate. Não sei o que farão com meu cabelo castanho, mas prefiro pegar os produtos de Kate do que os de Nianna. Puxo meu cabelo para frente para evitar a tatuagem e mantê-la fora do fluxo direto da água.

Estou enxaguando as canelas e os joelhos quando as sinto. Pausando, passo a mão sobre a escada de marcas vermelhas na minha coxa. Ficam em uma região que está sempre coberta e que só seria visível se eu estivesse em um traje de banho ou de shorts, sendo que nada desse tipo é frequentemente necessário em minha cidade nevoenta.

Fecho a água. Os arrepios se instalam em meu corpo e eu suspiro. *Você está bem, Valerie. Você está bem. Não é preciso se cortar agora.*

Eu me visto rapidamente, da melhor forma que posso. Depois de esvaziar a lata de lixo e limpar o chão com uma toalha de papel embebida em desinfetante, volto lá para baixo. Enquanto seco o cabelo com a toalha, olho ao redor do quarto. *E agora?*

Nianna e eu parecemos ser as únicas que já acordaram. Minhas pálpebras estão pesadas e eu definitivamente poderia passar o dia todo largada, mas eu odiaria que meu segundo dia consistisse inteiramente em preguiça.

Eu me proponho a colocar em ordem as caixas que estão na garagem. Empilhando algumas caixas de plástico, organizei minha minúscula coleção de objetos que trouxe de casa — o álbum de fotos, um bracelete Kate Spade que minha mãe me deu na última Páscoa, meu canivete. Coloco este último no lugar com uma batida. Penso comigo mesma: *Viu, Valerie? Você não precisa recorrer a isso.*

A porta do alto da escada se abre e Micah vem para baixo. Ele está com uma calça de treino e a mesma camiseta que diz "Bolinas" que estava usando na outra noite. Ele inclina a cabeça para o lado.

— O que está fazendo aí parada?

— Ah, nada. Pensando.

Micah absorve a resposta com um pequeno aceno de cabeça.

— Venha aqui para cima. A comida está pronta.

Embora minha ressaca faça a ideia de comer parecer repulsiva, mudo de ideia quando vejo os waffles e torradas bem preparados e arrumados sobre a mesa. Mako deposita uma pilha de ovos fumegantes em um prato assim que Micah e eu entramos.

— Ei, novata — diz ele. — Sobreviveu ao primeiro dia.

— Sim, vocês vão ter que se acostumar comigo — respondo. — Obrigada por isso.

— Ovos e torradas? Não precisa me agradecer muito — responde ele enquanto se senta.

Kate se junta logo depois, acenando sonolenta para mim antes de se sentar no colo de Mako.

— Dormiu bem? — pergunta ela.

Faço um gesto para indicar que sim, com a boca cheia de torradas amanteigadas.

— Aham. Obrigada.

Ela sorri e inclina-se para agarrar um waffle. A cafeteira assobia e borbulha na bancada. Eu me levanto e sirvo uma caneca de café fresco. O calor se infiltra nos meus dedos que envolvem a caneca. Não tenho certeza se é o café ou o álcool afetando meu organismo, mas estou me sentindo quase confortável aqui.

— Você se divertiu ontem à noite? — pergunta Kate.

Aceno que sim.

— Muito. É meio surreal minha vida ser assim agora.

— Vai levar uma semana ou duas — ela me garante —, mas logo a colocaremos para trabalhar. Tenho certeza de que você não quer esperar muito.

— O que você quer dizer?

— Seu irmão — diz ela. Aperto minha caneca com mais força. — Eu ficaria tão revoltada quanto você se aquilo acontecesse com minha irmã. Lamento muito pelo que houve, mas estou feliz por você estar aqui. Assim, podemos ajudá-la.

Mako concorda com a cabeça.

— Penso o mesmo. Não deveria ter acontecido. — Atrás dele, Micah e Nianna fazem gestos de concordância.

— Obrigada — murmuro, aguentando firme para não chorar. — É muito legal da parte de vocês dizer isso.

No entanto, é mais do que legal. Apesar de mal conhecer essas pessoas, sinto que meu apego a elas está se firmando mais rápido do que o tempo que um raio leva para atravessar o céu. É como se alguém tivesse soprado coragem em meus ossos e, mais do que isso, *validação*. Tudo o que tentei explicar ao meu terapeuta, aos meus pais, ao Matthew... todos eles queriam que eu seguisse em frente.

Mas você não consegue simplesmente superar este tipo de coisa — este redemoinho de uma profunda culpa que se movimenta constantemente, inquieto e implacável. Você não segue em frente sem agir a respeito. Os Stags entendem isso. É tão chocante, repentino e gratificante o modo como legitimam o que sinto que eu nem sequer tenho ideia do que dizer.

No final do corredor, uma porta se abre e Jax caminha para fora, vindo em nossa direção. Ele está usando um agasalho desbotado dos Giants e calça jeans escura.

— Bom dia, pessoal — diz ele, pegando um waffle da mesa. Sem pedir, ele derrama calda no prato de Nianna e mergulha o waffle. Ele pisca quando vê o olhar dela.

— Então, o que faremos hoje?

Nianna dá de ombros.

— Mostrar para Val as cordas, patrulhar, vigiar as outras gangues para...

Jax balança a cabeça.

— Isso pode esperar. Temos uma nova recruta. É algo que vale a pena ser comemorado. E por "comemorar" quero dizer tirar um dia de folga.

— Nem vai perguntar a ela, não é? — responde Nianna.

Ele a ignora, passando a mão nos cabelos para tirá-los dos olhos. Ainda assim, uma mecha indisciplinada cai em seu rosto.

— Então, novata, o que você quer fazer?

— Ah, não sei — respondo. — O que vocês quiserem fazer.

— Essa é uma resposta de merda. Vamos lá. Escolha algo e faremos.

Merda. Forço meu cérebro à procura de alguma coisa divertida, algo que talvez eles não façam há bastante tempo...

— Que tal visitar Twin Peaks? — pergunto. Um silêncio se instala e eu entro em pânico. — Não, sério, vocês podem escolher...

Jax dá tapinhas em meu ombro.

— Se é Twin Peaks que ela diz, Twin Peaks será.

— Acho que não fui lá nem uma vez desde que me mudei para cá — diz Mako, e até mesmo Nianna balança a cabeça em concordância.

Nós nos dispersamos para trocar de roupa. De minha parca pilha de roupas, pego uma calça jeans, coturnos, uma camiseta de mangas compridas e uma jaqueta de lã. Lyla tem um ditado: se você acha que não precisa de um casaco para passar um dia em São Francisco, é porque você está errado e não sabe que precisa. E se você olhar para fora e pensar que precisa de um casaco, ainda estará errado — você precisa de dois.

Ela é inteligente, a Lyla. É estranho lembrar que o mundo dela ainda está girando normalmente — sem mim. Ela está indo para as aulas, frequentando os ensaios e se perguntando se JB Sanchez algum dia vai convidá-la para sair.

Sei que Lyla ficará bem sem mim, mas espero que ela sinta a minha falta tanto quanto eu sinto a dela. Apesar de tudo, Lyla é uma amiga melhor do que eu mereço. Ela se fez presente quando Leo morreu, estava conosco no funeral. Ela acompanhou a montanha-russa emocional que foi — é — meu caso com Matthew Weston. É ela quem me convida para jogos de futebol e para dançar com o resto de seus amigos do teatro. Eles são gentis comigo também. Sou a amiga que faz doces.

Ainda assim, é uma batalha me manter interessada em coisas como essas. Se Lyla não tivesse me arrastado para os lugares, eu teria ficado em casa estudando, dormindo e cozinhando o resto da vida até poder me vingar dos Boars. Há dias em que não consigo pensar em uma razão sequer para ela continuar sendo minha amiga, vide todas as merdas que já aprontei. Não sei como sobreviverei a um ano inteiro sem ela.

Prendo o cabelo em um rabo de cavalo, depois caço em minha pequena bolsa de maquiagem um hidratante para o rosto. Satisfeita por não parecer um zumbi completo, volto para o andar de cima.

Kate e Mako estão junto à porta da cozinha, enquanto ela termina um intrincado arranjo de tranças que daria inveja à Rainha dos Dragões de *Game of Thrones*.

Jax espera na porta da frente, puxando uma jaqueta de couro por cima de sua blusa. A jaqueta está salpicada com pingos de tinta brilhante e ambas as mangas estão gastas nas costuras.

Nianna é a última, vestindo roupas esportivas totalmente pretas e um gorro roxo.

— Meu Deus, arrume uma jaqueta nova — diz ela a Jax, franzindo a testa.

— Essa está ótima do jeito que está.

— Está se desmanchando.

— Foi feita para mim — diz ele, dando de ombros. — Feita sob medida.

— Então arruma uma jaqueta *sob medida* nova.

— Você não é minha dona — diz ele, com irreverência. — Vamos logo.

Sem esperar mais, Jax nos apressa para sair. Uma enorme van preta espera na entrada e, à medida que nos aproximamos, o sempre calado Jaws dá a partida. Jax toma o banco do carona, e eu me sinto como uma criança no primeiro dia de aula, sem saber onde me sentar no ônibus da escola. Apertada ao lado de Kate e Mako na parte de trás, eu mal havia colocado o cinto de segurança antes de Jaws arrancar.

Presto atenção aos nomes das ruas e edifícios pelos quais passamos, tentando em vão localizá-las em relação à Sutro Tower. As listras vermelhas e brancas da antiga torre de rádio estão parcialmente escondidas no nevoeiro. Essa condição do tempo me preocupa — não poderemos ver muita coisa de cima de Twin Peaks. Eu deveria ter escolhido um lugar diferente.

Em pouco tempo, Jaws faz a curva para a entrada de Twin Peaks. O estacionamento está cheio, então Jax nos instrui a desembarcar enquanto Jaws encontra uma vaga. Para meu alívio, as nuvens haviam se dissipado um pouco e temos uma visão clara do centro da cidade. Um resquício de neblina esconde os estaleiros de Oakland e alguns dos outros pontos de referência, mas posso conviver com isso.

— Cacete! Está frio — diz Mako, encolhendo-se. Ao mesmo tempo, Kate se joga sobre ele para ficarem mais próximos.

— Olhem esta visão privilegiada — diz Micah. Ele está sorrindo com os olhos bem abertos, como se nunca tivesse visto a cidade antes. — Já fazia um tempo que eu não vinha aqui.

— Queria que o clima estivesse um pouco melhor — diz Nianna.

Finjo não ouvir o comentário, mas sorrio quando Mako responde:

— Estamos em novembro. Em São Francisco. O que você esperava?

Nosso grupo encontra um trecho de grama esparsa para se sentar. Micah trouxe um caderno de esboços e, enquanto a maioria do grupo fala, eu o assisto trabalhando. Ele está fazendo esboços dos outros em estilo semianime. Seus olhos piscam para os meus, reconhecendo que percebeu que estou observando, mas ele continua desenhando.

— Bom? — diz Micah finalmente, passando o lápis sobre as linhas que compõem o perfil de Jax.

— Muito bom — respondo. — Você é realmente talentoso.

— Obrigado. Você desenha?

— Nunca fui grande coisa. Minhas habilidades estão em confeitaria.

— Sério? — Ele muda o aspecto do desenho e, de repente, um grande cupcake aparece flutuando acima da cabeça de anime de Jax.

— Sério — respondo. — Para mim, alivia o estresse.

É uma conversa que já tive milhares de vezes com muitas pessoas. *Alívio do estresse* é uma resposta fácil. Não menciono o frenesi de produção de doces como uma tentativa de aliviar minha ansiedade. Não menciono que os doces eram a única coisa que eu conseguia comer nos dias após a morte de Leo, os desejos naturais do meu cérebro superando o desespero. Não menciono que não faço nada vermelho para que a cor não me lembre o sangue de Leo.

— Vou assar um bolo para vocês um dia desses. Se tivermos tempo.

Ele desenha uma cara sorridente no cupcake.

— Aí sim!

— Valentine. — Eu me viro e percebo que Jax havia trocado de lugar com Nianna. Ele se aproxima, nossos joelhos se tocam. — Então. Alguma pergunta para mim?

— Sobre o quê?

— Qualquer coisa.

— Bem, o que acontece agora? — pergunto. — Se você não vai me dizer quem matou meu irmão até eu ganhar sua confiança, então, quero começar a ganhar sua confiança.

Ele me dá um aceno de aprovação.

— Estamos em um padrão de espera neste momento.

— *Ainda* em padrão de espera, você quis dizer — diz Nianna, entrando na conversa.

— Coisas boas vêm para aqueles que esperam, Nianna — responde Jax calmamente.

À minha direita, Micah para de desenhar. Kate sorri quando nossos olhares se encontram, mas eu teria de ser uma idiota para não notar que Jax está irritado.

O telefone dele toca.

— Devo ter dito algo certo — diz ele à Nianna enquanto se levanta para atender a chamada.

— É ela? — pergunta Nianna, e ele confirma balançando a cabeça enquanto coloca o telefone no ouvido.

— Quem é? — pergunto.

Nianna olha em volta antes de responder.

— Theresa, a mãe dele. — Ela murmura algo para mim. É preciso um momento e uma repetição do murmúrio para que eu a entenda.

— Heron? — murmuro de volta para ela.

Ela afirma com a cabeça.

— Não entendi — sussurro, puxando meu capuz. — Vocês trabalham com os Herons?

— Com esta Heron, sim. — Micah se aproxima mais de nós duas, formando um pequeno grupo. Mako coloca a cabeça em cima da de Kate. Ambos escutam também.

— Theresa, a mãe de Jax, está localizada em níveis altos na hierarquia dos Herons. Não está *no topo*, mas o suficiente para manter o prestígio. Ninguém na Guerra sabe que ela é a mãe de Jax — diz Micah.

— E ninguém descobriu ainda?

Ele balança a cabeça.

— Eles não têm o mesmo sobrenome. Theresa odeia o pai de Jax. Ele a deixou quando ela lhe disse que estava grávida.

— Que merda.

— É, não foi legal. Mas Theresa é de família rica. Ela teve Jax em alguma vila perto da costa. A família o manteve escondido de todos. Theresa retomou a vida pública normalmente e nunca ninguém descobriu.

— Ainda não entendi por que trabalhamos com ela se ela é uma Heron — digo. — Isso não é, tipo, cem por cento contra as regras?

Micah vacila.

— Mais ou menos. Só se alguém descobrir que Theresa está cagando e andando para a Guerra ou para os Herons. Ela é uma Heron apenas no nome, mas a política interna deles não a interessa. Ela só investiu mais nos negócios deles por causa do Jax. A única coisa que interessa à Theresa é ele, e ela está feliz em ajudá-lo a lutar contra os Herons.

— Hum, certo — digo. — Mas e aí? Como isso acontece?

— Theresa nos dá informações sobre o que os Herons mais velhos estão fazendo, quais propriedades estão tentando comprar e construir etc. Os Young Herons fazem a vontade dos pais.

— Continuo achando que isso é uma bagunça — diz Nianna.

Micah continua, seus grandes olhos encarando Jax, que ainda está ao telefone.

— De qualquer forma, tentamos nos antecipar a tudo. Os Herons querem expulsar pessoas de rua tal, em bairro tal? Chegamos lá antes. Jax dá dinheiro para os moradores que não podem pagar aluguel, depois marcamos a rua. Os moradores permanecem no local um pouco mais, os Herons mais velhos ficam irritados e os Young Herons ficam com o peso da culpa — diz ele rapidamente, sem tirar os olhos de Jax.

Logo sou capaz de juntar as peças do quebra-cabeça.

— Então, presumo que não tenham tido mais notícias de Theresa há algum tempo. É por isso que vocês estão em um padrão de espera.

— Bingo.

— E o que os Boars fazem, enquanto vocês fazem tudo isso?

— O que bem entenderem — pronuncia Kate, colocando o capuz na cabeça e depois deitando no chão. — Depredar, colocar fogo nas coisas no centro da cidade. Furtar as lojas chiques do centro da cidade e do Mission District, cujos donos são Herons.

Os Boars são músculo; os Stags, estratégia.

— Então, por que nós e os Boars não estamos do mesmo lado?

— Ah — diz uma voz fria atrás de mim. Jax nos olha fixamente, a escassa luz que escorrega entre as nuvens o ilumina como um holofote. — Os Boars não gostam muito de mim.

— Por que não?

Ele se abaixa e começa a enrolar a perna da calça. Ao dobrá-la até o joelho, ele gira até que eu veja a tatuagem preta na parte de trás da perna. Eu reconheceria o emblema dos Boars em qualquer lugar.

— Porque eu deveria liderá-los.

6

— Eu me juntei aos Boars quando fiz dezoito anos, como todos os outros.

Estamos na van novamente, apressando nosso caminho de volta para casa. Jax inclina seu assento para trás até onde é possível para continuar falando, enquanto Jaws dirige. Eu mudei de fileira e fiquei espremida entre Micah e Nianna.

— Por que você saiu? — pergunto a Jax.

— Eu não concordava com o que eles faziam. Eles inventavam brigas por coisas que já haviam acontecido anos antes.

— Sim, bem — diz Nianna, cruzando os braços —, Aaron Weston fodeu toda a árvore genealógica dele, não foi?

Espere, o quê? Aaron é o irmão de Matthew, aquele que mora em Tahoe.

— O que Aaron tem a ver com isso?

Se ela percebeu que só falei o primeiro nome dele, não disse nada.

— Ele começou toda essa confusão.

Minha pulsação acelera.

— O que você quer dizer com isso?

— Você não sabia? Aaron Weston e Annie Boreas eram um casal.

— Quem?

— Tyler Boreas é o verdadeiro líder dos Boars. Annie era a irmã mais velha dele.

Então Aaron namorou a irmã do líder dos Boars?

— Quando foi isso?

— Há uns doze anos. Aaron Weston e Elliott Boreas, o outro irmão Boreas, foram rivais durante anos. Tudo começou com algum tipo de animosidade que se manifestou quando ainda estudavam juntos na mesma escola. Então, quando Annie e Aaron começaram a sair, Elliott ficou louco. Os Herons não queriam ser associados aos Boars, e vice-versa. Mas os dois ficaram juntos. Planejavam se casar.

O tom dela me diz que há mais.

— E então...?

Os olhos de Nianna se desviam para Jax, que acena como quem diz "vá em frente" e olha de volta para a estrada.

— Então, Annie se afogou — diz ela, deixando os ombros caírem —, em algum lugar da baía, na véspera de Ano Novo. Aaron não estava lá, mas era o barco da família dele, a festa da família dele. Todos estavam muito ocupados festejando para perceber que ela estava ausente. Depois, o relatório do médico legista constatou que havia um nível alto de drogas no organismo. Do tipo que você simplesmente não arruma na rua, à toa.

— Muito triste — sussurra Kate.

Nianna acena com a cabeça.

— Elliott e os Boars piraram. Eles começaram a invadir territórios dos Herons: o distristo da Marina, North Beach, a extensão até o centro da cidade e South of Market.

Incendiaram carros, quebraram vitrines, marcaram tudo nas ruas. O grupo que agora é chamado de Young Herons retaliou. Eles eram em menor número, mas podiam contratar quem quisessem para encontrar os Boars e atingi-los.

Eu me reacomodo em meu lugar. Os Boars agiram como eu agiria. Tudo o que Elliott queria era vingança por alguém que ele amava.

— Mas isso não é realmente culpa de Aaron.

— Ele encheu a namorada de drogas, e depois ela se afogou — diz Kate, encolhendo os ombros. — Eu ficaria muito puta.

— Eu ficaria muito puto — ecoa Mako.

Nianna prossegue:

— Quando a polícia se envolveu, as coisas ficaram ainda piores. O Departamento de Polícia de São Francisco estava, e ainda está, desesperado por dinheiro, e os Herons tinham dinheiro. Os Boars se sentiram traídos pela cidade que deveria protegê-los. Gente como a gente, como dizem. Eles foram à forra, os Herons retaliaram. E assim por diante. Foi assim que a Guerra começou.

— Uau. — É o que consigo dizer. Até então, eu acreditava que se tratava de dinheiro e status, quando, na realidade, a cidade virou um caos por algo tão corriqueiro quanto duas pessoas que se apaixonaram.

— Há alguns anos, os Boars recrutaram aquele ali — diz Nianna, apontando para Jax.

Ele olha para o horizonte como se fosse o dono.

— Quanto mais tempo eu passava na Guerra, mais claro ficava que os Boars tinham se perdido. Ninguém nem sequer conhecia Annie ou se importava com o propósito original. Eles só queriam se vingar dos Herons pela forma como estavam mudando a cidade. Até considero que seja uma causa digna, mas eles não estavam sendo espertos na forma de agir. Por isso, cumpri meu primeiro ano e esperei até subir na hierarquia. Depois de um tempo, percebi que os Boars nunca seriam o grupo que eu queria que fossem, mesmo que eu os liderasse. Então, saí e levei outro Boar comigo.

O peito de Jax sobe e desce, como se estivesse prestes a dizer algo, mas, em vez disso, ele balança a cabeça.

— De qualquer forma, os Boars e os Herons esqueceram seu caminho e as razões que os levaram até ele. Agora estão afundando e levando a cidade com eles. Portanto, vou fazer a única coisa que eles, e a polícia, não conseguem fazer.

— E isso é...?

— Vou pôr um fim na Guerra.

O quê? A forma direta com que ele diz tais palavras traz meus sentidos de volta.

— Eu não entendo.

E estou começando a ficar muito cansada dessa sensação.

— Apesar das aparências, Valentine, você está sentada em um carro com um bando de pacifistas.

Espere, o quê?

— O quê? É sério?

— *Pacifistas* pode ser uma palavra forte — diz Micah. — Com a ajuda de Theresa, nós nos antecipamos aos planos dos Young Herons e impedimos que avancem. Nós protestamos, criamos caos, o que for preciso. E quando os Herons são detidos, não há nada contra o que os Boars possam retaliar.

— E, no primeiro dia de cada mês, Jax envia às duas gangues uma mensagem pedindo que terminem a Guerra — finaliza Nianna.

— Como você faz isso?

— Quando deixei os Boars, roubei uma de suas máquinas IRIS — responde Jax. — É o velho protótipo de comunicação que um dos primeiros Young Herons construiu. *Interpersonal Relay Internet System.*[2] Quando os Boars foram fundados, as duas gangues concordaram em usá-lo para conversar uma com a outra. Somente para negócios oficiais entre os dois grupos. O garoto que o desenvolveu era um gênio. Cada comunicação recebe uma criptografia única e, quando você envia uma mensagem, o IRIS a encaminha através de meia dúzia de conexões. Você não pode vê-la se não souber o que está procurando, e o protótipo nunca foi comercializado, então...

Não sei se deveria ou não ficar impressionada, mas estou atônita. *Em que foi que eu me meti?*

— Mas as notícias mostram que os Stags são tão violentos quanto os outros.

— Bem, nós não ficamos deitados deixando a merda toda acontecer — diz Nianna, como quem diz "dã". — Se uma das outras gangues se meter conosco, nós obviamente revidamos.

— *Eu* revido — corrige Jax, com voz elevada. — Se outra gangue fizer algo contra você, deixo você lidar com isso. Mas se for contra os Stags, eu tomo a frente.

---

2. Sistema de Retransmissão Interpessoal via Internet, em tradução livre. [N.E.]

Todo o sangue fica nas mãos dele. Ao meu lado, Micah se vira e olha pela janela.

— Entendi — digo.

— Estou falando sério, porra. — Jax se enerva, de repente. — É responsabilidade minha.

— Entendi — repito. *Eu disse algo errado?* — Mas minha vingança por meu irmão é minha?

— Sim — diz Jax, com um aceno de cabeça. Sua palavra parece um juramento de certo modo, como se fosse inevitável que eu encontrasse o Boar que matou Leo.

— A sociedade diz que somos maus, mas estamos fazendo o que a polícia não consegue e o que as outras gangues não querem — continua Jax. — Somos o que os Boars deveriam ter sido, mas não foram. Eles cresceram demais e estão desorganizados. Somos mais espertos do que eles e estamos fazendo a coisa certa.

Fazendo a coisa certa, mas do jeito errado.

— De qualquer forma, hoje começam suas primeiras lições, Valentine. É preciso estudar primeiro. Você tem de conhecer cada rosto e cada nome de todos os integrantes das outras gangues.

Fichários de informações com fotos e nomes. Instigante.

— Estudar, sistematizar, seguir ordens. Esta é a sua vida, até que eu diga o contrário — continua ele.

Até eu conquistar o meu lugar. Até que eu mereça saber a identididade da pessoa que matou Leo.

— Está bem — digo.

Ele tira uma cigarro eletrônico do bolso e inala profundamente, abrindo a janela o suficiente para deixar entrar uma lufada de ar frio e sair o vapor.

— Você conhece as linhas de ônibus?

— A maioria delas — respondo.

— BART?

— Nasci aqui, então, sim. Honestamente, a única coisa que me falta são mais roupas pretas.

Micah me dá um sorriso de aprovação, mas Jax está aparentemente ocupado demais para continuar me dando atenção. Ou pelo menos é o que penso, até que ele diz a Jaws:

— Nos leve para o centro da cidade.

Se você tivesse me perguntado o que eu estaria fazendo no meu segundo dia na Guerra, eu não teria dito "compras".

No entanto, aqui estou eu, no provador de alguma loja da Union Square, experimentando mais uma calça preta. Esta tem uma risca de couro lateral — couro verdadeiro, não aquelas imitações que encontramos na Forever 21 —, o que me faz sentir como uma super-heroína foda. *Estou sexy*, embora essa não seja uma palavra que costumo usar para me descrever.

— E então? — grita Kate do provador ao lado.

— Gostei — digo, tirando a calça com detalhe de couro e colocando a minha de volta. Pego o que escolhi: duas calças jeans, leggins pretas, dois blusões coloridos. Kate está me esperando, com um agasalho de corrida que se ajusta ao formato do corpo pendurado em seu braço.

— Também peguei este para você — diz ela. — Tamanho médio?

— Sim — respondo, mas fico desapontada. Reconheço as letras da marca: este agasalho não é barato. — Espere — digo. Ela me entrega a peça. — Kate, custa quase duzentos dólares. Sem chance de eu levar.

— Por que não?

— Porque são duzentos dólares por uma roupa que é feita para a pessoa suar dentro dela.

Ela ri, etérea e eterna.

— Não importa quanto custa. Jax vai pagar. Não se esqueça do que dissemos sobre a mãe dele. E, além disso, este é um negócio independente. Jax conhece a proprietária, Kailin. Quanto mais gastamos aqui, mais provável que eles possam arcar com o que os Herons cobram.

Kate pega o agasalho de volta e puxa o resto das roupas junto. Ela se dirige para o caixa e eu a sigo.

Ao nos ver, Jax se levanta de onde estava sentado, jogando algum jogo no telefone. Quando o caixa nos atende, tudo o que vejo são números cada vez mais altos.

— Jax — digo, enquanto ele conta as notas. — Posso devolver algumas peças...

Ele faz uma pausa.

— Você gosta delas?

— Gosto, mas...

Ele vira e entrega um maço de notas de cem ao caixa.

— Muito obrigado — Jax diz ao funcionário. Em um movimento suave, ele pousa o braço em torno dos meus ombros (mais em torno da minha cabeça, na verdade) e me puxa para perto para beijar meu cabelo. — Não se preocupe com isso, Valentine. Tudo que você quiser é seu.

Então me dê o Boar que matou Leo. Sinto vontade de dizer isso, mas sei que ele está falando de *coisas*, não de informações. Ainda não.

— Obrigada — murmuro, depois me retiro do seu enlace.

— Eu te disse — diz Kate em tom triunfal. — Agora, vamos tomar um café. Nianna conhece um lugar que é super pretencioso, mas que tem o melhor café espresso.

Nós deixamos a loja enquanto Kate manda uma mensagem de texto para os outros na rua, avisando que estamos a caminho. Esfrego a fita de brilhante da sacola — nunca pensei que teria tanta coisa de uma loja tão chique. Só se eu economizasse e quisesse esbanjar, claro. Mas ainda assim nunca conseguiria comprar seis coisas diferentes, mais o batom cor de orquídea que Kate adicionou no final da compra.

O ar está frio, as nuvens acima de nós estão em tons de azul-hematoma, impenetráveis, igual a uma longa cortina drapeada sobre a cidade. Sinto um arrepio pelo vento. A ideia de tomar um café me apetece cada vez mais. Andando atrás de Kate, admiro sua trança extravagante mais recente, ao estilo "espinha de peixe", que de alguma forma se mistura perfeitamente a uma trança normal, com uma ondulação perfeita no final.

As ruas estão movimentadas como sempre. Desvio de um vendedor que estava anunciando uma linha de cuidados para a pele e rapidamente saio do caminho de outro homem empurrando um carrinho cheio de sacos do lixo. O cachorro dele o segue de perto, com a cauda baixa.

Se houver um lugar onde duas forças opostas se encontram, este lugar são as ruas de São Francisco. Os turistas se esquivam dos pedintes, depois posam para fotos ao lado dos bondinhos na Market Street. À noite, frequentadores de concertos e amantes do teatro contornam e passam por agulhas descartadas e corpos espalhados pelo chão da estação Civic Center. A situação era ruim anos atrás, mas piorou pelo influxo de dinheiro injetado na cidade. A urgência por uma mudança está mais alta do que nunca, mas essa mudança muitas vezes vem à custa daqueles sem meios para combatê-la.

Acho que, no mínimo, a miríade de mazelas da cidade ajuda a Guerra. É como um câncer — não há solução fácil, e enquanto o Estado e os governos locais se enredam em burocracia, a Guerra continua, como se fosse um sintoma mascarado pelos demais.

Passamos debaixo da marquise brilhante de um hotel e residência privada, e Kate diminui o passo enquanto estuda o mapa em seu telefone. O estalido de saltos no pavimento soa por trás de nós, e eu me pergunto por que alguém andaria de salto-alto por ali, enquanto o pavimento ainda brilha com a chuva da manhã.

O estalido para e percebo que Jax não está mais atrás de mim. Viro para olhar o que está acontecendo.

Jax está congelado no meio da calçada com uma de suas mãos já nas costas, onde sei que uma arma está escondida. Discutindo com ele está uma garota de nossa idade com brilhantes cabelos pretos até a cintura e olhos que só posso descrever como faiscantes. Há dois caras bem atrás dela, como soldados flanqueando uma rainha.

— Olhem só, vejam quem resolveu aparecer no meu caminho — diz a garota, com a voz ronronando. Ela estreita os olhos perfeitamente sombreados, coçando a cabeça de lado para olhar para mim. — E veio com alguns amigos.

— Puta merda. — Kate agarra meu braço, puxando-me em direção a ela. — É Camille Sakurai. Líder dos Young Herons.

O solo fica instável sob meus pés. Estamos no centro da cidade. É claro que os Herons nos encontrariam. *Matthew!* Ele está aqui? Ele está por perto?

— Ei, Camille — responde Jax, como se estivesse cumprimentando um velho amigo. — Não estamos aqui a negócios. Só de passagem.

— Só de passagem — repete ela. — Ah, claro, sendo assim, tudo bem. Não ligue para nós, então. — Ela cruza os braços sobre o peito, as pulseiras cor de bronze em seus pulsos brilhando pela luz do estabelecimento à nossa frente. — Você nunca está só de passagem.

— Estou mostrando à novata como as coisas funcionam.

— Ah, é verdade. Você tem uma nova recruta. — Camille cruza os olhos com os meus. Um momento depois, Jax recua até ficar à minha frente, impedindo que ela me veja.

— Oi, Valerie — diz ela. — Tão bom conhecê-la pessoalmente.

— Como é que ela sabe... — sussurro freneticamente, mas Kate aperta meu braço.

— Agora não — diz ela.

— Faremos assim, Jax. Tenho um acordo para propor a você — diz Camille. Seu tom está repleto de uma hostilidade que corta como o aço. — Vou me esforçar para esquecer que vi seu rosto hoje se você me der dois minutos com sua recruta.

— Nem pensar — diz Jax instantaneamente.

— Você não está em condições de negociar — diz ela. — E está no meu território, otário.

— E você está sendo filmada, Vossa Alteza — diz Jax zombando, virando a cabeça em direção ao hotel. Certamente, há câmeras escondidas ao nosso redor. — Quanto mais tempo você ficar aqui, mais rapidamente alguém vai questionar por que a filha de um magnata dos carros autônomos está conversando com uns idiotas que abandonaram o ensino médio.

O olhar de Camille é assustador.

— Muito bem. Vá se foder, Jax. E não volte mais aqui. — Girando o corpo, ela ruma para dentro do hotel, mas faz uma pausa no primeiro passo, ao que seus guarda-costas também param. — Ah, e Valerie? Não me esquecerei de contar a Matthew sobre isso. Ele está lá em cima, sabia?

Lá em cima. Sem pensar, olho para cima, me perguntando por trás de qual das janelas brilhantes está Matthew. Jax e Kate me levam para longe do local do impasse, a mão de Jax em minhas costas.

— Você está bem?

— Sim — respondo. — Nós estamos, ãhn, seguros?

— Suficientemente seguros, mas não devemos ficar aqui muito mais tempo.

Kate nos conduz até a cafeteria. Lá dentro, o ar está quente e o clima é calmo, enquanto os funcionários anotam os pedidos e os clientes se inclinam sobre seus laptops.

Micah está bebericando o que parece ser um simples Americano[3] quando nos vê.

— Tem algo errado?

— Camille nos encontrou — responde Jax. — Vamos logo embora.

Recolhemos nossas coisas e saímos do café tão rápido quanto entramos nele. A van encosta e nós embarcamos.

---

3. Bebida cujo preparo consiste em adicionar água quente ao café, em vez do preparo tradicional por gotejamento. [N.E.]

Desta vez, Nianna pega o banco da frente e Jax se senta ao lado de Micah, dando palmadas em seu ombro.

— Anime-se — diz ele ao amigo.

Micah sacode a cabeça.

— Foi burrice vir aqui. — Ele acrescenta outras palavras ao ouvido de Jax. Não consigo pegar.

— Eu sei. — É a resposta de nosso líder, e nenhum de nós jamais saberá se Jax estava concordando com a declaração de Micah ou com o que foi sussurrado. Só estou feliz por estar a salvo.

Olho pela janela enquanto a van acelera. Quanto mais nos afastamos do centro, mais brilhantes as luzes do hotel parecem queimar contra a paisagem cinzenta da cidade — como pequenos incêndios, lembrando o domínio que os Young Herons têm sobre a cidade. E sobre mim.

Matthew é um Young Heron agora. E se o que os Stags disseram é verdade, então, eles são nosso maior inimigo. Eu deveria odiá-lo.

Mas como eu poderia? Mesmo no auge do nosso rompimento, eu não *odiava* Mathew. Não mesmo. E por mais doloroso que fosse, o término não apagou os anos durante os quais forjamos nosso vínculo. *Nossas histórias estão entrelaçadas*, eu lembro a mim mesma. Isso ainda é verdade, agora que estamos em lados opostos?

Penso em Annie Boreas — como foi para ela abandonar o mundo que conhecia e mergulhar na grande escuridão do desconhecido? Ela deixou para trás os irmãos e, provavelmente, os demais laços familiares. Por mais forte que seu coração lhe dissesse que o que ela estava fazendo era a coisa certa, será que conseguir o que ela mais queria valeu o risco?

Horas mais tarde, Kate, Nianna e eu nos sentamos ao redor da mesa da cozinha. Nianna está inquieta como uma gata impaciente, enquanto Kate pinta as unhas dela com um esmalte roxo escuro. Micah joga videogame no outo cômodo enquanto Mako sai para uma corrida.

Jax pediu para ficar sozinho.

Três pastas plásticas mostruosas estão diante de mim. Já folheei cada uma delas uma dúzia de vezes, mas a memorização é excruciante. Sou boa com nomes e rostos, mas não *tão* boa assim.

Além disso, ainda não consigo esquecer o que aconteceu no centro da cidade, ou o que os Stags me disseram quando estávamos saindo de Twin Peaks.

Como Matthew nunca me contou sobre o que aconteceu com Aaron? Ele apenas disse que o irmão era a ovelha negra da família e que amava a vida que levava em Tahoe. Ele não me contou sobre Annie, como ela morreu ou a escolha que fez antes de morrer. Ela escolheu o amor e abriu mão da família — será que alguma vez se arrependeu de sua decisão? *Por falar nisso...*

— O que aconteceu com o cara que saiu dos Boars junto com Jax? — pergunto. — Vou conhecê-lo em algum momento?

Nianna e Kate fazem uma pausa. Após uma olhada para a porta do corredor, em direção ao quarto do Jax, Nianna solta o ar do pulmão com pesar e revela:

— Ele não saiu com um cara. O Boar que Jax levou embora com ele se chamava Brianna. Ela era a *crush* dele há muito tempo e, bem, ele é Jax. Ele consegue o que quer. Mas as coisas se complicaram rapidamente. Ela queria sair dos Stags. Isso tornou-se um grande problema porque, naquela época, os Stags eram *novinhos em folha*, e Jax não podia deixá-la ir para casa. Isso arruinaria a pequena reputação que eles haviam conquistado até então. Depois, Brianna foi sequestrada pelos Boars. Os filhos da puta bateram na traseira do carro dela e, quando ela saiu, eles a pegaram.

Arrepios correm pela minha espinha. Há certas coisas que podem acontecer a uma mulher quando ela é sequestrada — e nenhuma delas é boa.

— Jax ficou louco. Tentou se encontrar com o líder dos Boars, mas eles se recusaram. Brianna esteve com eles por sabe-se lá quanto tempo.

Eu exalo, balançando a cabeça.

— Que merda.

— Eventualmente, eles a soltaram. Ela disse que não a machucaram, que só a pegaram para irritar Jax, mas quem é que sabe? Depois que a soltaram, Jax nunca a procurou, pelo menos que eu saiba.

— Por que não? — pergunto. — Ele gostava dela, não gostava?

— Sim, gostava. E aposto que é por isso que ele não a procurou. Ele estava furioso por ter deixado isso acontecer. Jax é tão orgulhoso quanto possível e o fato de ela ter sido pega o deixou mal na fita. Enfim. Nada de bom pode acontecer quando se está perto demais de Jax, por isso não tenha nenhuma ideia estúpida de tentar mudá-lo ou começar a imaginar como seriam seus filhos ou coisa do tipo. — Ela vê a cara que faço diante da palavra *filhos* e dá um meio-sorriso. — Sei lá. Vocês, heterossexuais, às vezes são loucos. De qualquer forma, essa é a sujeirada toda. — Ela dá de ombros. — De nada.

— Obrigada.

— Volte para os documentos — responde ela.

Sim, madame. Pego novamente a pasta sobre os Boars e procuro os três que eu e Micah vimos no trem, mas meus pensamentos permanecem em Jax. Não é possível que ele amasse Brianna, se não, teria ido atrás dela. Talvez ela não o quisesse, no final das contas. Sem chance de Jax admitir uma coisa dessas.

Foco, Val. Os três Boars.

Estremeço quando me lembro de ver o nome de Leo no braço de um dos Boars. Parecia sangue. Mas não poderia ser. Era tinta e nada mais. Tinta que me distraiu do rosto do cara. O Boar tinha cabelo loiro oleoso e um largo sorriso macabro — mas isso não reduz muito as alternativas.

— Jimmy Finesman — sussurro, tocando uma foto que poderia ser dele.

— O que tem ele? — pergunta Nianna.

— Acho que Micah e eu o vimos ontem enquanto estávamos no BART. Ele e alguns outros. Eu acho.

— No caminho de Ingleside?

— Sim.

Ela absorve as novas informações com um aceno de cabeça.

— Interessante. Aposto que Micah disse a Jax, mas se merdas como essa acontecerem quando você estiver sozinha, sempre avise a todos.

— Ok, entendido.

Volto para as pastas. Jimmy não importa muito para mim. Se ele está na Guerra agora, então, não poderia ter matado Leo. *Mas então como ele sabe disso?* Micah disse que sempre tem alguém para espalhar os boatos — como se o assassinato do meu irmão fosse algo tão notável que valesse a pena compartilhar a notícia. *Ótimo.* Minha garganta se aperta, mas luto contra o sentimento e viro a página.

Passa pela minha cabeça, e não pela primeira vez, que o assassino de Leo pode muito bem estar morto. Logicamente, é uma possibilidade.

Mas não — posso sentir que ele está vivo. Talvez seja ingênuo me iludir com tal esperança, mas eu a tenho. Ele ainda está por aqui em algum lugar, sem saber que o objetivo de minha adesão à Guerra era parar seu coração como ele parou o de Leo.

— Não é de se admirar que os Boars estejam sempre no noticiário — digo, fechando a pasta mais uma vez. — Há tantos deles.

Kate retoca a cor do esmalte.

— Ouvi Jax dizer a Micah que Ty nem sequer pede a eles para fazerem metade do vandalismo e outras merdas que eles fazem. Nós não faríamos esse tipo de coisa. As còisas que as outras gangues fazem são geralmente um bateu-levou. Olho por olho, ou algo assim.

— Retaliação — esclarece Nianna. — A Guerra é um grande ato de equilíbrio. Pelo menos, é assim para nós e para os Herons. Os Boars fazem o que querem. Só por diversão, eu acho.

— Hum — respondo, melancolicamente. Matar pessoas. Destruir vidas. Assassinar crianças. Por diversão. *Respire, Valerie.* — Ei, que horas são?

Kate se inclina para trás e verifica o relógio no forno.

— 3h13. Por quê?

— Só queria saber.

Afasto as lágrimas e olho novamente para as pastas. Agarrando os documentos sobre os Herons, começo a ler a primeira página. O primeiro rosto agora é familiar.

Na foto, Camille parece que poderia ser uma prima perdida das Kardashians. As dobras do casaco de marca famosa se projetam ao vento enquanto ela sai de seu carro. Em seus pulsos, pulseiras gêmeas brilham ao flash da câmera como bronze polido. Os longos cabelos pretos emolduram seu rosto, contrastando com um batom rosa perfeito. Seus olhos estão direcionados para a frente, longe das câmeras. Só posso imaginar o tipo de olhar que uma garota como ela pode lançar — como uma espada atravessando seu peito.

Nianna se estica e eu inclino o documento para que ela possa ver.

— Camille é uma vadia durona — diz ela. — Seu avô era membro da Yakuza ou algo assim. Ela é a líder desde a saída do último Weston.

Estudo o resto dos Young Herons, meu ritmo cardíaco subindo. As fotos variam — algumas imagens claras, outras mais borradas — mas continuo a combinar rostos e nomes o melhor que posso. E então...

— Conheço algumas destas pessoas — digo. *Charles Davis. Kayla Meyers-Britt.* Corríamos pelo quintal dos Westons, brincando de pega ou o que quer que fosse, enquanto nossos pais bebiam vinho e riam alto. — Não pensava neles há anos. Eles costumavam vir às festas dos Westons.

— Eles estão do outro lado agora — diz Nianna. — Não se esqueça disso.

— Não vou.

— Como assim você era convidada para as festas dos Westons? — pergunta Kate, os olhos brilhantes e curiosos.

— Minha mãe tem uma empresa de planejamento de eventos. A sra. Weston a contratou para algum evento quando eu era criança e elas permaneceram em contato. Era fácil, já que morávamos na mesma rua.

— Então... — diz Kate — sua família também é rica?

— Não, não, não — respondo rapidamente. Dinheiro é um tópico frequentemente discutido por Lyla e eu, um hábito que sem dúvida será alimentado por ela nos próximos anos na UC Berkeley (se ela entrar, o que certamente acontecerá). — Nós temos boas condições, mas não somos como os Weston. É estranho falar sobre isso, eu sei. Porque, tipo, obviamente tenho privilégios. Mas definitivamente a nossa casa é a pior do quarteirão. Frequentei uma escola realmente ótima, mas não ganhei uma BMW quando fiz 16[4] anos nem nada parecido.

Kate dá de ombros.

— Mesmo assim.

— Eu sei. E não estou dizendo que sou pobre, de forma alguma. Sou muito grata pelo quanto meus pais trabalham duro por mim. Ainda assim, na escola, em todo os momentos do meu dia, as pessoas me lembravam que eu tinha menos do que elas e, portanto, *era* menos do que... é o tipo de coisa que se introjeta em você depois de um tempo.

Penso na época em que Matthew e eu namorávamos. Estávamos almoçando com os amigos dele numa sexta-feira. Eles eram um grupo bastante simpático de rapazes e moças esportistas, com conexões para entrar em universidades da

4. Idade em que os jovens podem tirar carteira de motorista e começar a dirigir nos Estados Unidos. [N.E.]

Ivy League. Todos inteligentes, todos bonitos. Uma garota veio até nós — Melissa qualquer coisa; ela fazia parte do conselho estudantil — e perguntou se Matthew tinha um segundo para conversar em particular. Assisti enquanto eles conversavam, e, por um instante, ela ficou vermelha, e depois parecia confusa, olhando em minha direção.

— O que rolou? — perguntei quando ele retornou.

— Nada.

— O que ela queria?

— Ela me convidou para o baile de formatura júnior. — Ele beijou o lado da minha cabeça. — Eu disse a ela que não, obviamente.

— Ah. Está bem.

Não era como se fôssemos um casal novo. Será que ela realmente não sabia que Matthew estava comprometido? Ou ela simplesmente não acreditou? A confusão que eu havia lido no rosto dela estava ligada a uma descrença e zombaria à qual eu estava começando a me acostumar como namorada de Matthew. Eu vi os sinais e tentei apagar o incidente da memória, até agora. Matthew nunca me fez sentir menos do que eles, mas todos no mundo dele o fizeram.

De volta ao presente, Kate sorri e uma onda de alívio vem sobre mim.

— Te entendo. Se eu ganhasse uma moeda por cada vez que meu pai me disse que minha irmã era a filha favorita, provavelmente eu já seria uma Heron. Não é culpa minha que eu não seja boa na escola, em testes e outras coisas.

Merda, isso é complicado. Manifesto apoio à Kate.

— Bem, não importa, porque você é nossa favorita — diz Nianna firmemente.

Kate lhe empurra de brincadeira em resposta.

— Sei, sei.

Nianna se levanta, balançando as mãos para secar as unhas.

— Vá dizer a Jax que você já terminou de ler os documentos. Ele quer levar você para atirar antes que seja tarde demais.

— Está bem.

Kate zomba.

— Você vai arruinar todo o meu trabalho duro.

— Sou cuidadosa — responde Nianna, empilhando habilmente as pastas.

— Aff!

Elas continuam falando enquanto vou para o corredor. Pausando, escuto por um momento. Jax ainda está ao telefone, falando em voz baixa. Quando bato, ele imediatamente para de falar. Uma batida a mais e ele abre a porta, com a mão levantada.

— Espere — diz ele para a pessoa ao telefone. Uma garota responde do outro lado da linha, palavras perdidas em um riso agudo. Uma onda de ciúmes me atinge. *Mas que porra é essa?* Não há por que sentir ciúmes. Não me importo. *Tenho Matthew.*

— O que é? — pergunta ele.

— Nianna me disse para avisar que já terminei com as pastas.

— Ah — responde Jax. — Bem, vá fazer o que quiser até Mako voltar.

Atrás de mim, ouço a porta da frente abrir e fechar. A voz de Mako ecoa pelo corredor, chamando por Kate de maneira brincalhona, como se fosse o personagem de um marido em uma série cômica antiga.

— Não importa, então. Me dê mais alguns minutos. — Jax coloca o telefone na orelha novamente e fecha a porta.

Quem quer que esteja do outro lado da linha deve ser uma pessoa e tanto para ter fisgado Jax. O meu lado ridículo que é atraído por ele está decepcionado — mas é melhor assim. Jax é meu líder, nada mais.

Alguns minutos depois, ele sai do quarto. Eu me levanto do sofá, onde estava esperando.

— Quem era? — pergunto.

Ele me ignora e coloca suas mãos em volta da boca, fazendo um minimegafone.

— Qual é, Mako?

— O que é?

— Vamos levar a Valentine para atirar.

— Sim, senhor.

Fico esperando enquanto Jax pega um colete térmico cinza-aço e azul escuro. Ele vai atrás da porta e abre uma gaveta. Quando volta, tem uma arma preta brilhante em sua mão.

— Jesus — digo, dando um pulo.

— Não está carregada — responde ele, com uma risada. — Vamos aprender o básico aqui. Tem mais luz na cozinha — ele faz um movimento de "xô" com as mãos e eu vou em direção à cozinha.

Ocupo meu lugar de costume. Mako pega outra arma de um coldre para pernas e a coloca sobre a mesa. Até mesmo Jaws dá uma espiada no espetáculo. Não o ouvi entrar, mas não me importo que esteja aqui. Estranhamente, gosto de Jaws: é reconfortante saber que é trabalho de alguém nos proteger, estar por perto e ser nossa sombra.

Duas batidas fortes na mesa prendem a minha atenção.

— Primeira regra — diz Mako —, nunca aponte uma arma para algo em que você não quer atirar. — Ele puxa para trás a parte superior da arma. Um buraco de forma oval se abre no lado. — Verifique sempre você mesma se está ou não carregada. Aqui está a câmara. Mesmo que a arma não esteja carregada, pode haver uma bala lá dentro. Verifique sempre. — Ele a inclina. — Aqui é onde entra o pente.

Balas. Por um momento não estou aqui — estou na parte de trás de uma ambulância ouvindo um paramédico dizer que havia dois ferimentos de bala...

— Val?

— Desculpe. — Faço um aceno de cabeça a Mako. — Estou ouvindo.

— Então, esta é uma Glock. Nove milímetros, semiautomática. Aqui. Segure-a.

Eu pego a coisa e a aponto para o chão. É mais pesada do que pensei. Eu sabia que participar da Guerra significaria aprender a atirar, então fiz pesquisas online e na biblioteca. As Glocks são feitas por um dos fabricantes mais conhecidos, lembro-me disso.

Meus dedos correm ao longo do relevo em metal no cabo. Troco a arma de mãos algumas vezes até que Mako me mostre como segurá-la corretamente. Ele me faz segurá-la com as duas mãos. Na noite em que fui recrutada, nenhum deles estava segurando as armas dessa maneira.

Minha pele é muito macia, meus dedos são muito delicados. *Você é nova nisso. Seja paciente.* Balanço minha mão e pego a arma novamente, segurando-a da maneira que Mako me mostrou, com o dedo perto do gatilho, mas não em cima dele.

— Boa menina — diz Mako. — Qual é a sensação de empunhar?

Eu flexiono minha mão.

— Ótima.

— Ajuste e aderência são muito importantes.

— Essa está boa.

— Certo. Agora, levante-a em direção à janela.

Faço o que ele manda. Em cima da arma há uma pequena aba com um entalhe. No final da arma há outro trecho levantado.

— Essa é a mira — diz ele. — Para mirar, você focaliza o nível dianteiro no centro do nível traseiro. Tente.

— Tem certeza?

— Sim. — Ele ri. — Não está carregada.

Encontrando um pouco de mofo nas persianas da janela, eu nivelo a arma até que as perspectivas se alinhem. Coloco a arma sobre a mesa novamente. Minhas mãos formigam.

— Entendi.

Mako me passa algumas outras noções básicas: como manipular o *slide*, por onde as cápsulas vazias são ejetadas e como os novos cartuchos são carregados automaticamente. Finalmente, ele olha para Jax.

— Tudo bem, chefe. Vamos?

— Vamos.

Nós três entramos no carro, eu sozinha no banco de trás — como se eu já não estivesse me sentindo uma criança o suficiente. Mako nos leva por um curto caminho até o Lago Merced. Passamos por algumas pessoas se exercitando e um homem idoso dando uma voltinha de fim de tarde. Os postes de luz ainda estão começando a ganhar vida, seu brilho alaranjado desvanecendo no crepúsculo lavanda.

Encostamos em um edifício baixo, cercado por uma cerca feita de correntes. Uma enorme placa com o dizer "FECHADO" escrito está pendurada sobre o que seria a entrada. Abaixo dela há outra placa que diz "PROPRIEDADE PRIVADA".

— É aqui? — pergunto conforme saímos do carro. Além da cerca, há longos caminhos de grama e cascalho. Não vejo nenhum alvo.

— Sim — responde Mako. — O lugar foi fechado há cerca de um ano. A mãe de Jax o comprou para nós.

— Não, ela comprou o *terreno* — diz Jax, sua voz baixa em uma seriedade zombeteira.

— Sim, claro. Como eu poderia esquecer? — Mako ri. — O terreno e só.

Eu paro brevemente, atordoada. Custaria uma quantia obscena de dinheiro comprar um terreno tão grande em São Francisco. Bem no lago, nada menos. Quão rica esta mulher é?

Jax pega uma chave para abrir o portão, depois outra para nos levar para dentro do prédio. Um alarme soa. Jax digita o código no sistema, enquanto Mako acende uma luz.

O local, um antigo clube de armas, é embolorado e pouco iluminado. As paredes são forradas com panfletos antigos e pontilhadas com buracos, lembranças de molduras que costumavam decorar o espaço. Há algumas prateleiras vazias, uma caixa registradora e um cofre trancado, aparafusado no chão, na parte de trás. Jax também o abre e coloca uma caixa de balas no balcão.

Nós vamos para os fundos. Mako repassa os pontos comigo enquanto Jax coloca um alvo no lugar. Eu mal consigo ver o contorno tênue até que Jax liga um conjunto de holofotes. Ele volta até nós. Mako me dá dois tampões para os ouvidos.

— Não os teremos no campo de batalha — diz ele. — Mas eu me sentiria mal se você ficasse surda sob minha supervisão.

— Obrigada. — Torço os pedaços de espuma e os coloco em meus ouvidos.

Mako abastece o pente.

— Ela é toda sua. Lembre de como segurá-la. E lembre de que ela vai dar um tranco de volta em seu braço.

— Certo.

Pego a arma, ajusto o slide da maneira que ele havia me mostrado e nivelo a mira. Fechando meu olho direito, concentro minha visão.

— Você consegue — diz Mako atrás de mim. Jax não diz nada.

No breve momento de silêncio, os dois lados do meu cérebro pegam em armas.

Leo morreu desta maneira. Alguém puxou o gatilho que enviou a bala que rasgou as camadas do corpo de meu irmãozinho até chegar ao seu pequeno coração e... não.

Não, você tem de aprender para poder matar o Boar que atirou nele.

Nada além disso importa. Agora mire. Mire como se aquele papel fosse o assassino de Leo.

A raiva vence. Eu disparo.

Sinto o tranco, mas consigo me manter firme. A adrenalina corre através de meus membros. Atiro de novo e de novo até o pente esvaziar.

Pouso a arma e me afasto como Mako me disse. Ele sai correndo para buscar o alvo e o segura contra a luz. Sou surpreendida pelo conjunto de buracos perto do centro.

— Você é uma boa atiradora.

— Aparentemente. — Estico o braço.

— Faça outra vez — diz Jax. Tento ver se há algum sinal de aprovação em seu rosto, mas, em vez disso, vejo uma pequena chama. Ele acende um cigarro.

Por sorte, Mako me preparou bem. Ele me faz colocar o pente por conta própria, carregando e descarregando a arma várias vezes.

Seja qual foi a sorte de principiante que tive em minha primeira rodada de disparos, ela desaparece. Quando Mako pega o segundo alvo, ele o entrega a mim de forma mais cautelosa.

Jax se aproxima de mim. Aparentemente, ele se lembrou de que o que está acontecendo aqui é importante.

— Você vai ter de praticar.

— Obviamente.

— Todos os dias.

— Tudo bem.

Ele acena com a cabeça.

Então, rápido como um felino, ele dá dois passos largos, puxando a própria arma da cintura. Os tiros vêm em rápida sucessão. Eu pulo para trás enquanto Jax dispara sem nem parecer estar mirando. Ele mantém a arma firme até esvaziar o pente.

— Porra, cara — diz Mako. — Nunca dá para se prevenir contra você.

Jax ri.

— Ok. Vamos para casa. Está frio para caralho aqui.

Aceno de acordo, mas não paro de tremer. Nem quando Mako e Jax terminam de trancar o local e o portão. Nem quando entramos no carro.

Meus pensamentos sangram com a lembrança de que estou dançando com demônios, flertando com monstros. Os Stags podem me ajudar a vingar Leo. É o que Jax disse. Eu estava tão tonta de esperança que não me dei conta do motivo pelo qual acreditei em suas palavras.

Os Stags podem me ajudar a encontrar o assassino de Leo porque também são assassinos.

São quase nove horas quando chegamos em casa e estou mais do que pronta para dormir. Estou prestes a dar meu boa-noite a todos quando Jax chama de seu quarto.

— Cozinha. Todos. Agora.

Os Stags fazem o que é dito. Quando estamos todos prontos, Jax limpa a garganta e segura um pedaço de papel azul pálido. É de um tipo antigo, com furos de ambos os lados. O texto escrito em um cinza fraco ocupa a página inteira. Jax levanta o papel para que todos vejam.

— Ty quer um encontro.

Nianna recua como se tivesse sido mordida.

— Por quê?

— Ele diz que tem uma proposta para mim.

— Que romântico — murmura Mako.

— Quem é Ty? — sussurro a Micah.

— Ty Boreas, o líder dos Boars — responde ele, depois se dirige ao resto do grupo. — Você vai? — pergunta, mudando de pé.

Jax acena com a cabeça.

— Sim, vou encontrá-lo. É pelo IRIS. Ele não pode me foder. É contra as regras.

— Parece ok. — Micah enfia a mão no bolso do blusão, recostando-se na geladeira. — Quer que a gente vá junto?

Jax pensa.

— Quero. Vai dar à Valentine alguma experiência com as outras gangues. Vou avisar ao Ty quando e onde.

Jax vira-se para sair e os outros começam a se dispersar.

— O IRIS não disse nada sobre os Herons? — pergunto. Eu me contenho antes que as palavras *ou sobre Matthew Weston* escapem.

Imediatamente o clima do ambiente muda, e me arrependo de ter falado. *Caralho.*

— Nada de Herons — diz Jax. — Camille está caladinha. As coisas podem mudar, no entanto. Há um novo membro.

— Já esperávamos isso — diz Nianna. Os olhos dela pousam em mim. — Estamos observando os Herons prepará-lo há meses.

Prepará-lo. *Matthew.* Ela sabe que somos próximos. Ela estava me observando na noite em que fui recrutada? Será que ela viu nosso beijo? Raiva e constrangimento surgem em meu peito. Aquilo era privado, só para nós.

E o que ela quer dizer com *prepará-lo*? Matthew me disse que ser recrutado sempre esteve nos seus planos, mas apenas por causa de sua família. Será que ele queria realmente fazer parte da Guerra? Ele não é como os Young Herons. Ele nem mesmo quis se juntar ao time de futebol americano, porque não gostava da ideia de atingir as pessoas, imagine se ele iria gostar da ideia de machucar alguém de verdade.

Jax se vira para sair, e Nianna fixa os olhos nos meus.

— Não pergunte novamente sobre os Herons — diz ela, sua voz carrega um tom forte de *que diabos você estava pensando?* — Jax nos diz o que precisamos saber. Mesmo que houvesse algo, não é da porra da nossa conta até que ele resolva nos dizer.

— Desculpe — respondo timidamente.

— É melhor pedir desculpas mesmo — diz ela. — Você tem que ficar mais esperta.

— Eu já pedi desculpas — respondo, piscando os olhos. Assumindo que estamos dispensados, saio e me fecho no banheiro.

Lá, deixo caírem algumas lágrimas e as enxugo silenciosamente com papel higiênico.

Estou cansada, meu braço dói e me sinto tão pequena quanto possível — sem mencionar o quão confusa. É impossível que os Herons tenham preparado Matthew antecipadamente... então, por que uma pequena parte de mim acredita que é possível? Desde a separação, não temos conversado muito. Matthew deixou o conselho estudantil abruptamente e, sempre que eu perguntava a razão, ele mudava de assunto ou me ignorava. Eu deveria ter falado mais com ele sobre isso. Agora que estamos separados, posso pensar em tantas outras perguntas que gostaria de ter feito a ele e em tantas coisas que gostaria de ter dito.

Mas não posso mudar o passado, assim como não consigo afastar o pensamento que me assusta mais do que tudo: se o que os Stags dizem é verdade e Matthew estava sendo preparado pelos Young Herons há meses, então ele optou por não me contar.

E se ele realmente me ama, então por que diabos ele não me contou?

7

Mako me leva para praticar todos os dias. Ao fim de uma semana, meus ombros estão doendo infernalmente — e as horas de treino que Jax me faz cumprir não ajudam. Não sei se é de praxe ou se ele quer que eu entre na linha. Seja como for, ele me obriga a fazer isso.

Mako boceja e belisca a ponta do nariz enquanto espera que eu dispare. Os Stags parecem não passar sequer uma noite sem beber. Não dormi muito, mas bebi uma tonelada de água antes de ir para a cama para que a ressaca fosse mínima — mesmo na Guerra, não negligencio meu lado responsável. Mako não foi tão prudente. Acho que sua dor de cabeça o teria mantido na cama o dia todo se Jax não tivesse ido até seu quarto e o expulsado de lá.

Estou feliz que minha cabeça esteja funcionando direito, pelo menos. Quero estar pronta para hoje à noite.

Jax concordou em se encontrar com Ty à meia-noite. Cada um deles poderá levar até dez pessoas. Para os Boars, isso é cerca de um décimo do total deles. Para nós, isso é todo mundo que temos.

O encontro será na Mission Dolores. Até onde eu sei, não é território neutro, mas Jax foi inflexível em relação a não haver violência porque se trata de um terreno sagrado. Mission Dolores é a construção mais antiga da cidade e é uma igreja de verdade. *Não tem como ser mais sagrado do que isso*, penso.

Minha apreensão em relação ao encontro com os Boars só tem distraído momentaneamente meus pensamentos sobre Matthew. Ainda não tinha me dado conta do quanto eu gostaria de falar com ele até que fui proibida de fazê-lo. Não conversamos por um tempo depois que nos separamos, mas essa foi uma escolha minha. Essa situação — de nem mesmo ter a opção — tem sido uma tortura.

Pelo menos posso ligar para casa. Cada vez que faço isso, peso os prós e os contras — ouvir a voz da minha mãe versus causar dor a ela por causa do meu recrutamento. Ela nunca quer desligar, e sempre há um doloroso debate sobre quando vou ligar novamente.

Lembro a mim mesma de que estou fazendo tudo isso por nós, por nossa família. Não demorará muito. Ganharei a confiança de Jax, ele me dirá quem é o Boar e eu...

Terei de atirar. Já não é mais tão assustador pensar nisso — bem, pelo menos não como antes. Praticando, aprendi o ritmo de pegar a arma e carregá-la eu mesma. É como se fosse uma espada que estou levando para a batalha, ou uma lança afiada na pedra e tão polida que brilha enquanto voa, banhada pela luz do sol, antes de deixar sua marca letal. As armas são ferramentas, as balas são ferramentas. Tenho de me lembrar disso.

Encerramos nosso treinamento e pegamos o carro para voltar para casa. Mako e eu ainda estamos muito longe da Casa Holloway quando pergunto:

— Você sabe do que se trata a reunião?

— Sobre os Herons, é o meu palpite. Há um desenvolvedor tentando comprar uns negócios perto da Twentieth Street. Isso é território dos Boars. Aposto que Ty vai pedir para nos unirmos contra os Herons.

Suas palavras envolvem meu estômago como um emaranhado de espinhos. Matthew é meu melhor e mais antigo amigo. Eu o amo. Ele me ama. Ele não pode ser meu inimigo.

Ele já é meu inimigo, digo em pensamento.

— Pensei que os Stags ficavam fora dos negócios das outras gangues.

— Nós costumávamos ficar fora mesmo. Mas os tempos estão mudando — ele acende o pisca-alerta. — Você se importa se pararmos para abastecer?

— De jeito nenhum — respondo.

Enquanto Mako enche o tanque, entro na farmácia Walgreens do outro lado da rua e compro um saco de balas de gelatina e uma garrafa de Pedialyte. Mako está limpando o para-brisa quando volto. Eu lhe ofereço a bebida.

— Pegue — digo. — A irmã da minha amiga jura que isso cura qualquer ressaca.

Ele pousa o rodo e pega a garrafa, franzindo a testa para a bebida rosa.

— Isto não é para crianças?

— Tecnicamente. Experimentei numa das poucas vezes que fiquei bêbada. — Dou de ombros. — Funciona bem. Quer uma bala em vez disso?

Ele pega os dois, e voltamos para o carro. Mako bebe o Pedyalite.

— Cacete, que coisa doce. Obrigado, Val.

De volta à estrada, devoro minhas balas e penso: *Se Mako está de bom humor, posso tentar obter vantagem.*

— Então, há quanto tempo Ty é líder?

— Ãhn, dois anos — responde ele, depois de pensar por um segundo. — Acho que ninguém está perto de tirá-lo da liderança. Os Boars não têm uma linha clara de sucessão.

Encolho os ombros.

— Mas os Herons têm.

— Acho que sim, mais ou menos. Camille parece bem confortável onde está. Não sei se ela vai querer sair depois de Weston completar um ano.

— É esse o tempo que normalmente leva para mudar o líder?

— Acho que sim, no mínimo. Não é? — diz ele, enquanto nos aproximamos de um semáforo. — A pessoa precisa provar seu valor antes que um líder antigo passe as rédeas adiante.

— É, acho que sim — respondo, mas estou vacilando. *Então Mako pensa que Matthew será o próximo líder Heron.* Também tive essa impressão das palavras de Nianna. Será que todos eles já sabiam disso, mesmo sendo completos estranhos?

Isso me faz sentir tão estúpida. Como só eu não sabia disso, eu que era tida como amiga dele e como alguém que ele diz amar? Deveria haver sinais.

Chegamos a um sinal vermelho e Mako se mexe para pegar a carteira no bolso. Ele pega algumas notas soltas e pergunta:

— Você já comprou alguma coisa com seu dinheiro?

— Bem, sim — respondo, mostrando o saco de balas. — Não muito além disso, na verdade. Talvez compre um colchão novo ou algo assim.

Ele ri.

— Sim, aquele que tem lá na casa é uma merda. Mas ter dinheiro é bom, não é? Levei um tempo para me acostumar a ter dinheiro que pode ser gasto à vontade.

— É, acho que sim.

Ele dá de ombros.

— É melhor do que limpar chão, posso garantir.

— Você já foi faxineiro? — pergunto, mastigando devagar.

— Foi isso que minha mãe e minha avó fizeram por um tempo, e elas me levavam para ajudar. Só quando cresci um pouco é que entendi que elas me carregavam junto porque não tinham dinheiro para pagar alguém para ficar comigo.

— Ah.

— Está tudo bem. Agora estou aqui — diz ele, dando tapinhas no bolso. — Agora posso mandar dinheiro para elas. Está tudo bem.

Voltamos para a Casa Holloway e me encaminho ao banheiro para limpar minha tatuagem. Uso um segundo espelho para conseguir ver a parte de trás do meu pescoço. Meus dedos correm pela pena, pelos olhos do veado e pelo chifre selvagem e torcido. Micah me cata pela parte de trás da minha gola para verificar a tatuagem pelo menos uma vez por dia. Eu não gostaria de desapontá-lo, estragando a cicatrização.

Kate não me nota quando vou à cozinha e tomo um copo de água. Suas unhas pintadas agarram um papel pequeno em forma de quadrado.

Kate, conforme descobri recentemente, gosta de origami — aves, elefantes, raposas, gatos, borboletas. Eu os encontro no banheiro, amarrotados entre as almofadas do sofá ou colocados amorosamente sobre as maçãs na geladeira. Há um considerável número de veados entre a coleção, o que só surpreende pela dificuldade das dobras.

— Eu gosto de fazer trabalhos manuais. — Foi o que ela me disse quando perguntei a respeito. Entre os dedos dela, havia o começo de um elefante. — Esvazia minha cabeça. Mantenha as mãos ocupadas, mantenha a mente desobstruída. É a mesma razão pela qual eu faço doces.

Olho o relógio — tenho algumas horas antes de nos encontrarmos com os Boars. E eu precisava mesmo de algum tempo para pensar.

Enquanto o forno preaquece, começo os processos que já sei de cor. Farinha, bicarbonato de sódio e sal. Gordura vegetal e ovos. Combinações que simplesmente fazem sentido. A massa se forma, e tento me lembrar da última vez que fiz esta receita. Há muito tempo.

Leo adorava esses biscoitos. Ele gostava de moldá-los em bolas e passá-los em açúcar de canela. A cada lote, ele escolhia um biscoito para rolar inúmeras vezes, até que a massa ficava tão saturada que se desfazia.

— Não coma esse! — gritava ele quando eu colocava os biscoitos assados na grade de resfriamento. — Não coma o biscoito do Leo!

Eu sorrio — essa era uma lembrança feliz, mas não eram todas assim. Para ser honesta, em alguns dias eu não gostava do Leo. É horrível pensar nisso, agora, depois de tudo, mas é verdade.

Foi empolgante no início. Meus amigos vinham e mamãe os deixava tocar sua barriga conforme ela ficava cada vez maior, mas eu sabia que meu irmãozinho só chutava quando era eu a tocar a barriga dela.

Então, chegou o dia. No meio da aula de espanhol, a sra. Gomez me chamou de lado para me dizer que meu *hermano* estava chegando e que eu precisava ir imediatamente para a secretaria.

Depois, ele foi crescendo, e as coisas ficaram piores. Sete anos é uma grande diferença. Eu já tinha começado a usar sutiã quando ele se formou em pula-pula. Ele e seus amigos pirralhos abaixavam as calças e me mostravam a bunda quando acampavam no quintal. Leo roubava meu iPod e debochava da minha maquiagem. Ele era uma peste.

Havia dias em que eu sentia que era eu quem o estava criando, com a ausência de minha mãe pelas campanhas de arrecadação de fundos e de meu pai que viajava a trabalho, fora da cidade. Leo era meu irmão mais novo, mas, de certa forma, era meu filho. Ele chorava na minha frente. Foi para mim que ele desabafou sobre o garoto em sua classe, Jake, que corria mais rápido, mas que ele, Leo, estava quase alcaçando o rival. Mais de uma vez, falsifiquei a assinatura de minha mãe nos formulários de viagem da escola.

Meu nariz formiga e eu o coço para combater as lágrimas.

Atirando-me de volta à tarefa em mãos, sovei a massa de novo e de novo, até que ela ficou bem misturada.

Deslizo os biscoitos para dentro do forno e coloco um temporizador para despertar em oito minutos. Eles não demoram muito, e, se você não tiver cuidado, queimam muito facilmente.

— Você pode vir me avisar quando o alarme despertar? — pergunto à Kate.

Ela dá de ombros.

— Claro.

Não é bem a resposta alegre que eu esperava, mas tudo bem. Deixo Kate com seu zoológico de papel e vou ao porão para vestir uma roupa mais quente. Respirando o ar mofado, acendo a luz e tomo um susto. Jax está sentado em minha cama, ao lado de uma pilha de roupas lavadas ainda por dobrar. Em suas mãos, há um embrulho de pano em renda vermelha.

Roupas íntimas.

Minhas roupas íntimas.

Uma onda de vergonha e choque me atravessa. Eu corro e arranco aquilo de sua mão.

— Que porra é essa? — grito. Este lugar está me enlouquecendo. Nunca falei tanto palavrão em casa. — Por que você está mexendo nas minhas coisas?

Ele ri, seu sorriso puxando para um lado.

— Acalme-se, Valentine. Eu, hein.

Enfio a roupa íntima de volta na gaveta, minhas bochechas da mesma cor da renda. Não suporto esse cara às vezes. É como conviver com um terremoto que me desequilibra sempre que lhe dá vontade.

— O que você quer?

— Só queria ter certeza de que você não está nervosa sobre esta noite. — Jax se senta. — Será a primeira vez que você se encontrará com outra gangue.

— Não estou nervosa — murmuro. — Você não deixaria que nada acontecesse comigo. — Meu tom é leve, mas quando me viro, vejo seriedade nos olhos de Jax.

— Eu protejo os meus — diz ele, como se essa resposta fosse suficiente. Ele segura a gola de sua jaqueta de couro. — Vista-se de preto.

Eu franzo a testa, absorvendo a cor e o cheiro limpo e masculino do couro.

— Esta jaqueta é nova?

— É — responde ele. — Theresa a enviou depois que eu mencionei que precisava de uma nova. O que você acha?

Jax dá uma volta lenta, quebrando o contato visual por apenas um momento durante o giro. A jaqueta é linda. A parte de trás é detalhada com uma espécie de desenho de clarão do sol — cinco anéis de círculos concêntricos, cada um deles cuidadosamente bordado com um fio azeitado de bronze que brilha levemente quando Jax se move.

— É muito... legal.

— Legal? Só isso?

— Não, sério. Só não é algo que eu acharia que você usaria.

— Como assim?

— O design. É extravagante. Sua outra jaqueta era mais... simples. Não é algo que eu esperaria de você.

— A capacidade de surpreender é o que me define — diz ele, sorrindo. Ele sobe as escadas e bate com a porta da garagem atrás dele. *Esse cara.*

Demora uma quantidade irritante de tempo para que meu ritmo cardíaco se normalize.

Procuro me distrair ligando para casa. Mamãe não atende e fico aliviada com isso. Deixo uma mensagem: "Ei, mãe. Sou eu. Passando para dar um 'oi'. Estou bem. Espero que as coisas estejam indo bem por aí. Sei que o papai está aí agora. Mande um 'oi' para ele. Te amo. Ligo novamente em breve. Tchau."

Desligo com um suspiro. Uma mensagem curta e pouco inspirada parece de alguma forma pior do que esquecer de ligar.

Um momento depois, Mako abre a porta do andar de cima e olha para baixo.

— Ei, Val? Acho que algo está queimando.

— Merda! — Subo as escadas correndo, mas chego tarde demais. Os fundos dos biscoitos estão definitivamente queimados. *Aonde Kate foi?* Mako me ajuda a jogar essa fornada queimada no lixo enquanto pego a segunda metade da massa da geladeira.

— Agora vai — diz ele, sorrindo, enquanto enrolo a massa fresca em bolas e as coloco sobre a bandeja.

— Aqui nasce a esperança — respondo. Reajusto o temporizador enquanto conversamos.

Mako pega um burrito congelado da geladeira e o coloca no microondas, cruzando os braços e encostando o corpo no balcão enquanto espera. A impressão que tenho é que nada pode incomodar Mako — algo que gosto e admiro nele. Se ao menos eu tivesse essa natureza calma, não estaria pensando até agora no que aconteceu lá embaixo com Jax. Inspiro e expiro cuidadosamente para combater o rubor que tenho certeza de ainda estar evidente em meu rosto. Limpo a garganta.

— Ei, Mako? — chamo em voz baixa. — Posso te perguntar uma coisa?

Ele acena com a cabeça.

— Manda.

— Você... — começo — confia no Jax?

— Confio.

— Resposta rápida.

Ele mexe a cabeça de um lado para outro, ponderando seus pensamentos.

— Quando se trata dos Stags, sim. Isto é a vida dele.

— É, acho que sim. Mas ele é tão...

— Eu sei. — Mako ri. — Mas ele não brinca com os assuntos dos Stags. Pelo menos não até agora. Por que essa pergunta? Aconteceu alguma coisa?

— Só por curiosidade. — Encolho os ombros. — Obrigada.

Minutos depois, Mako está queimando sua língua no burrito enquanto olho o fundo da segunda fornada de biscoitos. Marrom dourado — perfeito.

Mako tira um biscoito da bandeja e mal tenho tempo para dizer "ainda estão quentes" antes que ele o enfie na boca.

— Ai! — exclama ele, assoprando e abanando a mão na frente da boca. — Muito quente.

— Eu avisei! — respondo, rindo. — Mas está bom?

— Muuuuito bom. — Ele se levanta e coloca o prato no lava-louça. Uma vez que todos os biscoitos estão fora da bandeja, ele a pega também e começa a esfregar. — Está quase na hora do show. Vá se vestir.

— Está bem — respondo. — Obrigada, parceiro.

— Sem problemas.

Lá embaixo, separo uma camisa preta de manga comprida e ponho meu casaco de lã sobre ela. Puxo meu cabelo para fazer uma trança francesa e calço um par de botas.

Primeiro encontro com outra gangue. Se tudo correr como Jax e Mako estão supondo, deve ser bastante calmo. Ainda assim, pela maneira como Nianna reagiu, vejo que não é comum que estas reuniões aconteçam. Tiro meu canivete do esconderijo na cama e o guardo na calça jeans, escondido sob a camisa. *Melhor prevenir do que remediar.*

A porta do alto da escada se abre e Mako aparece.

— Em primeiro lugar, esses biscoitos são uma loucura e talvez eu coma todos.

— E em segundo? — pergunto, saltando para a escada.

— Em segundo, estamos quase prontos para sair.

Volto a me juntar aos outros na cozinha. Jax está no sofá amarrando um par de botas pretas de combate e acena quando me vê.

— Tive um sonho estranho ontem à noite — diz ele, com voz baixa. Reverente.

— Como foi o sonho?

Ele aponta o queixo em direção aos outros.

— Estávamos todos em uma praia. Estava escuro, sem estrelas. Nenhuma lua. Então, dois incêndios começaram a queimar. Eram seus olhos, e você caminhou para dentro da água. A galera seguiu você.

— Você não?

— Não, eu queria ir para o outro lado. Gritei e gritei por você. Por todos vocês. Depois as luzes se apagaram e acordei. O que você acha que isso significa?

— Não sei dizer. — Eis uma coisa estranha de se compartilhar. Os sonhos raramente fazem sentido, até mesmo para quem os teve.

Jax não responde de imediato. Ele pega minha mão e fica de pé, puxando-me para ir com ele enquanto Nianna entra a passos largos, vinda da cozinha.

— Vamos — diz ela.

Nianna abre a porta da frente. Um jato de ar frio noturno entra, gracioso e escuro como uma pantera. A van está estacionada na entrada da garagem. Jaws espera por nós atrás do volante. Quando passo pelas hortênsias murchas e me sento no interior da van, percebo que estou sorrindo. Sinto-me parte de alguma coisa. Nós temos um propósito. Um nome para proteger. A lealdade opera como uma força magnética entre mim e os Stags. Estou assustada. Tenho saudades de casa e de Mathew. Mas também estou livre. Estou livre e pronta para me redimir.

Isto é para você, Leo.

Somos selvagens. Demônios de sangue neon adentrando a noite.

Chegamos ao lugar do encontro pouco antes da meia-noite. O ar está carregado de uma reverência surda e de um apelo por derramamento de sangue.

Mission Dolores nem sequer é mesmo "Mission Dolores". O nome verdadeiro é "Mission San Francisco de Asís". Há dois edifícios, a missão original e a basílica. A primeira é feita de quase um metro e meio de espessura de adobe e é uma sobrevivente de alguns dos piores terremotos da cidade, incluindo o de 1906 e o de Loma Prieta em 1989.

Estive aqui há muito tempo em um passeio da escola. O ar dentro da missão era calmo. *Parecia* uma igreja.

A basílica, por outro lado, me deu uma sensação diferente. Lembro-me dos mosaicos brilhantes que correm pelas paredes e ao longo das sustentações arqueadas do teto. O brilho ardente do vidro cor de laranja lembra favos de mel. Minha mãe nos acompanhou naquele dia. Lembro de ela dizer que estar dentro da basílica é o mais próximo que se pode chegar ao céu enquanto se está vivo.

Mas isso foi antes de Leo. Não tenho certeza sobre o que ela acredita agora. Tenho menos certeza ainda sobre o que eu acredito.

Não há muita cobertura para nós. Jaws fica no carro, o que é estranho, dada sua presença intimidadora — mas não questiono isso. Jax atribui a Mako e a mim um lugar atrás de uma caixa de correio e uma lixeira de reciclagem na rua oposta.

Antes de nos separarmos, Kate e Mako se beijam uma vez na bochecha, no que deve ser algum ritual deles. Ela e Nianna ficarão um pouco mais abaixo na Dolores Street, onde o muro de adobe vira em direção ao cemitério. Aposto que Mako preferiria ficar com a namorada, mas não posso deixar de ser grata pela sua companhia volumosa.

Micah é o mais exposto. Olhando ao redor da caixa de correio, posso vê-lo encostado na madeira escura de uma palmeira do outro lado de onde Jax está sentado, nos degraus da missão.

Esperamos.

Enterro minhas mãos nos bolsos. Deveria ter trazido luvas. Minha mente vagueia enquanto os segundos passam e a chegada dos Boars se aproxima.

Na van, Kate me garantiu que, a menos que alguma coisa muito, muito errada aconteça, este será um encontro tranquilo.

— Ty quer conversar. É tudo o que o IRIS disse — sussurrou ela. — Fazer disto uma luta seria uma violação das regras. Seria severamente desaprovado.

Mako me cutuca no ombro e sou puxada de volta ao presente.

— Chegaram.

Os fantasmas se materializam a partir do nevoeiro. Os Boars se amontoam à medida que se aproximam, vindos tanto da Sixteenth Street como da Dolores Street. Com seus capuzes cinza, eles parecem um exército.

Alguns sussurram uns para os outros, outros riem como chacais. Alguém ordena que se calem. Meus olhos vão de rosto em rosto enquanto tento identificar pelo menos um deles.

Identifico um.

Um cara alto e magricela caminha à frente dos outros. Ty Boreas, o líder dos Boars. Seu olhar é treinado para a frente. Ao contrário dos outros Boars, ele está com as mangas arregaçadas. A imagem pictórica que compõe a insígnia dos Boars é exibida orgulhosamente em seu antebraço direito.

Desde que Leo morreu, eu imagino o líder dos assassinos que atiraram em meu irmão como uma criatura sinistra, feia e irradiando maldade.

Mas, pelo que posso ver, este cara é como qualquer outro nativo de São Francisco. Ele se move com o andar descontraído de alguém que cresceu andando por estas ruas, respirando este ar. Por entre as casas pintadas de branco e suas janelas tipicamente largas, ele sabe exatamente onde está.

Respondendo a um rápido aceno do líder, os Boars param. Jax faz um aceno de cabeça a Ty enquanto ele sobe os degraus.

— Como sabemos que os Boars concordarão com nossos termos? — pergunto a Mako.

— Faz parte das regras. Os líderes concordaram com elas por meio do IRIS, por isso são legítimas.

— Quem elabora essas regras?

— Os líderes as elaboraram no início, depois de muita gente morrer nos primeiros anos e os policiais capturarem quase todos os sobreviventes. É uma maneira de controlar a situação: manter a raiva e a richa, mas sem destruir a cidade ou fazer a lei cair matando sobre nós.

Fico de olho na linha dos Boars. Kate tinha razão — brigar contrariaria o que está em jogo neste encontro. O nó no meu estômago se desfaz, mas só um pouco.

Fico pensando se os Boars sabem por que esta reunião está acontecendo. Talvez Ty seja mais transparente com seus comandados do que Jax é.

Nesse momento, Ty e Jax apertam as mãos. Ty dá uma breve corrida de volta para sua equipe. Ele faz um único aceno de mão e os Boars se afastam.

Um tiro soa.

O grupo outrora ordenado de Boars se espalha, transformando-se em um frenesi de animais em pânico. Mako me puxa para trás dele e coloca sua mão na parte de trás da minha cabeça como um pai protetor.

— Esses Boars do caralho! — grita ele.

Jax grita com Ty, amaldiçoando o dia em que o Boar nasceu e chamando-o de todos os palavrões que existem. Em algum lugar além de mim, o barulho diminui, o suficiente para eu ouvir a voz de Ty gritando de volta.

Segue-se um silêncio precário, fino e tenso.

— Ah, caralho — diz Mako. O tom em sua voz mudou. — É um novato. Levante-se, Val.

Com as pernas trêmulas, fico de pé. Na igreja, Jax caminha em direção a Ty. Há um terceiro cara no chão, tentando se levantar, mas Ty o chuta com força na lateral do corpo, e o cara se dobra de novo. Jax vira-se em direção a Mako e eu, acenando para nós.

— Ok, então — diz Mako. — Vamos.

Cruzamos a Dolores Street juntos, mas Jax balança a cabeça.

— Só você, Valentine.

Eu congelo. Mako se vira para mim e dá de ombros.

— Você ouviu o homem.

Sinto os olhos dos Boars sobre mim enquanto minha respiração se mistura ao ar frio como fumaça. Qualquer um deles poderia atirar em mim. *Um passo de cada vez,* penso. *Continue andando.* Depois do que parece uma década, assumo um lugar ao lado de Jax.

— Esta é Valerie Simons — diz Jax. — Minha nova recruta.

— Valerie. — Ty diz meu nome como se fosse uma pergunta para a qual ele já soubesse a resposta.

Jax aponta para o cara no chão.

— Valentine, este é Michael Hennessy. Veja só, Michael tem sido um mau menino. Você sabe por quê?

Eu deveria responder. Eu deveria responder para parecer valente e durona, mas não confio nas palavras que me vêm à mente. Balanço a cabeça.

— Michael atirou em mim durante um encontro no qual eu e Ty já tínhamos concordado que não haveria nenhuma violência. Em território neutro. Na porra da Dolores Mission.

Cada palavra é uma perfuração na cabeça de Michael Hennessy. Ele geme — *geme* mesmo — conforme Jax continua.

— Ele é um recruta novo, como você. Mas você conhece as regras, não conhece, Valentine?

Esta é uma pergunta que sei como responder.

— Conheço.

— E você nunca quebraria uma trégua que tenha sido previamente acordada por seu líder.

— Nunca.

— Ótimo.

Tenho apenas um segundo para olhar para Ty. Seus olhos de avelã estão cheios de algo, mas não sei do quê. Ele respira fundo, depois acena com a cabeça para Jax.

— Façam o que quiserem.

— Ty! Ty! — uiva Michael. Seu líder, no entanto, já virou as costas e começou a desaparecer na névoa.

Jax agarra Michael pelo colarinho e o arrasta para a rua. Seguindo Jax, olho por cima do ombro uma vez e vejo Ty encarando de volta. Não para Nianna ou Micah, mas para mim apenas. Nossos olhares se encontram, e ele se vira, balançando a cabeça. *O que foi isso?*

Fico em silêncio atrás de Nianna e Micah. A maneira como Ty olhou para mim — foi como se ele tivesse visto alguma outra coisa. Outra pessoa. Sua expressão tinha sido tímida, quase culpada. O problema é que eu não saberia dizer pelo que uma pessoa tão sem coração como ele poderia se sentir culpada.

Michael continua gritando. Ele já não pede mais por Ty. Agora ele só está pedindo por ajuda.

Mas as pessoas do bairro conhecem este jogo. Elas sabem que a noite pertence à Guerra.

Mako agarra um punhado do blusão de Michael Hennessy e diz a ele para calar a boca. Os Stags fazem uma espécie de formação de batalha ao redor do Boar. Minhas mãos tremem, em parte porque acho que sei o que está prestes a acontecer e em parte porque não tenho certeza se quero que isso aconteça. *Este é um Boar.* Eles são bandidos, criminosos, todos eles. *Eles mataram seu irmão.*

Mako e Jax arrastam Michael até chegarmos ao meio da rua.

Mako olha para a igreja, como se estivesse verificando se ainda estamos sob a vista dos santos. Ao mesmo tempo, Nianna circunda meu estômago com um braço e me impele para trás. As palavras borbulham na minha garganta. *Não. Pare. Espere.* Não consigo produzir um som.

Jax encara o Boar. Iluminado pelas luzes da rua, ele é ameaçador — sombrio, furioso e soberano no comando.

— Por favor — sussurra Michael. Baba e lágrimas espalham-se por suas bochechas. — Farei qualquer coisa, Jax. Só estava fazendo o que os caras queriam.

— Ty lhe disse para fazer aquilo?

— Não, outros caras.

— Quem? Por quê? — Jax exige saber.

Michael respira, inclinando-se para frente avidamente.

— Porque você nos traiu. Disseram que Ty queria você morto, mas não podia fazer o serviço ele mesmo...

Jax levanta a arma e atira na perna de Michael Hennessy.

8

O sangue na vida real não tem a mesma aparência do que a versão dos filmes.

Meus ouvidos ainda estão zumbindo enquanto Micah me guia para a van. Meus braços e pernas tremem e espero que ele não perceba. Caindo no banco de trás, encontro o cinto de segurança dele e o entrego. A van ganha vida e logo está longe do local.

À primeira vista, poderíamos ser qualquer coisa — um bando de universitários a caminho dos bares ou uma banda de rock, sem fôlego e chapados ao fim de um show em que a multidão gritava nossos nomes. Mas não somos. Somos os Stags e acabamos de atirar em um cara nos degraus da Mission Dolores.

— O que você vai fazer? — pergunta Micah a Jax.

— O que você acha que eu deveria fazer? — devolve nosso líder.

Micah permanece calmo.

— Devemos descobrir com quem ele falou. Se ele estiver certo, então trabalhar com os Boars vai resultar no seu assassinato.

Jax pondera um pouco sobre isso, o único som na van são os pingos da chuva que começam a bater no para-brisa.

— Preciso pensar sobre isso — diz ele. — Mas até que eu diga o contrário, os Boars são nossos aliados.

Micah volta para seu lugar.

— Para ir contra os Herons?

— Bingo.

— É uma boa ideia — diz Nianna friamente à direita de Micah. — Os Herons estão ficando muito arrogantes, capitalizando sobre as vadias do Vale do Silício.

— Ty tem ouvido mais do que isso — responde Jax. — O novo chefe de polícia que contrataram no ano passado. Ty acredita que ele e os Herons vão tentar nos expulsar.

— Como? — pergunta Micah.

— Algum programa para fazer parecer que estão consertando o problema das gangues malignas. Vamos descobrir eventualmente.

Passamos por uma curva brusca na estrada e eu caio sobre Micah. Lembrei do cinto de segurança dele e esqueci do meu. Respiro fundo e afivelo meu cinto, com os dedos trêmulos.

Testemunhei tiros hoje à noite. A gangue à qual me juntei está de conluio com a gangue que odeio para derrubar o grupo ao qual pertence o cara por quem estou apaixonada. *Soa como um roteiro de filme*, penso amargamente. Só que isto não é um filme, é a porra da minha vida real e não sei o que fazer. O pior de tudo é que eu me candidatei a isto. *Mas ainda assim...*

Faço parte do jogo de Jax, ou seja lá o que isto for. Conheci um líder de gangue e tive parte — ou, pelo menos, consenti — no que aconteceu com Michael Hennessy.

Estou uma noite mais perto de ganhar a confiança dele e descobrir quem matou Leo, e isso é o que sempre quis.

Chegamos em casa e Jax começa a beber. Todos nós bebemos. Bebo minha primeira cerveja rapidamente e uma segunda também. Tudo o que desejo é que a imagem, o som dos gritos de Michael e o cheiro de sangue vá embora. Mako liga o PlayStation e logo os meninos são absorvidos pelos jogos.

O álcool me atinge. Minha mente se desliga. Outra coisa se liga.

— Licença — digo, passando por Kate e entrando na cozinha. Abro as gavetas, uma a uma, até encontrar o que preciso.

Eu não deveria fazer isso. Todo mundo diz que é ruim. Lyla me fez jurar que ligaria para ela — a qualquer hora, a qualquer dia — em vez de fazer isso.

Mas não acho que seja um problema. Não faço isso o tempo todo. Não é um problema. É um último recurso.

Vou para o banheiro e fecho a porta firmemente atrás de mim. A tesoura sorri na minha mão. Ninguém me viu pegá-la, certo?

Eu desabotoo minha calça e abaixo. Meu lado direito, sempre o lado direito. Não sei por quê. Trago a lâmina para baixo, pressiono-a sobre minha pele — e depois puxo meu braço para trás. Devagar e depois rápido. Devagar e depois rápido. Respire. Respire. Não diga nada a ninguém.

Eu suspiro, quase soluçando em alívio. Funciona toda santa vez.

Mais dois cortes. Sempre três. Um para cada letra.

L— E— O.

Quando termino, puxo as calças para cima e lavo a tesoura com água e sabão.

Alguém bate à porta.

— Você está bem?

— Sim! — grito de volta. *É claro que estou bem.*

Os cortes não são os piores que já fiz — dois centímetros ou mais, mais largos no meio. Há gotas de sangue ao longo da borda, mas não escorrem. Muita gente se corta de maneiras muito piores do que eu. Não estou nem mesmo me cortando, é algo mais próximo de um rasgo.

Viro e encaro meu próprio reflexo no espelho, como já fiz um milhão de vezes antes. "Você era a irmã mais velha dele", eu sussurro. "Era seu trabalho estar lá. Você deveria tê-lo protegido." Minha voz falha. "Agora é tarde para protegê-lo, mas pode proteger outras pessoas. Você pode impedir que os Boars matem mais pessoas inocentes." Michael Hennessy não era inocente. Ele escolheu isto, assim como eu escolhi.

Volto para a cozinha e coloco a simpática tesoura no lugar dela.

Kate está inclinada para dentro da geladeira, com um braço pousado sobre a porta aberta. Ela gira a ponta de sua trança ao redor do dedo, depois a larga e pega uma lata de cerveja.

— Quer uma?

Eu aceno para ela e aponto para a trança.

— Não sei como você mantém o cabelo tão comprido. *— Kate não me viu guardar a tesoura de volta. Ela teria dito alguma coisa se tivesse visto.* — O meu já está no limite do tamanho que eu aguento antes de enlouquecer.

— Adoro ter cabelos compridos. — Ela troca o apoio dos pés ainda segurando a porta. — Minha mãe tinha cabelos compridos como os meus, mas depois ela teve câncer e *puft*! Eles se foram. Perguntei se ela queria que eu cortasse o meu. Pensei que poderia ser doloroso para ela olhar, sabe? Mas mamãe disse que não porque, quando ela olhava para mim, ela conseguia ver algo bonito. Nós não tínhamos condições de pagar a quimioterapia de que minha mãe precisava, ela morreu e eu tive que ir morar com meu pai, que é um saco de merda.

Há coisa demais nessa confissão feita em menos de um minuto, e cada parte me retalha o coração de um modo diferente.

— Meu Deus, Kate. Sinto muito.

Os cantos dos lábios de Kate se contraem. Sua mão vai para o bolso de trás, e ela puxa um quadrado de papel neon. Ela dobra um dos cantos, e eu sinto vontade de dizer alguma coisa — qualquer coisa —, mas Mako me corta.

— Kate, pare de alugar a Valentine e venha até aqui. Estamos tomando shots.

— Ok — responde ela. Eu encontro o olhar de Kate e ela me dá um sorriso fraco. — Pode ir.

Finjo tomar tudo, mas deixo a metade do shot no copo. Não me sinto bem. Durante os dez minutos seguintes mais ou menos, fico achando que consegui escapar, que havia parado de beber a tempo. Depois, lentamente, começo a me desprender. Estou no ar. Sou um balão de hélio, livre, leve e solto em um céu azul. Sinto-me flutuante. *Flutuante*. Isso é mesmo uma palavra? Não sei. Não me importo. Flutuante, flutuante!

Tudo é hilário. Tudo ao meu redor é radiante e perfeito — e quero gritar para todo mundo ouvir. *Vou gritar para todo mundo ouvir.*

A música emana dos alto-falantes enquanto vou de Stag em Stag. Eu beijo Kate na bochecha e, quando Mako reclama, beijo a bochecha dele também. Nianna, Jax e Micah estão tentando armar um desses jogos onde a punição é beber, mas ignoro isso e me lanço sobre cada um deles. Micah é acolhedor e gentil. Nianna é linda e estranha.

Minha mente é um novelo de fios emaranhados na lateral de uma autoestrada. Emaranhados flutuantes. Pequenas faíscas.

Mas estou no controle da minha consciência o suficiente para saber que, quando alcanço Jax, ele coloca seu braço ao meu redor primeiro e beija o topo da minha cabeça como se eu fosse preciosa, como se eu fosse especial.

Como se eu fosse dele.

9

Na noite seguinte, depois de um longo dia de ressaca e tentando tirar minha mente da noite anterior assistindo a programas de culinária na Netflix, Jax convoca todos os Stags ativos.

— É hora de mostrar aos Herons que o reinado deles acabou — diz ele. Jax toma um gole de sua cerveja e me dá uma piscadela. — Além disso, está na hora de você conhecer os outros.

Depois da noite passada, não estou realmente pronta para mais nenhum negócio dos Stags, mas foi para isso que aceitei participar da gangue. Crio coragem e vou para a cozinha na hora marcada.

Kurt chega primeiro com mais dois Stags, Juliet e Cameron. Juliet é corpulenta e usa uma longa trança em seus cabelos pretos; ela mantém os braços cruzados enquanto permanece encostada na parede.

— Metade filipina, metade chinesa — diz ela para mim. Seus olhos sorriem por baixo de longas e grossas linhas de delineador. Ela joga alguns socos no ar com movimentos treinados. — Luto pelos dois lados.

— Eu também — respondo, aliviada por termos algo em comum. — Bem, metade filipina.

Ela inclina a cabeça para o lado.

— Sério? Não parece.

— Sério — digo. — O lado filipino da minha mãe tem a pele bem clara. E como minha outra metade é branca, é difícil dizer.

— Entendi. — Ela coloca o braço ao redor do meu ombro. — Fico feliz que haverá alguém para me apoiar quando eu defender que *halo halo* é a melhor sobremesa de todos os tempos.

— Ahhh — respondo, salivando ao pensar na mistura de feijão vermelho, no gelo raspado e no sorvete de *ube* roxo que compõe o *halo halo*. — Vou apoiar você cem por cento. Já esteve lá alguma vez? Nas Filipinas?

— Estive, sim, algumas vezes. Minha avó e meus primos moram lá.

— Uau — digo. — Eu sempre quis ir.

— Por que não foi?

Eu hesito.

— Acho que simplesmente nunca chegamos a decidir ir. Minha mãe não voltou lá desde que veio para os Estados Unidos, e não é nada muito importante para ela. Então, nunca fomos.

— Cara, você deveria ir, pelo menos uma vez — responde Juliet. — É muito legal.

Cameron aperta minha mão quando eu a estendo, mas não diz mais nada. Ele vive e respira de maneira monótona — chapéu cinza e calças e sapatos pretos. O lado da cabeça e do rosto dele é tatuado com uma série de engrenagens entrelaçadas. Uma adaga enredada em arame farpado estampa seu antebraço.

— Onde está sua tatuagem dos Stags? — pergunto, partindo para a conversa fiada mais segura que consigo pensar.

— Nas costas — responde ele, sem rodeios. Depois ele se vira e cumprimenta Jax, que tinha acabado de descer as escadas. Um divertido som de riso ressoa atrás de mim.

— Não se preocupe com Cameron — diz Nianna. — Ele tenta parecer todo durão, mas se borra de medo perto de garotas.

Kurt, Juliet e Cameron ficam e comemos um banquete de enchiladas, arroz, feijão e tudo o mais. Juliet conta uma história sobre um cara que tentou dar em cima dela falando sobre caçar pássaros, o que faz Nianna rir até chorar.

Depois que todos comemos, Jax nos diz para deixarmos os pratos na cozinha e nos reunirmos na sala de estar.

— Como todos sabem — diz ele —, estamos nos associando aos Boars para enfrentarmos os Herons de uma vez por todas. E, graças a Theresa, sei exatamente onde vamos atingi-los.

Eu franzo a testa e tomo minha água. Sempre achei bizarro quando as pessoas se referem a seus pais pelo primeiro nome.

— Há uma loja de esquina no Lower Haight que pertence à mesma família há três gerações. Os Herons querem demoli-la como parte de um plano de renovação. Esta loja é a última do quarteirão. O plano deles é construir um complexo de apartamentos lá.

— Hum, é claro — resmunga Juliet.

— O complexo não está publicamente associado aos Herons. Theresa diz que eles estão tentando financiar o edifício por intermédio de uma empresa sediada em São Francisco, para evitar repercussão. A empresa não revelará que está associada aos Herons até depois de tudo estar terminado.

— Dissimulados — murmura Kate.

Jax continua.

— De qualquer forma, a demolição está programada para a próxima semana. A mídia estará lá e provavelmente alguns oficiais da cidade manterão as pessoas longe da área. Estamos nos empenhando para que a construção permaneça de pé, inundando as ruas com pessoas protestando.

— Para que os Boars precisam de nós? — pergunta Nianna, rodopiando o resto de sua cerveja.

— Para que sejam dois contra um. Eu concordo com essa jogada. Todos contribuirão para fazer com que a notícia se espalhe e para que as pessoas sejam atraídas para lá — responde Jax. Tirando um elástico de cabelo do pulso, ele prende o cabelo em um coque. *É como se o Thor em pessoa estivesse em nossa sala de estar,* eu penso, rindo interiormente.

— Jules e eu vamos sondar os bares na área e reparar na reação das pessoas a esse assunto — continua Jax. — Nianna e Micah, precisarei que vocês usem suas conexões em Oakland para ver se podemos obter apoio do outro lado da baía.

— Feito — responde ela. Micah acena com a cabeça.

— Kate e Val, vocês estão encarregadas das redes. Micah desenhará um logotipo para vocês usarem e dará a vocês os logins para as contas que já temos. Vocês usarão telefones pré-pagos para falar com a mídia para destacar nossa causa, enfatizando que agora são dois contra um. Estando nós unidos aos Boars, os Herons serão o vilão da história.

Dar telefonemas e organizar um protesto. Acho que posso dar conta disso.

— Está bem — digo afirmativamente. Encosto meu ombro no de Kate. — Nós conseguimos.

Ela vacila, como se de repente estivesse prestando atenção.

— Ah. Definitivamente.

Jax atribui as demais funções: Mako e Kurt estão a cargo de se inteirar sobre a demolição em si. Cameron vai se dedicar aos fóruns certos no Reddit e outros sites, para levar as pessoas ao protesto.

— Lembrem-se qual é a causa — diz Jax. — Mas sejam espertos. Se aparecermos com armas em punho, dizendo como tudo isso faz parte de um plano, então ninguém aparecerá. Temos de motivar as pessoas. Fazê-las sentir que esta é a chance de suas vozes serem ouvidas. Esta é a marcha pela nossa cidade, para proteger a São Francisco que as pessoas conhecem e amam. Fazê-las lembrar as decisões e restrições das quais discordam, os lugares que acabaram perdendo e dos quais sentem falta...

— E das ruas sem todas as malditas scooters — diz Mako, fazendo todos rirem.

Jax ergue sua cerveja.

— Apelem aos corações. A injustiça é um grito por socorro.

— Amém — diz Nianna, e todos nós erguemos os copos. No pufe, Micah ergue o seu também, mas depois dos demais.

Enquanto os outros iniciam uma rodada de Call of Duty, atraio a atenção de Micah e volto para a cozinha. Espero até que o barulho da TV seja suficientemente alto para dizer qualquer coisa.

— Você está bem? — pergunto.

Ele aconchega as mãos bos nolsos de seu moletom.

— Sim, claro.

— Não parece.

— Estou nervoso por trabalhar com os Boars. Já faz um tempo, mas até os novatos sabem que Jax os deixou. Talvez queiram se vingar dele.

O prato que estou segurando escorrega do meu alcance e fica rodopiando ao redor da pia até parar.

— Você acha?

— Talvez. Os Boars são imprevisíveis. Sempre foram.

— Você vai dizer algo ao Jax?

Ele dá de ombros.

— Ele sabe como me sinto. — Micah agarra outro par de pratos da mesa e me tira do caminho. Eu abandono a pia, mas salto para cima da bancada. Não sei mais o que dizer, então fico ali enquanto ele termina de enxaguar os pratos e depois aciona a máquina de lavar louça.

— Quer dividir uma cerveja? — pergunta Micah. Eu aceno que sim. Ele pega a cerveja e depois se senta na bancada ao meu lado.

— Não diga ao Jax o que eu disse — diz ele calmamente, me entregando a cerveja, e eu a pego.

— Você acabou de dizer que ele sabe como você se sente.

— Ele sabe. Mas ele provavelmente não quer que eu influencie suas opiniões.

Fico pensativa, tomo um gole e estendo a garrafa para que ele pegue-a de volta.

— Mas eu não exatamente discordo de você.

Ele suspira.

— É melhor não dizer isso ao Jax também.

Na manhã seguinte, subo a escada e vou direto para a cozinha. Depois de ficar acordada até tarde ontem à noite, estou desesperada por café. Nianna está na mesa lendo o jornal.

— Bom dia — digo. — Alguma coisa interessante aí?

— Bom dia — responde ela. — Mais ou menos. Diz aqui que o chefe da polícia de São Francisco, John Kilmer, está conversando com empresas privadas de segurança sobre conseguir ajuda para uma nova campanha de segurança pública.

Kilmer. Esse nome. Nianna volta os olhos à página. Ela não vê o meu choque. *Não pode ser a mesma pessoa.*

Ela toma um gole de café.

— Os planos de Kilmer parecem eficazes. Houve apenas dois assassinatos relacionados a gangues desde dezembro do ano passado e mais de uma dúzia de prisões. — Sua voz se eleva na última parte, como se ela estivesse fazendo uma pergunta. — Você acha que é verdade?

— O quê? Desculpe.

— As prisões. Você acha que é verdade?

— Ah. Hum, Jax teria dito alguma coisa se fosse verdade — digo. — Não é nisso que ele está trabalhando com Ty, ou pelo menos parte?

— É, talvez. — responde ela. — Ainda assim...

— É.

Pego uma frigideira para fritar um ovo, rezando para que a comida me distraia de minhas lembranças. Eu não sabia que o delegado Kilmer havia se tornado chefe de polícia, mas acho que já faz dois anos que ele trabalhou no caso de Leo. *Será que ele me reconheceria se me visse agora?*

Expulso o pensamento da mente, termino de preparar meu ovo e depois me sento à mesa para comer. *Uma coisa de cada vez, Valerie.* Precisamos planejar um maldito protesto.

Kate nunca usou o Twitter, e eu tenho uma conta que mal uso, o que faz de mim a especialista em Twitter. Ela e eu nos sentamos à mesa uma ao lado da outra, laptops lado a lado.

— Ok, então os Stags já têm uma conta, certo? — pergunto. Antes da Guerra, eu o lia de vez em quando, mas eles raramente faziam postagens. — Qual é o login?

Ela não sabe, então pergunto a Micah. Depois de escavar os cantos da casa, ele encontra um pedaço de papel amassado com algumas senhas, uma das quais funciona. Há um baixo número de seguidores, cerca de oitocentas pessoas, mas é alguma coisa, pelo menos. Começamos com o básico: quando, onde e pelo que estamos protestando, e como cada um pode ajudar.

— Protesto *não violento* — digo enquanto lemos nossa cópia.

— Protesto pacífico e não violento — ecoa Kate enquanto digita. — As pessoas devem usar alguma coisa especial? Como os chapéus cor-de-rosa usados na Marcha das Mulheres em Washington.

— Hum — murmuro. — Está um pouco em cima da hora para as pessoas conseguirem alguma coisa.

— Não sei. As pessoas são muito engenhosas. Talvez chapéus ou bonés vermelhos? Para representar a Guerra da Ponte Vermelha.

— É, talvez — respondo. — Vamos voltar a isso depois. Precisamos de uma hashtag.

— Ah, sim!

Conforme Kate e eu trocamos ideias, luto contra a vontade de perguntar se ela também se sente como Micah e eu nos sentimos: os Boars são perigosos e não deveríamos estar trabalhando com eles. Eles poderiam ter planejado um protesto por conta própria. Qual é realmente o grande benefício de trabalhar juntos?

— Bem? — diz Kate.

— Desculpe, estou um pouco distraída. O que você disse?

— Eu disse: e quanto a "Parem os Herons"? Como um slogan?

— Ah! Sim, é perfeito.

Kate sorri e volta a digitar a cópia para o site do evento. Ela está de bom humor hoje, o que me deixa feliz. Os humores de Kate me lembram uma menina que estudara comigo na escola, Estella. A garota se sentava ao lado de Lyla na aula de história e saía com nosso grupo de vez em quando. Estella era simpática, mas reservada. Alguns dias ela ficava calada, em outros ela entrava na conversa como se tivesse nascido pronta para dialogar sobre qualquer assunto.

Quando a garota parou de aparecer para almoçar, Lyla me disse em confidência que Estella estava vendo a orientadora da escola durante aquele tempo.

— Os pais dela estão se divorciando e colocando a menina no meio de tudo — disse Lyla na época. — É muito foda. Eu disse a ela que deveria falar com alguém sobre isso. Sinto falta da companhia dela no almoço, mas estou feliz que esteja recebendo ajuda.

Se ao menos Kate pudesse obter ajuda. Não a conheço bem o suficiente para dizer nada diretamente, decido então falar com Mako sobre isso, por mais constrangedor que o assunto possa ser.

Volto a dar atenção à minha tarefa: espalhar o assunto no Twitter. Tuitando partes da cópia do site feito por Kate, começo a disseminar todas as hashtags que consigo pensar, incluindo #ParemOsHerons. Em seguida, navego até encontrar relatos de grupos que já estão combatendo a violência das gangues. Depois de enviar a eles uma mensagem em particular, começo a comentar seus posts. Minhas notificações só aumentam. Para ser extraminuciosa, faço uma busca rápida por "dicas do Twitter para sediar um evento", só para ter certeza de que não estou esquecendo nada.

— Você deveria tuitar uma foto da loja — diz Kate. — Aqui, esta tem o dono bem na frente. Ele é um velhinho muito fofo.

Ela me envia a foto, e, alguns tuítes depois, eu fecho o laptop.

— Deus, espero que isto funcione.

Kate dá de ombros.

— Bem, fizemos o que Jax queria que fizéssemos.

— E se não for suficiente?

— Então você vai ter que dar um jeito de fazer com que seja suficiente — diz Jax atrás de nós. Kate e eu nos viramos e o vemos encostado no pilar da entrada da casa.

— Vocês duas podem continuar trabalhando. Voltarei depois de uma última convocação.

Quando a porta se fecha, Kate suspira.

— Belo trabalho ele e Jules têm de fazer. Beber e sondar as pessoas sobre nosso protesto.

— Espero que ganhe alguma tração até a hora em que os bares começam a encher — digo, olhando para o relógio do micro-ondas. São 16h14. — Vamos continuar trabalhando.

— Está bem — responde ela, reabrindo seu laptop. — Quer mandar um e-mail para o canal KTVU, e eu fico com o KPIX 5?

Dividimos os canais de notícias e, em seguida, enviamos um e-mail para alguns canais menores, como o site dedicado à Guerra, criado por fãs, que conheço. Respondo às interações que recebemos no Twitter — do que precisamos, como as pessoas podem ajudar. Envio um e-mail para a comissão específica que defende o direito de moradia a todos e para os sites de ativistas, explicando o que estamos buscando com nosso protesto e pedindo que eles também façam soar o grito por justiça.

Estamos contra o relógio, mas, com todos a bordo, começo a ter esperança de que podemos ter sucesso. Eu estaria um passo mais próxima de mostrar a Jax que sou leal aos Stags e, portanto, um passo mais próxima de descobrir quem é o assassino de Leo.

Além disso, apesar de minhas intenções ou mesmo das dos Stags, acredito nesta causa. Estamos realmente dando às pessoas uma plataforma. E isso é tudo do que uma pessoa precisa — um lugar para provocar a faísca de uma mudança e um público para assistir às chamas.

10

Chega o dia do protesto.

Saímos do ônibus ouvindo o som de cânticos à distância. Vejo um parceiro manifestante carregando uma placa — SALVE NOSSA CIDADE. Ele me vê também e faz um aceno. Ele está usando uma bandana amarrada, escondendo metade do rosto. Colocando minha própria máscara, eu aceno para ele em retorno e continuo seguindo os outros para a frente da loja.

Estou de calça jeans e casaco escuro, nada muito ostentoso. Apesar de estarmos tecnicamente organizando isto, Jax quer que todos nós nos misturemos aos demais manifestantes.

De suas fachadas, proprietários de lojas e clientes nos observam com olhos atentos. Se eles estão nos apoiando ou desejando que voltemos para casa, não sei dizer. Damos a volta na esquina e eu quase grito de alegria.

— Puta merda.

São Francisco compareceu em peso. Claro, não é como a Marcha das Mulheres ou os protestos que acontecem após as eleições, mas é uma legítima manifestação, se é que eu já vi alguma. Os manifestantes carregam placas feitas à mão e chapéus e bonés vermelho brilhante — exatamente como nossa campanha lhes disse para fazer. Homens e mulheres marcham lado a lado — eu até vejo uma garotinha entre a multidão, carregando um cartaz que diz DIGA NÃO AOS GRANDES NEGÓCIOS. Com tanta gente, dificilmente consigo ver o outro lado da rua onde a demolição está prevista para acontecer.

Os Stags aparecem em ondas — Juliet, Cameron e Mako vieram mais cedo. Kate, Micah e Nianna estão na outra esquina. Kurt está em algum lugar em um dos prédios acima, de olho em nós. Por qual motivo Jax me queria com ele e Jaws, não tenho certeza. Nós três viemos em silêncio durante o caminho pelo MUNI[5], Jaws em sua ilimitada profundeza e Jax como uma flecha, entalhada e pronta para ser solta.

Ao meu lado, Jax para e sua respiração se acelera no ar frio.

— Espere aqui um segundo — diz ele, indicando um ponto entre um par de carros estacionados. — Você tem tudo de que precisa?

Ele está perguntando se tenho os meios para me proteger, se necessário.

— Sim.

— Mantenha seu rosto coberto. Não deixe ninguém tirar a bandana de você.

— Está bem.

Ele acena com a cabeça, depois vira-se para ir.

— Volto já. Jaws, comigo.

5. *Municipal Runway*, nome dado ao sistema de transporte público de São Francisco. [N.E.]

Eu os vejo sumir na multidão. *Jax está tão diferente hoje*, penso. Me pergunto se o que aconteceu na Mission Dolores é algo que o perturba de alguma maneira. Será que os Boars tentariam pegá-lo aqui? Eu tremo e olho ao meu redor, para o crescente grupo de pessoas. Os Boars se misturariam perfeitamente aos civis — pacíficos por enquanto, mas a menor faísca poderia incitar sua fúria e a tentativa de fazer deste um protesto pacífico será frustrada.

Fico perto do lado esquerdo da multidão, entre um prédio e um ponto de ônibus. Encontro um pedestal em um conjunto de escadas para subir e ter uma visão mais ampla. Meu telefone toca. É Jax me dizendo para esperar. Procurando os outros Stags em suas posições na multidão, algo mais me chama a atenção. Eu ofego e levo as mãos ao rosto.

— Ah, meu Deus!

Vejo a mochila dela primeiro: uma JanSport azul-esverdeada gasta que ela tem desde o primeiro ano. Há um broche do movimento Black Lives Matter fixado na mochila, ao lado de outro em forma de coração colorido com as cores do arco-íris, debaixo do desenho de gato feito por mim de canetinha em um dia quando estávamos entediadas durante uma aula de matemática. Eu reconheceria a mochila em qualquer lugar, e quando sua dona vira e tira uma mecha de cabelo lilás do rosto, não consigo evitar chamá-la pelo nome.

— Lyla! — grito. Minha melhor amiga se vira, grita e abre os braços a tempo para me agarrar quando pulo em cima dela.

— Ah, meu Deus! Ah, meu Deus! — sussurra ela no meu ouvido. — Valerie. Meu Deus. Puta merda.

— Não acredito que você está aqui — digo, meu rosto contra o ombro dela.

— Eu também não — responde ela. — Como você está? O que você está fazendo aqui?

— Bem... protestando. Você está aqui para a manifestação? Veio com mais alguém?

— Não — responde ela. — Vim de Lyft. Combinei de encontrar Michelle e Nerrisa, mas não sei como diabos vou achá-las... — Faço um gesto afirmativo. Essas garotas são do clube de teatro. Ela se balança, como se dissesse *deixe para lá*. — De qualquer forma. Você. Como você está? Eu fiquei tão confusa quando você não apareceu naquela noite. Continuei ligando e ligando, depois finalmente liguei para o Matthew. Quando ele também não atendeu, eu sabia que algo estava acontecendo. Não posso acreditar que você disse sim — ela balança a cabeça. — O que você vai fazer para se formar? Como vai para a faculdade?

— Eu não sei — respondo. — Não sei mesmo. Mas eu tinha que participar. Os Stags estão me ajudando a encontrar a pessoa que matou Leo.

A expressão dela muda ao som do nome do meu irmão.

— Você realmente acha que vão ajudá-la?

— Sim.

— Só estou preocupada com você. — A voz dela abaixa. — Tipo, você está segura?

— Os Stags não são assim. É totalmente diferente, mas de uma maneira boa.

Não sei como contar tudo o que aconteceu no pouco tempo que temos, mas eu tento. Asseguro repetidamente que estou bem. Explico a ela sobre o real objetivo dos Stags: impedir o avanço dos Herons. Conto do apelo mensal que fazem pela paz. Como Jax se ocupa de todo o trabalho sujo, para manter o sangue fora das mãos dos que estão sob o comando dele. Como construímos esta manifestação a partir do nada.

Ela arregala os olhos cada vez mais, até que finalmente ela ergue a mão como quem diz *pare*.

— Espere aí. Você fez isto? — diz ela, apontando ao redor para a manifestação. — Ninguém sabe que os Stags querem a paz. Vocês teriam muito mais apoio se as pessoas soubessem.

Eles ainda atiram nas pessoas, tenho vontade de dizer, mas me contenho.

— Não é tão simples assim. Por enquanto, só estou fazendo o que me mandam. Eu tenho de ficar até encontrar o cara que matou Leo.

Ela balança a cabeça.

— Um ano é muito tempo.

— Eu sei. E não sei ao certo o que estou fazendo, mas estamos ambas aqui. Protestando por aquilo em que acreditamos. Estou nos Stags, sim, mas isso não significa que não sou mais eu. Ainda sou a mesma Valerie, mas agora tenho uma chance de conseguir a única coisa que quero mais do que tudo *e* de defender algo ainda mais importante. Posso fazer as duas coisas.

Seus olhos miram o chão enquanto ela pensa. Por um momento, tenho a impressão de que ela vai fugir para as colinas. Em vez disso, Lyla me puxa para um abraço.

— Eu não concordo exatamente — diz ela ao meu ouvido —, mas eu te amo. Você é minha melhor amiga. E você está falando como a Val da qual eu gosto.

— O que você quer dizer?

— Você está falando como se você se importasse. Tipo, você está viva novamente, não é mais sua versão zumbi, e é isso que você quer fazer. E você está fazendo. E isso é bom.

— Obrigada. Lyla, estou falando sério. Deus, estou tão feliz por te ter encontrado.

— Valentine!

Eu me viro e vejo Jax correndo em minha direção, com um olhar desconfiado e uma expressão curiosa no rosto.

— Aquele cara está com você? — sussurra Lyla, agarrando meu ombro. — Ele é um Stag?

— Tecnicamente, eu que estou com ele. Tenho que ir — digo, apertando sua mão. — Você é a melhor, Lyla.

— Cuide-se — diz ela. — É melhor você cuidar dela, OK? — grita Lyla em direção a Jax.

Minha melhor amiga está gritando com o líder de uma gangue — um cara que matou pessoas, nada menos do que isso. É a coisa mais Lyla que Lyla já fez.

Jax lhe faz uma saudação, mas me puxa bruscamente para segui-lo.

— Não se distraia — diz ele. — Temos um trabalho a fazer.

— Eu sei — evitando seu olhar, eu sorrio. As palavras de Lyla parecem me envolver em um abraço, dando-me força. Posso fazer isso.

A multidão ao redor do local dobrou nos poucos minutos em que estive com Lyla. Vislumbrando o celular na mão de uma garota ao meu lado, vejo o Twitter aberto. #ParemOsHerons está nos *trending topics*.

— As pessoas já estavam furiosas — diz Jax, balançando a cabeça na direção da menina com o telefone. Acho que ele viu também. — Tudo o que você precisa fazer é dar voz ao povo. Os Herons pensam que podem fazer as pessoas amá-los. Esse é o erro deles. Esquecem como é muito mais fácil motivar alguém pelo ódio.

Eu sigo Jax de perto, atrás dele, enquanto ele atravessa a multidão. Os corpos ao redor esbarram no meu, mas mantenho minha cabeça erguida.

Uma garota com um megafone está de pé em cima de uma banca de jornal, com o punho levantado. Ela marcha firmemente com suas botas pretas de combate.

— De quem é a cidade? A cidade é nossa!

Ela abaixa o megafone, e conforme o rugido da multidão faz coro, percebo que é Juliet sorrindo para mim daquela banca de jornal. *Eu luto.*

Percebo que Jax também está sorrindo antes de acompanhar os gritos.

Do outro lado da rua, a polícia montou uma barreira e está se mantendo firme. Um policial brada ao megafone, ordenando que a multidão se disperse — mas nossos gritos são mais altos. Porém, do nada, um objeto preto passa zunindo de nosso lado para o lado da polícia, seguido por um estalo.

Os gritos que entoavam o refrão se transformam em gritos de desespero depois que o sinalizador explode. Era tudo que eles queriam.

As pessoas se dispersam — ou tentam se dispersar — alguns em direção à polícia e outros para qualquer direção para longe dela. Alguém bate em mim de encontrão e sou derrubada enquanto a fumaça da bomba de gás lacrimogêneo começa a me atingir.

Jax nos advertiu sobre isso, e faço o meu melhor para seguir suas instruções anteriores. *Não respire fundo,* lembro.

Colocando minha mão sobre minha bandana, eu me mantenho à beira do caos o melhor que posso, mas o medo aperta meu coração. Lyla.

Desesperada, busco entre as pessoas à minha frente e as que já estão fugindo pela rua um vislumbre de cabelo lilás. Sinto meu telefone vibrando na minha mão — provavelmente é Jax nos dizendo para cairmos fora dessa merda — mas não posso ir antes de saber se Lyla está bem.

O vento abre caminho na fumaça do gás lacrimogêneo, e eu a vejo. Ela está curvada no chão, enquanto outra pessoa tenta puxá-la para fora do caminho quando um Boar passa correndo e bate no equipamento antimotim de um policial que se materializou na multidão.

Corro diretamente para ela.

Enfrentando a batalha de trombadas de corpos, coloco meus óculos de proteção. Outro Boar — sua tatuagem orgulhosamente exposta no ombro nu, apesar do frio de dezembro — sai correndo de trás de mim, cai de joelhos e arremessa um sinalizador, ou uma bomba, ou algo que brilha com a luz indicadora de um fusível. Alcanço Lyla e puxo-a pelos ombros, seus olhos vermelhos, inchados e lacrimejosos encontram os meus quando se dá a explosão.

Se minha amiga grita, eu não a ouço. Os detritos da rua e os galhos da árvore acima fazem uma chuva sobre nós e eu fecho a boca para não engolir poeira. Lyla e eu tentamos dar alguns passos quando, de repente, uma mão firme se agarra ao meu braço, puxando-me em outra direção. Eu me viro e vejo olhos desconcertantes, sem expressão, e a imponência do equipamento antimotim, preto como a noite. Departamento de Polícia de São Francisco. Eu grito novamente, empurrando Lyla para longe e implorando ao universo para que ela se afaste. O policial me joga para baixo, empurrando minha bochecha contra a calçada de concreto de São Francisco.

Estou tossindo, chorando e engasgando sem ar enquanto o metal frio das algemas se fecha cruelmente ao redor de meus pulsos. Se algum dos Stags estiver por perto, não virá me salvar agora. Estou tonta e impotente enquanto o oficial recita meus direitos e me leva com ele.

11

Ser presa é exatamente como eu sempre imaginei que seria: uma merda.

— Nome?

— Valerie Simons.

— Idade?

— Dezoito anos.

A oficial digita minhas informações com uma velocidade alarmante, seus dedos martelando as teclas como se ela já tivesse visto meu "tipo" antes e estivessse farta disso. Respondo a cada uma de suas perguntas calma e respeitosamente. Consigo ouvir a voz de Jax dizendo para me fazer de boa moça e não tenho nenhum problema com isso. *Aja como se estivesse assustada e como se não entendesse o que está fazendo aqui.*

— Nenhum registro criminal — diz a oficial enquanto revê minhas informações. Seus olhos permanecem na tela do computador, mal dando importância à minha presença. — O que você estava fazendo na manisfestação?

— Apenas demostrando meu apoio — respondo. — Fiquei muito triste ao saber que eles estavam querendo derrubar aquela loja da esquina.

— Como você soube? Do protesto.

— Twitter.

— Twitter?

— Sim, senhora.

Ela toma nota. Enquanto ela digita, posso sentir o suor na parte de trás do meu pescoço, escorrendo para debaixo do meu casaco. Até agora ninguém viu minha tatuagem.

— Você já participou de um evento como este antes, e está afiliada a algum dos grupos locais que supostamente organizaram a dita manifestação?

— Não, senhora — respondo, fingindo choque. — Minha mãe me mataria se eu me juntasse a qualquer um dos bandos, ou seja lá o que for. Misericórdia, ela vai me matar se descobrir que estou *aqui*.

A oficial não dá nenhuma pista de que ela se importa e, em vez disso, continua com a mesma postura.

— O oficial Ramirez a levará para fazer a ficha. Próximo.

Todo o processo parece quase inventado, como se eu fosse uma figurante do CSI. Entrego meu telefone e tudo o mais que tenho no bolso. Eles me revistam de novo, esta segunda vez tão bem como quando o oficial me lançou na calçada.

Depois da revista é a hora de tirar a impressão digital. O oficial precisa segurar minha mão sobre o papel para consegui-la, pois estou tremendo. A tinta preta se firma no papel tão seguramente quanto um pensamento se firmou em minha mente — *estou muito fodida.*

Enfim, o *grand finale* — a fotografia. A câmera pisca antes que eu tenha a chance de me sentar direito, mas eles não se importam com as formalidades. Ainda estou sentindo o efeito do flash em minha visão quando sou arremessada dentro da cela.

Há outras seis mulheres aqui. Imediatamente vejo Juliet. Sua cabeça está inclinada para trás, apoiada contra a parede de concreto. Um rastro de sangue seco corre de seu lábio inferior até seu queixo.

Quando me sento ao seu lado, ela quase imperceptivelmente encosta o joelho ao meu. Em seguida, ela o afasta. Tento entender o sinal dela: *estou aqui para te apoiar, mas devemos agir como se não nos conhecêssemos.*

Jax vai me tirar daqui. Alguém pagará minha fiança. Estou tremendo, assustada e me sentindo absolutamente estúpida por ter sido pega. *Bem, pelo menos não estou sozinha.*

— Algum filho da mãe me agarrou pela perna e meu joelho dobrou — sussurra Juliet do nada. — Uma vez no chão, eu revidei com muita força, mas, aqui estamos nós.

— O que fazemos agora? — sussurro.

— Esperar — responde Juliet.

Eu me encolho o máximo que posso, lamentando que meu casaco esteja entre os itens confiscados. Arrepios se espalham ao longo de meus braços e me encolho com os joelhos grudados ao peito para tentar me aquecer.

Horas e horas passam. Lá fora, o dia desvanece e uma noite imperdoável toma seu lugar. Uma porta se abre e uma oficial para na frente da cela, com os olhos baixos em uma prancheta.

— Flora Santos? — pergunta ela.

Uma das mulheres no lado oposto da cela se endireita e se desloca até a porta. A oficial diz a todas nós para nos mantermos afastadas enquanto as barras de metal deslizam para abrir passagem, e Flora vai embora. Meu coração fica pesado e eu me movo no banco de metal, mas logo a oficial volta.

— Valerie Simons?

Levanto de um salto e olho para Juliet, que retorna um olhar que diz: *Vá, vá, saia daqui.*

Eu sigo a oficial enquanto outro atendente lhe entrega um recipiente de plástico com minhas coisas — jaqueta, telefone, carteira.

— Suas acusações foram formalmente retiradas — disse a oficial. — E você está livre para ir. Mas eu a aconselharia a não participar novamente de tais protestos. Eles são conhecidos por serem bastante violentos.

Enquanto dá tal conselho, ela abre uma porta lateral que leva ao que eu imagino ser o resto da delegacia. Pego meu casaco e sinto meu coração acelerado, com medo de que alguém tente me impedir de sair.

Mas ninguém o faz, e eu saio desorientada. Uma rajada de vento frio me cumprimenta, e, depois de localizar uma placa que me informa que estou na Fillmore Street, ando um quarteirão ou algo assim pela Turk, que eu sei que acabará me levando de volta ao Civic Center e a uma estação do BART. Pressionando o botão de energia do meu telefone, fico aguardando que ele ligue. Ouço um assobio à minha direita e giro.

— Mako!

— E aí, Val? — pergunta ele, abrindo os braços musculosos. Ele me dá um abraço apertado. — Você está bem? O que eles disseram?

— Sem acusações — respondo. — Eu não tinha uma arma comigo.

— Boa menina — responde ele. — Onde você a deixou?

Eu me encolho, me sentindo culpada.

— Eu não trouxe nenhuma. Sei que Jax disse para sairmos armados se precisarmos. Mas eu esperava realmente não precisar.

— Droga, ok — responde ele, colocando um braço ao meu redor e me guiando na direção oposta a que eu estava indo. — Meu telefone morreu. Você pode mandar uma mensagem ao Jaws avisando que saiu? Ele está em algum lugar por aqui com o carro.

Depois de alguns minutos de espera, o homem em questão aparece e nós partimos. Quando retornamos a Holloway, todos estão na cozinha. Seus rostos se iluminam quando me veem, mas meus olhos estão postos apenas em Jax. Qual versão dele vou receber hoje: o Jax irritado ou o Jax preocupado?

Meu líder se levanta e vem até mim — e imediatamente me puxa para um abraço.

— Desculpe ter perdido você de vista — diz ele. — Você está bem? — Eu aceno que sim com a cabeça afundada em seu peito, tomada de surpresa pelo gesto. *Merda, ele cheira bem.*

Jax me guia até os outros e eu recebo abraços de cada um deles. Quando me sento, Nianna me traz um copo de água e eu bebo agradecida.

— Como está Jules? — pergunta ela, puxando as mangas e se embrulhando em um blusão.

— Está bem — respondo. — Seu lábio está muito machucado. Como é que ela não foi solta também?

— Não é a primeira vez dela — responde Jax. — Vamos tirá-la sob fiança, mas ela provavelmente será processualmente acusada e tudo o mais.

— Merda.

— Jules vai ficar bem — responde ele pontualmente. Há algo implícito em seu tom.

— Também estou bem — digo, encolhendo os ombros. — Nem sequer fui acusada.

— Bom saber disso. — Ele sorri, mas não de verdade. Algo está acontecendo.

— Diga a ela, Jax — diz Micah. Eu viro para poder vê-lo. Ele desloca seu gorro em torno do cabelo preto e suspira. — Ela vai descobrir de qualquer maneira.

— Descobrir o quê? — questiono.

Jax coça a cabeça.

— Você foi vítima de *doxxing*.[6] Assim como todos os outros que foram presos.

Conheço a palavra, mas não muito bem.

— O que isso significa?

— O departamento de polícia coloca sua foto e seu nome nas contas deles nas mídias sociais. É uma tática de coerção para que outros não se juntem à próxima manifestação, por medo de serem expostos.

Ai. Meu. Deus.

— Eles colocaram a porra da minha foto de presidiária na internet?

— Colocaram.

---

6. *Doxxing* ou *doxing* é uma prática virtual que envolve pesquisar e transmitir os dados de um indivíduo ou organização. [N.E.]

— *O quê?* — Eu quero vomitar. — Eles podem fazer isso? Isso é legal? — Como filha de advogado, meu primeiro pensamento sempre será questionar se alguma coisa é legal ou não.

— Mais ou menos — responde Jax. — É uma questão de zona cinzenta, mas já está feito.

— Não é uma tática nova. A polícia de Berkeley já a usou antes — diz Micah. Ele passa por Mako para que possa ocupar o lugar ao lado do meu. — Já começamos a mobilização para que esse tipo de medida seja derrubada.

— Meus pais. Todos os meus amigos... eles vão me ver no noticiário. — Minha voz se eleva em descrença e horror. Minha mãe sempre assiste ao noticiário das onze horas. Eu poderia dizer a ela para não assistir, mas isso só iria fazê-la querer assistir mais. *Vou ligar para ela,* decido. *Se eles vão descobrir, quero que seja por mim.*

— Vai ficar tudo bem — diz Micah, e Nianna acena com a cabeça, confirmando. — Já lidamos com coisa pior.

— Até lá, você fica aqui — diz Jax. — Eu quero que você e Jules, quando a tirarmos de lá, fiquem quietas por algumas semanas, até minha segunda ordem.

— Está bem — digo. Minha cabeça ainda está girando, o buraco no meu estômago está ficando cada vez maior.

— Tem mais coisa — diz Jax. O resto dos Stags olham para ele, olhos curiosos.

Nianna se afasta.

— O que você quer dizer com "mais coisa"?

— Uma mensagem dos Herons. — Ele se desloca e tira um pedaço de papel de seu bolso de trás. Ele o estende para mim. Nianna faz uma pausa e, recebendo um aceno afirmativo de Jax, inclina-se sobre meu ombro.

— Os Herons querem se encontrar comigo? — pergunto.

— Os Herons — repete Jax, com ironia. — Você sabe quem realmente quer se encontrar com você. *Matthew.*

— Mas... aqui não diz o nome de ninguém.

— Não é preciso.

— Você está disposto a me deixar ir? — pergunto. — Você literalmente acabou de dizer para ficarmos quietas.

— Até que eu dê uma segunda ordem. Portanto, sim, você vai a esse encontro. Você será minha espiã. Vai descobrir o que os Herons pensam sobre o que aconteceu hoje, assim como qual será o próximo passo deles.

Eu abro a boca, pronta para gritar que nunca seria capaz de espionar Matthew, mas decido segurar minha língua. A tatuagem no pescoço pinica.

— Tudo bem.

Ele me olha por um momento, depois meneia a cabeça.

— Enviarei a mensagem. Camille insistirá que não haja armas, mas tudo bem. Vou insistir que o encontro aconteça em nosso território, o que ela aceitará. Em algum lugar que seja claramente nosso e público. Você estará a salvo.

— Ok.

— Tudo bem. — Jax volta para seu quarto e vou direto para o porão.

Tiro os sapatos e mergulho na cama. Na segurança da solidão, leio a frágil impressão cinza repetidamente. Matthew. Meu Matthew.

Eu o verei, e tudo vai ficar melhor. Nesse momento, preciso falar com meus pais antes do noticiário das onze.

Minha mãe atende ao primeiro toque.

— Val? Peter! É Val!

Há o som de uma porta abrindo-se rapidamente, seguido pela voz do meu pai ao fundo.

— Valerie?

— Oi, mãe. Oi, pai.

— Ah, meu Deus, querida. Você está bem? — Meus pais sempre perguntam isso primeiro. Acho que eu também perguntaria, se os papéis fossem invertidos. Respondo a todas as perguntas deles lentamente. Sim, estou ótima. Não, não vou voltar para casa.

— Há uma coisa que tenho de dizer a vocês — anuncio, finalmente. — E eu queria que ouvissem de mim antes que ouvissem de outra pessoa — em qualquer outro universo, meus pais estariam preocupados com uma gravidez ou uma expulsão da escola. Em vez disso, eu falo sobre o *doxxing* e o que isso significa. O que também significa admitir que fui presa.

— Ah, Valerie. Meu Deus — responde minha mãe.

— Eu sei — digo. Lágrimas aparecem inesperadamente. Estou decepcionando-os de tantas maneiras. — Mas os outros estão trabalhando para que isso seja derrubado. Eu só não queria que vocês vissem isso no noticiário.

Minha mãe deve ter entregado o telefone, porque meu pai é quem responde.

— Querida, você fez bem em nos dizer. Mas, Valerie, isto está ficando fora de controle. Você poderia ter se machucado, ou coisa pior. Basta nos dizer onde você está e nós iremos buscá-la.

— Por favor — ecoa minha mãe.

Já passei por isso vezes o suficiente para saber que este é o ponto onde tenho de ser mais forte, mesmo que pareça absoluta e inequivocamente errado.

— Não vou voltar para casa. Isso está acontecendo, e estou fazendo a coisa certa. Eu amo muito vocês dois. Sinto muito por tudo. Amo vocês.

E então desligo. Os soluços estremecem meu corpo e desabo na cama. *O que estou fazendo?* Virando de lado, eu rolo sobre a cama e algo incomoda meu quadril. O IRIS.

Levo o papel ao peito, consciente do clichê de novela que é fazer tal gesto. Mas não me importo. É por uma boa razão. Não. Me. Importo. O que eu preciso agora é de algo e de alguém familiar. Alguém que fez a mesma escolha que eu, cuja história está entrelaçada à minha.

E Matthew Weston é a única pessoa no planeta que satisfaz esses requisitos.

12

O Stonestown Galleria não é o maior ou o melhor dos shoppings de São Francisco. Está sempre repleto de estudantes universitários matando tempo entre as aulas e tomando sucos a preços exorbitantes. Há um cinema em uma ponta e uma academia de ginástica na outra, mas também nunca conheci alguém que frequentasse algum dos dois. Em resumo, não é grande coisa.

Mas à noite, Stonestown é tudo.

Estou usando meu melhor casaco, as ondas brilhantes do meu cabelo subindo e descendo com o vento. Sinto-me estranha por estar tão bem-vestida depois de dias usando blusão de moletom e roupas esportivas, mas estou feliz por finalmente mudar de look. Enquanto estou ali, esperando no frio, é a primeira vez que me sinto mais como eu mesma — mais Valerie, menos Valentine — desde que cheguei.

E depois de uma semana sem poder sair da Casa Holloway, é uma felicidade estar em qualquer lugar, menos lá.

Kate e eu estamos de braços dados. Nós nos reunimos do lado de fora do Peet's Coffee ao lado do estacionamento.

— Ele é bonitinho — sussurra ela.

— O quê?

— Matthew Weston — diz ela. — Jax me mandou espiá-lo logo após a minha entrada na gangue. Acho que eu também estava espionando você, no fim das contas. Eu me lembro que ele era gostoso. — Ela faz uma careta. — Não diga a Jax que eu disse isso. Você parece estar animada. — Kate me dá um empurrãozinho de ombro. — Você acha que ele também vai estar, não é?

— Matthew é a melhor pessoa. — *Ele realmente é.*

O telefone de Kate toca. Ela desprende o braço do meu e eu vejo as horas na tela: 18h44, um minuto antes do *rendez-vous*.

— É o Jax. — Ela digita uma resposta e coloca o telefone de volta em seu bolso. — Droga, eu deveria ter trazido luvas.

— Ah, espere aí. — Pego um par luvas em minha bolsa e entrego a Kate. — Imaginei que você poderia precisar.

— Sério? Você é uma deusa. — Ela bate palmas com as mãos devidamente enluvadas. — Muito melhor.

Um grupo de garotas passa por nós. Uma delas esbarra em mim e murmura um rápido pedido de desculpas.

— Tudo bem — digo.

Quase imediatamente outro ombro se choca contra o meu, desta vez indo da direção oposta. Fico irritada até detectar o odor de colônia. Sexy, jovem e cara. Dias de verão e luz das estrelas.

É Matthew quem está me puxando. Kate grita meu nome quando três caras enormes a rodeiam, o emblema dos Herons estampado na lapela das jaquetas.

— Matthew? — digo. — Mas que diabos você está fazendo?

— Não fale. Não ainda. — Ele diminui a força do aperto em meu braço só o suficiente para que eu me vire e possa andar.

Entramos no shopping, passando por uma série de lojas e clientes. Ele entra em um corredor que leva aos banheiros. Uma porta lateral se abre, e há uma outra Heron esperando.

— Está sendo seguida? — pergunta a garota a Matthew.

— Não. — Matthew coloca a mão na minha lombar, empurrando-me para a frente no escuro. — Vá. Siga Aure.

Repito o nome da garota em minha cabeça e a sigo pelo labirinto de concreto. Aurelia. Aurelia Saint-Helene. Eu me lembro de vê-la nas pastas sobre os Herons... e também lembro dela de antes disso. Ela está tão diferente agora. Apenas seus olhos cinzas permanecem os mesmos — brilhantes e determinados. Ela me olha uma vez e depois se concentra em avançar, guiando nós duas no escuro.

Passamos por portas rotuladas como unidades de armazenamento e tubulações. Matthew continua me acompanhando de perto.

— Você está segura — diz ele novamente, como se eu não acreditasse nele. Mas eu acredito. Acredito nele de uma maneira que nunca acreditarei em Jax ou mesmo em Micah.

Um conjunto de portas duplas se abre. O ar da noite entra apressado. Uma luz laranja ilumina uma viela e um trio de limusines, estacionadas em fila, com seus motores já ligados.

— Val? — diz Matthew. Eu me viro.

Minha sólida confiança desaparece tão rapidamente quanto uma estrela cadente. Preciso de apenas um segundo para ver o arrependimento em seus olhos, enquanto ele pressiona um pano úmido sobre meu nariz e meu rosto.

A última coisa de que me lembro é Matthew dizer que sente muito.

Ele sente muito, e eu estou a salvo.

Quando desperto, estou deitada em um sofá macio e coberta com uma manta. *Maldição, quantas vezes mais vão me deixar inconsciente?* Não sei o que foi a coisa que me forçaram a respirar, mas não pode ser bom para a saúde.

Eu me sento e tusso repetidamente, os pulmões sibilam. Minha traqueia e meus pulmões estão secos e minha mente tem um *déjà vu,* de volta ao dia em que acordei em Holloway pela primeira vez. O espaço não poderia ser mais diferente.

O ar aqui tem o perfume leve de flores frescas, cortesia de um buquê colocado numa mesa atrás de mim. O tecido do sofá é desconfortavelmente macio, a manta é de veludo pesado. A luz enche a sala, vinda dos lustres sóbrios pendentes do teto.

Do outro lado da sala, Matthew, Aure e três outros Herons estão sentados ao redor de uma mesa, comendo. Aure e a garota ao lado parecem primas, esta última com o cabelo mais curto e encaracolado, mas com a mesma expressão severa. Os outros estão de costas para mim.

Ouço por um momento enquanto os talheres de prata tocam nos pratos. Sons de risos flutuam de Aure aos outros três e depois a Matthew. Ela deve ter contado uma piada.

Camille não está perto deles, mas isso não significa que não esteja observando. Verifico os cantos da sala à procura de câmeras.

Eu tusso mais algumas vezes e o grupo se vira. Aure coloca os cabelos castanhos atrás da orelha, franzindo a testa. Não sei por que olhei para ela e não para Matthew.

— Val. — Matthew deixa o garfo no prato e o grupo inteiro fica de pé enquanto ele caminha até mim. — Sente-se bem?

— Sim.

— Verifiquem — diz Aure.

Matthew não se move, e outro Heron — um afro-americano com músculos que poderiam esmagar ossos — dá um passo à frente. O calor sobe em minhas bochechas enquanto ele me apalpa. Olho para Matthew e pisco cuidadosamente para evitar que as lágrimas escorram.

Quantas vezes o próprio Matthew me pôs de cabeça para baixo de brincadeira ou me cutucou nas laterais porque sabe como sou delicada e sinto cócegas com facilidade? Nós nos conhecemos desde sempre. Nós nos vimos nus, pelo amor de Deus. *Nós somos nós.* Será que ele acha que eu viria armada?

Matthew levanta as sobrancelhas para mim como se dissesse *desculpe*, mas continua imóvel.

— Limpa — diz o cara.

— Claro que sim — retruco rapidamente.

Aure cruza os braços sobre o peito. Vejo as penas ousadas do emblema dos Herons em seu pulso. Uma asa se enrola ao redor e se estende mais longe para rodear o dedo anelar esquerdo, como uma aliança de casamento.

De repente me impressiona o fato de que ela se parece muito comigo, só que mais arrumada. O mesmo cabelo, o mesmo físico, porém, mais refinada. Ela tem melhor postura e exala graça. Como uma Valerie 2.0, versão de luxo.

Mas também há algo de triste nela. Ela deve ter mais ou menos a minha idade, mas seu rosto está marcado com mais linhas de expressão — como se ela tivesse visto coisas demais, suportado coisas demais.

Estou muito absorta em meus pensamentos para perceber que estamos todos parados, em silêncio, com o ar da sala grosso de tanta tensão.

— Posso falar com ela a sós? — pergunta Matthew a Aure.

— Camille disse cinco minutos — responde ela. — Não mais.

— Não mais.

Ela conduz o resto dos Herons por uma porta lateral, sua mão passando levemente pelo ombro de Matthew enquanto ela se retira. A porta é fechada, e somos só eu e ele, ele e eu. Na última vez em que nos vimos, ambos dissemos "eu te amo". Agora ele está com os Herons, e eu sou uma Stag. Digo a primeira coisa que me vem à mente.

— Onde você fez sua tatuagem?

Sem falar nada, Matthew desabotoa a camisa de tecido azul-celeste e retira a camiseta que está por baixo até eu poder ver seu braço: um braço que me envolveu em mil abraços, me alcançou através dos corredores da escola, me puxou para perto...

A imagem da garça ocupa a maior parte de seu ombro. As asas quase tocam sua clavícula e depois se espalham até onde não consigo ver.

— E a sua? — pergunta ele.

Eu suspendo o cabelo e me viro. Depois de alguns momentos, deixo meu cabelo cair e o encaro. Heron. Stag. Matthew. Eu.

Nós desabamos.

Matthew corre até mim e me puxa para um abraço. Eu pressiono meu rosto em seu peito, quase lutando para respirar em razão da força com que ele me abraça. Meus lábios encontram a pele macia de seu pescoço, sua bochecha. Ele me beija, e o terremoto de emoções que transborda de nós dois sacode a sala. Como eu posso ter esquecido disto? Como não pensei nisso a cada momento de cada dia desde nosso aniversário? Nós afastamos nossos corpos e ficamos apenas com as testas encostadas uma na do outro.

— Você está bem? — sussurra ele.

— Sim, estou bem. — Coloco a mão em seu braço, sentindo o calor de sua pele debaixo da camisa.

— Eu queria ir atrás de você imediatamente — diz ele. — Naquela noite. Você foi para o aeroporto. Os Herons estavam na minha casa quando eu voltei — ele balança a cabeça. — Mas você está bem? Tem certeza?

— Tenho.

— Você tem se cortado?

Penso por um momento.

— Na verdade, não. Não tenho. Não muito. — Ele ergue as sobrancelhas, surpreso, mas admito que isso é tão chocante para mim quanto para ele. — E você? Você está bem?

— Estou. Entediado, principalmente. Estou enfiado aqui há semanas. Só saí duas vezes desde que fui recrutado.

— *Duas vezes?* — e eu achando que a última semana tinha sido ruim.

— Duas vezes.

— Por que eles não deixam você sair?

— Não sei. Porque eles têm o poder de negar, acho. Camille diz que é para minha própria segurança. Muita gente odiava Alex. — Ele se senta no sofá e coloca a cabeça entre as mãos. — A Guerra não é o que eu esperava. Eu achei que sabia tudo por causa de Alex e Aaron, mas...

caramba. Algumas dessas pessoas são... — Ele baixa sua voz. — Elas não se importam com ninguém além de si mesmas. Estou apenas fingindo que me adapto a essa palhaçada, sinceramente.

— Matthew — digo. — Por que estou aqui? Tipo, isso não vai te causar problemas?

Ele passa a mão pelos lábios.

— Camille conhece Alex o suficiente. Eu meio que tirei proveito disso. Eu tinha que ver se você estava bem.

— Só isso?

— Mais ou menos.

— Qual é a parte do "mais"?

Matthew fica inquieto e balança a cabeça.

— Val, por que você disse sim? Quando Jax tentou te recrutar, por que você disse sim? — A cabeça dele pesa para baixo. — Pensei que, não sendo os Herons a te recrutar, você diria não.

— Eu tinha de aceitar — respondo. — Pelo Leo.

— Mas eu queria que você estivesse a salvo.

— Eu não estaria segura mesmo se os Herons *tivessem* me recrutado.

— Não. Mas você estaria segura se não tivesse se juntado à Guerra. — Ele se afasta de mim. — Eu lhe disse que cuidaria disso, lembra?

Eu me lembro. Foi no final da primavera, início do verão. Matthew e eu estávamos descendo a Embarcadero, ao pé da Cupid's Span, uma enorme estátua de arco e flecha. Deveria ter sido um passeio dos sonhos, mas o ar entre nós estava tenso. Foi nesse dia que eu disse a Matthew que queria participar da Guerra.

— É uma péssima ideia — disse ele na época. — Sei como você se sente... sobre Leo... mas, fala sério. Juntar-se à Guerra não vai consertar nada.

— Eu sabia que você ficaria chateado. — Nós dois cruzamos os braços. Nós tínhamos o hábito engraçado de fazer movimentos espelhados. Não foi engraçado daquela vez.

— Você pode morrer — disse ele.

— A maioria das pessoas sobrevive. Alex viveu.

— Mesmo assim. — Ele parou de andar e eu também. As luzes amarelas dos postes de iluminação da rua pareciam tochas inquietas na baía. — E se eu fizer isso por você?

— O que, participar da Guerra? Quero dizer, eu meio que presumi...

— É, mas... e se eu encontrar o cara? Posso pedir a Alex que investigue. Podemos encontrá-lo e você não terá que participar.

De volta ao presente, balanço a cabeça lentamente à medida que assimilo o que aconteceu. Posso imaginar o momento em que a ideia sugiu em sua mente. Matthew sempre foi o tipo de cara que faz a coisa certa, e isso inclui tentar me manter fora da Guerra. Então, ele fez o que pôde para me impedir...

— Você disse aos Herons para não me recrutarem — sussurro. — Não disse?

Matthew mantém os olhos baixos, que é tudo de que preciso para uma confirmação.

— Você disse aos Herons para não me recrutarem — repito. — Mas você não pensou que precisaria impedir que os Stags o fizessem. Poderíamos ter cumprido nosso ano *juntos*.

— Não queria você na Guerra de jeito nenhum! Pensei que talvez se não estivéssemos namorando... se eu conseguisse estabelecer uma distância entre mim e você, e entre você e a Guerra, você não entraria. Eu estava tentando te proteger, Val.

— Você jurou que não sabia de nada — digo. *Nosso juramento particular.* — Você mentiu para mim.

— Eu só queria você a salvo e fora da Guerra. Se você não fosse recrutada, eu pensei... pensei que talvez percebesse que não há problema em seguir em frente.

— Você entrou para a gangue! — disparo de volta, defensivamente.

— Eu tinha que entrar — diz ele. — Isso é a única coisa com que meus pais se preocuparam a minha vida inteira. Todos os troféus, todos os títulos que obtive na escola... isso nunca importou. Eles ignoravam tudo, como se eu não tivesse me esforçado ao máximo para nada disso. Eles só se preocupavam em manter a honra de nossa família, vingando-se do que aconteceu com Aaron.

Eu interrompo.

— É verdade, então.

Ele faz uma pausa.

— O que contaram a você?

— Que Annie morreu e o irmão de Ty Boreas ficou furioso. Aaron também, logo depois. É por isso que ele nunca volta para casa, não é?

Matthew meneia a cabeça solenemente.

— Aaron não mora em Tahoe simplesmente. Meus pais o enviaram para lá. Ele já não é... ele mesmo. Ele está sob cuidados psiquiátricos vinte e quatro horas por dia.

Ergo minhas mãos como quem pergunta, *é o quê?*

— Como você nunca me disse nada disso? Você deveria ter sido honesto comigo.

— Sim — diz ele. — Estou entendendo isso agora.

— Então estamos ambos aqui por nossos irmãos. E os protestos, os espancamentos, *o assassinato*; tudo começou por causa de uma pobre garota morta e agora está totalmente fora de controle? Simplesmente isso?

— Sim. — Ele expira pesadamente. — Esta é a verdadeira razão pela qual eu entrei na Guerra. *Foi por isso* que pedi para vê-la. — Matthew se levanta e começa a andar como se as paredes fossem feitas de fogo. — Alex já está fora. Camille, Aure e os outros estão muito envolvidos. Mas você... eu preciso que você faça uma coisa por mim.

— O que é? — Dois minutos atrás, eu teria concordado com qualquer coisa, mas neste momento estou muito confusa. Eu me pergunto o que Matthew vê quando olha para mim: sua amiga, a garota que ele diz amar, ou uma inimiga. Talvez as três coisas.

Minha curiosidade termina quando ele profere seis palavras afiadas:

— Preciso que você deixe os Stags.

13

Ele só pode estar brincando.

— Ninguém sai da Guerra — digo, balançando a mão como um "*oi?*". — É uma das regras. Ninguém sai antes de cumprir um ano.

— Ninguém nunca saiu da Guerra antes de completar um ano *ainda*.

— Ninguém que já tenha saído antes sobreviveu — digo. Penso no meu primeiro dia, quando Jax me encurralou no porão. — As gangues sempre te encontram. E se não te encontram, vão atrás de sua família. Não seja um desertor. É a regra.

— Eu sei, eu sei. Mas eu tenho um plano. — Ele pega minha mão e gentilmente me puxa de volta para o sofá. Nós dois nos sentamos e ele coloca uma mão no meu joelho. — Olha, *eu* estou trabalhando com a polícia. Não os Herons. Tenho meus próprios planos. Só eu.

— O que você quer dizer?

Não há tempo para resposta. Aure volta para a sala, seguida pelos dois caras de antes.

— O tempo acabou — diz ela.

— Mais alguns minutos.

— Camille disse cinco. Você teve cinco.

— Tudo bem — diz ele. Ele me dá um olhar que diz *eu vou consertar isso.* — Você pode levar a srta. Simons de volta para o território Stag.

— Espere — digo, ao mesmo tempo em que Aure diz:

— Vamos.

Um Heron (Jacob Fisher, de acordo os documentos que li) pega meus pulsos e habilmente aperta uma abraçadeira em torno deles. Quando os demais Herons viram as costas, Matthew sussura as palavras *eu te amo,* e eu quase morro.

Saímos da sala de jantar e entramos em um longo corredor, depois saímos para um enorme salão. Uma escada em caracol reluzente passa rente a mais um lustre cintilante. Há rosas irrompendo de vasos dourados em pequenas alcovas. Cada peça da decoração grita "dinheiro".

Aure me empurra por trás.

— Apresse-se.

Só eu. Não os Herons. O que Matthew quis dizer com isso? É horrível perceber que não sei quando o verei novamente — talvez não o veja mais até acabar o ano. Não posso ficar tanto tempo sem saber mais, sem entender mais. A única coisa que sei agora é que Matthew escondeu coisas de mim quando disse que me amava, e isso não parece ser amor.

As lágrimas escorrem dos meus olhos. Aure se enrijece e me lança o que ela pensa ser um olhar empático.

— Você também chorava muito quando era criança.

— Você sorria mais quando era criança — devolvo.

Aurelia Saint-Helene. É claro que ela se tornaria uma Young Heron. A família dela e a de Matthew se conhecem há muito tempo. Mesmo quando criança, lembro-me dela ser mais bonita do que eu, sorrindo e piscando os olhos para os adultos para conseguir o que queria.

Mas ela era gentil. Uma vez, quando eu tinha cerca de seis anos, minha mãe insistiu em levar um cozido para a festa de Natal dos Westons, apesar de os anfitriões insistirem que os convidados não levassem nada.

— Você sempre deve levar alguma coisa. — Lembro de minha mãe dizer, enquanto seus saltos faziam barulho na calçada. — É a coisa educada a se fazer.

Eu estava eufórica: aquele cozido era um dos meus pratos favoritos e ela raramente o fazia, porque era trabalhoso. Mas no momento em que entramos na casa dos Westons, todos os olhos desviaram-se para nossa pequena família: eu com um vestido que mamãe comprou na Macy's, meu pai com uma camisa levemente amarrotada que ele havia esquecido de passar e mamãe com as mãos ocupadas pelo cozido recoberto de papel alumínio.

Nossa pequena travessa com queijo queimado nas bordas se destacou absurdamente na mesa repleta de iguarias luxuosas — um enorme presunto assado, infinitos *hors d'oeuvres*, um bolo de chocolate de três andares... e nosso cozido.

Fui encarregada de comer e socializar com as outras crianças, que não perderam tempo em me bombardear com perguntas:

— O que é *aquilo*?

— Ninguém mais trouxe nada.

— Parece vômito.

Mas lá estava Aure. Quando todos tivemos permissão para pegar comida, ela pediu cozido e nada mais. Voltamos para a mesa das crianças e ela comeu um bocado com os olhos bem abertos.

— Essa é a coisa mais deliciosa que eu já comi. — E sorriu para mim. Um sorriso sincero. — Você come isso todo dia?

Este é um daqueles momentos que sempre voltam à memória, mesmo quando você não quer pensar nisso, como quando chamei minha professora da quinta série pelo seu primeiro nome em frente da classe toda, sendo que era exigido que a chamássemos pelo sobrenome, ou quando eu estava aprendendo a dirigir e dei marcha à ré em cima da cerca do vizinho por acidente. Gentileza é uma emoção tão plena de poder quanto constrangimento ou culpa, talvez ainda mais.

Gentileza, evidentemente, também não é uma virtude que os Young Herons estendem gratuitamente, pelo menos não a ninguém que não seja de sua própria espécie.

De volta ao presente, Aure exala pelo nariz, de cara feia, e eu me preparo para levar um tapa ou um soco, mas a contenção de Heron vence.

— Você tem sorte de ter que estar em outro lugar ou eu lhe ensinaria a manter sua maldita boca fechada — ameaça ela. — Talvez eu passe na sua casa mais tarde. Na mesma rua dos Weston, não é? — acrescenta, com uma voz que mal passa de um sussurro.

Meus pais.

— Não! — grito, mas Aure já disse o que queria. Ela me entrega de volta a Jacob, e tenho certeza de que desta vez o aperto dele é mais forte. Não paro de tentar soltar a abraçadeira.

— Aure, não. Por favor.

— Fique quieta.

Eu deveria ter ficado de fora disso. Não importa o que eu faça, só pioro as coisas. *Leo, se você estiver aí em cima, cuide deles, por favor. Por favor.*

Sou levada para a rua. Em vez de uma limusine, embarco em um sedan pouco discreto. Pela altura dos prédios, consigo identificar que estamos em algum lugar entre North Beach e o Financial District. Aure coloca uma venda em meus olhos antes que eu consiga ver melhor. Sou empurrada para dentro do carro. Momentos depois, a porta do banco do carona abre e ela entra.

— Leve-nos para o ponto de entrega.

Jax vai ficar fora de si. Não apenas os Herons me sequestraram, quebrando regras importantes, como também não obtive nada de útil para ele. Não posso contar a ele o que Matthew disse, posso? Mas Jax é meu líder.

E eu não posso ser leal a ambos ao mesmo tempo.

O carro sobe e desce as famosas colinas de São Francisco até saírmos do centro da cidade. Paramos de repente e alguém entra no banco de trás, ao meu lado. Puta merda. Imagens horríveis inundam minha mente: Aure disse que eu tinha que estar em um lugar. Quem entrou no carro? Estou tão indefesa quanto estava na noite em que fui recrutada. Vão me dar uma surra, ou pior...

— O que está acontecendo? — protesto, me deslocando até a extremidade da porta. — Quem é você? Alguém me responda!

— Acalme-se, Stag — diz uma nova voz.

A venda é retirada dos meus olhos e eu estou cara a cara com Camille Sakurai. Ela segura uma arma preguiçosamente em uma das mãos.

— Mas que porra... — digo, recuando o máximo que posso.

Luto para respirar à medida que meu cérebro absorve os detalhes mais absurdos: suas unhas perfeitas, o odor de jasmim de seu perfume e seus cabelos encaracolados de forma minuciosa.

— Não tenho muito tempo para perder com você, então vou direto ao ponto. Sei que você e Weston são muito próximos, mas não quero que ele esqueça de que lado está — diz ela. — Eu deixei que ele visse você esta noite porque Alex literalmente salvou minha vida pelo menos duas vezes, e eu estava em dívida com ele. Mas é isso e mais nada — ela coloca a arma no colo, mas a mantém apontada na minha direção. — Não sei o que Jax lhe disse, mas os Stags não são nada. Ele inventou tudo isso. Portanto, parem de pensar que vocês fazem parte de qualquer coisa maior. Vocês não são nada.

Ela puxa a venda novamente e suas unhas arranham minha testa.

Eu engulo em seco. Se realmente não fôssemos nada, a líder dos Young Herons não teria se incomodado em fazer uma merda como esta. *Eles estão assustados.* Meu coração dispara tão alto que quase solto uma risada. Tenho algo para contar a Jax, afinal.

Algum tempo depois, o carro para. A porta ao meu lado se abre e sou puxada para fora. Onde quer que eu esteja, é quieto. E frio. O som de um alto-falante ecoa de algum lugar próximo. A abraçadeira é cortada, mas de um modo brusco, e a tesoura pega minha pele também.

— Ai! — digo, cobrindo o corte com a mão, mas não tenho mais do que um segundo para me orientar antes que Aure bata a porta e o carro acelere.

Tiro a venda dos olhos. Estou em um bairro em uma colina — o que não é exatamente o suficiente para eu saber onde estou, porque, tipo, é São Francisco — e tudo está calmo, exceto por um sedan cinza passando por mim na rua. O motorista olha para mim, como se tentasse adivinhar o propósito de eu estar ali. *Se você soubesse, meu amigo.* Caminhando em direção a uma faixa de pedestres próxima, passo pela biblioteca de Parkmerced.

Estou de volta a Stonestown.

Procurando em meu bolso, pego meu telefone e o ligo novamente. Alguém deve tê-lo desligado durante o adorável passeio até lá. Envio uma mensagem de texto para Jax.

Estou segura. Retornando.

Ele responde imediatamente.

Vejo você aqui.

Vejo você aqui?

Bem, vá se foder também, Jax. E eu achando que ele estaria preocupado.

Não é que seja uma caminhada tão longa de volta a Holloway — é apenas muito gelada. Além disso, neste momento, estou desejando um momento de solidão para poder pensar. Meu cabelo, outrora perfeito, está arruinado pelo vento e pela névoa no ar, mas não me importo.

— Você é muito burra, Valerie — murmuro para mim mesma. — Que idiota, se arrumar toda.

Matthew me quer fora das gangues. Segura. Uma parte de mim sabe que eu deveria me preocupar com a segurança dele da mesma forma, mas não consigo cultivar tal sentimento. Ele praticamente não saiu da sede dos Herons — e está mais seguro do que qualquer outra pessoa na Guerra. Enterro meu rosto no casaco e exalo, tentando me aquecer.

Pelo menos não voltarei de mãos vazias. Nosso protesto funcionou — pelo menos o suficiente para que Camille esteja dando aos Stags mais do que uma olhadela rápida.

Passo por uma casa incendiada. Um velho urso de pelúcia me olha da pilha de destroços de fuligem na entrada. Parece um que Leo tinha.

Matthew continua o mesmo de sempre, cuidando dos outros sem que tenham pedido. Verifico meu pulso onde a tesoura cortou a pele. Um fio de sangue escuro escorre pelo lado da minha mão e eu lambo meu dedo para tentar limpar a ferida. Arde, mas não mais do que a passividade de Matthew na frente de Aure. *Mas ele tinha que interpretar um papel na frente dos outros Herons, do contrário saberiam que algo maior está acontecendo, certo?*

É péssimo duvidar. É uma porcaria não conseguir lembrar muito detalhadamente do que aconteceu e do que ele disse. Em vez disso, tudo o que vejo é Aure tocando o ombro dele ao sair da sala.

Tremendo, desnorteada e exausta, eu me aproximo da última esquina. Sei que irei avistar Jaws — braços cruzados e todo vestido de preto — na sombra do alpendre. Aceno com a cabeça e ele corrresponde.

Abro a porta e Kate voa do sofá.

— Ah, graças a Deus! — Em um piscar de olhos, ela já me envolveu por completo em um abraço. — Herons de merda. Você está bem?

— Estou bem. Eles só queriam conversar.

— Ainda assim — diz ela —, é preciso colhão para quebrar as regras dessa maneira. Jax!

Nosso líder se junta a nós na sala de estar, Micah logo atrás.

— O que eles queriam? — pergunta Micah.

— Conversar — respondo. *Ele não perguntou se eu estou bem.*

Jax, aparentemente satisfeito o suficiente com o fato de eu estar viva, pega uma cerveja da geladeira.

— O que Weston disse?

Eu me endireito.

— Nada de importante. Mas eu acho que descobri quem é a segunda pessoa do comando, depois de Camille. É Aurelia Saint-Helene.

Jax dá pouca importância.

— Já sabíamos. Próximo.

Merda.

— Camille conversou comigo.

Isso o surpreende, e ele inclina a cabeça para o lado.

— Sobre o quê?

— Ela me disse que os Stags deveriam se manter fora dos negócios dos Herons. Que não somos nada.

Micah olha para Jax com uma expressão mista de confusão e temor.

— Se Camille realmente pensasse que não somos nada, ela nem diria.

— A manifestação deve ter atraído sua atenção — diz Jax. — Mais do que isso, a atenção de seus pais podres de ricos, cujos parceiros de negócios não conseguiram entrar. — Ele fala mais para si mesmo, pensativo.

Isso tem que ser um bom sinal, não é? Por um minuto, fico esperançosa, então Jax pergunta:

— E Weston? Você falou com ele?

Engulo em seco.

— Ele estava preocupado comigo.

— E?

— E o quê?

— Sobre o que vocês falaram?

É como se não houvesse ninguém na sala, a não ser Jax e eu. Seus olhos fixos em mim, como na noite em que nos conhecemos, ou como um animal observando sua presa. Sem aviso prévio, Jax arremessa sua cerveja para longe e a lata bate no chão de madeira com um som alto, fazendo Kate gritar e mergulhar nos braços de Mako, que já a esperava.

— Diga o que ele te disse, Valentine — vocifera Jax. — Agora mesmo.

Levanto a cabeça. *Não sou uma presa. Também sou uma Stag. Posso transparecer coragem, mesmo que esteja me borrando.*

— Ele quer que eu deixe os Stags.

— O quê?

— Ele disse que quer que eu deixe os Stags. Foi sobre isso que conversamos. Então, Aure entrou, me empurrou e me colocou no carro novamente.

Há um momento de calma antes que Jax reaja.

— Porra, você está falando sério? — Ele gargalha. — Merda. Que idiota. Você não pode se juntar aos Herons. Não agora.

— Eu sei — digo, calmamente. Talvez eu deva olhar para ele, mas não consigo tirar meus olhos da lata amassada no chão.

— Puta que pariu, Valentine — diz Jax enquanto se acalma. — Você não conseguiu nada, não é? Esta poderia ter sido sua grande chance.

— Sabemos que Camille se fodeu por causa da manifestação — comenta Mako, o braço ainda em torno dos ombros de Kate.

— Ainda assim — responde nosso líder. — Ela estava em um dos quartéis generais dos Herons e só confirmou algo que já presumíamos.

Isto é pior do que ouvir gritos. Ele está certo, eu deveria ter usado essa oportunidade em meu benefício. Em vez disso, eu estava muito entusiasmada para ver Matthew e esqueci o que importava, pelo menos aos olhos de Jax. Meu coração e minha cabeça só conseguem prestar atenção a uma coisa de cada vez.

E prestei atenção na coisa errada.

Jax volta ao seu quarto sem dizer nem mais uma palavra, deixando o resto de nós constrangidos. Micah coloca a mão em meu ombro, mas eu a retiro, lutando contra as lágrimas que se acumulam em meus olhos.

— Vou para a cama.

Bato a porta atrás de mim e as lágrimas inundam meu rosto. Quando desço as escadas, sou surpreendida ao ouvir a porta se abrir novamente atrás de mim. Nianna me segue até embaixo.

— O que você quer? — pergunto.

— Vi a maneira como seus olhos se iluminaram quando você leu aquela mensagem pela primeira vez. — Ela faz uma pausa. — E agora você está agindo toda defensiva. Você ainda se importa com Weston, não é mesmo?

— Sim? Talvez. — Dou de ombros. — Honestamente, eu não sei. E por que isso importa?

— *Importa* porque ainda não tenho certeza de que você deveria ter sido recrutada. — As unhas dela se afundam nos braços quando ela os cruza. — Se o que você sente por Weston é verdade... quero dizer, você o mataria?

— O que...

— Se Jax ordenar que você mate Matthew Weston, se ele lhe der a *ordem*, a oportunidade. Se ele lhe der a arma. Você. Mataria. Weston?

— Isso nunca aconteceria.

— Ok — diz ela. — Isso é resposta suficiente. — Ela se vira para ir.

— O quê? Nianna, espere. Que diabos há de errado com você?

— Você é o que há de errado — diz ela. — Você ainda é leal a eles. A Weston. Você se juntou aos Stags. Aos Stags! E não a uma merda qualquer onde você pode decidir qual gangue lhe convém naquele dia.

— Eu não faria isso — rebato. — Eu sou uma Stag. Sei disso. É o que eu queria. E se você quer tanto saber, estou muito puta com Matthew agora, então não é como se eu fosse mudar de ideia a qualquer momento.

— Não acredito em você. Você queria ser uma Heron. E sabe de uma coisa? Aposto que você teria se encaixado bem; iria adorar todas as coisas boas deles, todas aquelas festas chiques. Você nunca batalhou por nada, não é mesmo? Não como o resto de nós. Nunca precisou dormir em um abrigo, nunca temeu ser expulsa da própria casa. *Nunca foi expulsa* da própria casa. Sempre teve dois pais para amar você.

— Não posso mudar o lugar onde nasci, nem as condições — digo. — Nem você, nem Jax. Nem ninguém pode. E daí?

— E daí que, no final das contas, você ainda quer sua vida agradável e confortável com Matthew. — Ela cospe.

— As coisas são diferentes agora. Eu mudei. Não quero mais isso.

Nianna revira os olhos.

— Claro.

— Olha, quero fazer as coisas da forma correta. Quero encontrar o cara que matou meu irmão. E agora que sei como os Herons estão ferrando as pessoas, sim, quero o que é justo para cada um.

— Acreditarei nisso quando acontecer diante dos meus olhos. Você precisa decidir: você está dentro ou fora? — Ela balança a cabeça, os braços cruzados e apertados como uma cobra enrolada antes de atacar. — Porque neste exato momento você não é uma Stag — dispara ela. — Você é uma Heron com a porra da tatuagem errada.

Ela se afasta furiosamente e fecha a porta da garagem.

— Ah, não ferra! — grito.

Nianna responde com silêncio aos meus gritos. Eu cambaleio pelo espaço, tentando assimilar o que acabou de acontecer. Se Matthew estivesse de joelhos na minha frente e a arma estivesse na minha mão, eu não conseguiria atirar. Eu com certeza não poderia, não seria capaz. Mesmo amargurada e magoada como estou, minha resposta continuaria sendo não.

Todos os ossos do meu corpo estão desesperados por um descanso, mas não consigo ficar quieta. Parte de mim quer cortar, mas a outra se apega rapidamente ao conselho que Lyla sempre me deu: procurar ajuda, em vez disso. Mas a quem devo procurar? Uma pancada de *solidão* me atinge como um raio — uma dor ofuscante de não saber o que fazer ou a quem posso recorrer... mas sei a quem eu gostaria de recorrer.

Por isso, tomo minha decisão. Pego meu dinheiro e meu telefone e peço um táxi para me buscar. E continuo. Continuo e não paro até que eu esteja dentro do carro, enquanto ele se afasta na direção norte. E sei que quando Jax descobrir ele pode, na verdade, me matar.

Mas não me importo.

Estou indo para casa.

14

Houve um verão que passei em um acampamento nas montanhas de Santa Cruz. Durou apenas uma semana, mas lembro de voltar e me sentir uma estrangeira em minha própria casa — estava muito limpa, muito organizada e muito diferente da que eu tinha acabado de me acostumar.

Estou me sentindo da mesma forma esta noite.

Abro o portão do quintal e pego a chave reserva de seu esconderijo sob a panela de barro que pintei na segunda série. A porta da garagem está enferrujada, mas depois de forçar um pouco a maçaneta consigo abri-la.

Nosso alarme fica embutido em um relógio e eu me apresso para digitar o código antes que dispare. Fico parada, com o coração trovejando, esperando para ver se o pouco barulho que fiz foi suficiente para acordar meus pais.

O que vou dizer a eles? Nem sei porque estou aqui. Andando pela cozinha, coloco o polegar no local em que a tesoura do Young Heron rasgou minha pele. Eu só queria um momento de paz e solidão, um momento perto de algo que eu conheça. A casa cheira como *a minha* casa, daquela maneira estranha que só a nossa casa cheira e que nós passamos a reconhecer por termos morado muitos anos naquele lugar. Eu reconheceria às cegas.

Entrando na sala de estar, passo a mão pelo tecido do sofá. A fadiga pesa meus olhos, mas ela desaparece no instante em que ouço um estalido na escada, anunciando a chegada de pés acolchoados em pantufas.

— Mãe?

— Valerie! — grita ela, e um momento depois estou em seus braços. Suas bochechas estão quentes, os braços fortes. Nós nos dissolvemos em soluços como ondas dissolvem em espuma do mar.

— Oi, mãe.

— Val, ah, querida. — Ela afasta meu cabelo com o polegar, acompanhando meu rosto. — Você está bem?

Faço que sim com a cabeça.

— Estou bem. Totalmente bem. Onde está meu pai?

— Em Los Angeles, ele tinha uma reunião e... meu Deus, você está sangrando. — Ela agarra meu pulso para que eu também possa ver a nova linha de sangue escuro que estava escorrendo. — O que aconteceu?

— É difícil de explicar — digo. — Tudo que está acontecendo é difícil de explicar.

Alguma coisa desperta nela e ela passa a operar no modo-mãe. Ela me faz sentar, pega o kit de primeiros socorros do banheiro e começa a desembalar com prontidão um Band-Aid. Ela o coloca gentilmente no meu pulso, segurando minha mão com firmeza, como se eu fosse sair correndo.

— Obrigada — digo calmamente. — Como você está?

Ela fecha o kit.

— Bem, querida.

— Mãe.

Lágrimas transbordam de seus olhos.

— O que você quer que eu diga? Sou um fracasso como mãe. Você me odeia tanto que foi se juntar com... com... bem, você sabe. E Leo. — Sua voz se quebra. — Meu bebê. Meu bebê amado.

— Ah, mamãe.

— Se seu pai e eu tivéssemos estado mais... eu não sei. Fizemos o nosso melhor. Mas olhe para nossa família agora. Seu pai não está nem aqui. De novo. Não me admira que você esteja ressentida conosco. Eu também estaria. — Ela enxuga os olhos na manga do robe. — Lamento muito, Valerie.

Ela chora e eu também. Minhas emoções estão à flor da pele, batendo tão forte no peito que não sei como não explodo. As palavras falham. Por isso, puxo minha cadeira para ficar ao lado de minha mãe e coloco meus braços ao redor dela. Nós ficamos uma nos braços da outra, sobrecarregadas com o grande peso de nossa tristeza compartilhada. Nunca soube que minha mãe carregava esse fardo com ela, tão pesado, arrastando-a para baixo.

Eu encontro coragem dentro de mim.

— Nunca estive brava com você, mãe — suspira ela. — Não há nada para você se desculpar. Eu juro.

— Valerie.

— Eu juro — digo novamente, empurrando meu rosto para a suavidade perfeita do tecido felpudo de seu robe enquanto novas lágrimas deslizam dos cantos dos meus olhos. — Eu te amo, mãe.

— Eu também te amo. E, quando você ligava, eu temia que não fosse você, mas outra pessoa me dizendo que você estava morta.

— Sinto muito. Mas eu precisava entrar nisso. Tive de fazer isso.

Não sei dizer quanto tempo ficamos lá. Cansadas e trêmulas, ambas subimos as escadas. Meu quarto está recheado de silêncio — como um museu ou uma cápsula do tempo da minha própria vida. Minha mochila está encostada na mesa, cheia de livros didáticos que nunca vou ler e deveres de casa que nunca vou fazer. Nas paredes estão fotos minhas e de Lyla, cartões postais e recortes de revistas. Coloco um pijama e depois abro a porta para minha mãe. Ela se senta ao meu lado na cama, acariciando meu cabelo como quando eu era criança. Ela puxa um carneiro de pelúcia dentre os travesseiros atrás de mim. Dou um meio-sorriso, um meio-soluço ao vê-lo.

— Onde você o encontrou? — sussurro.

— Em seu armário — diz ela. — Você lembra de como o chamava?

— Poppy. Dã — digo.

— Poppy — repete ela, a voz já desvanecendo em um sono suave.

Nós nos enterramos nos cobertores. Sei que deveria me preocupar com Jax, mas o sono inunda minha mente, e as únicas coisas em que consigo pensar são minha casa, minha mãe e meu irmão. Pela primeira vez em muito tempo, posso senti-lo olhando para mim e sorrindo.

Nós precisávamos disso. Nós três.

O amanhecer nos encontra cedo demais. Minha mãe adormeceu rápido ao meu lado — ela sempre teve um sono pesado. O mais lentamente que consigo, deslizo para fora da cama. Ela não se mexe.

Partir é mais difícil na segunda vez. Pego as roupas que eu estava usando na noite anterior, sussurro *mahal kita* mais uma vez e deixo meu quarto.

Visto a roupa e pego uma barra de granola da despensa para aliviar a fome. Eu me movo de maneira ansiosa — tanto querendo ficar como sabendo que preciso ir, absolutamente preciso ir, o mais rápido possível. Com sorte, Jax pode não ter reparado que eu estive fora.

Um brilho de metal nasce na bancada enquanto eu acendo a luz. Pegando a chave reserva de onde a deixei, vou até a mesa da sala de jantar para deixá-la ali, onde sei que minha mãe poderá facilmente encontrá-la. A mesa em si está sempre coberta por um caos familiar — uma pilha de correspondências, um mundo transbordante de pastas com detalhes sobre diferentes locais de eventos da cidade, faturas, recibos e qualquer outro tipo de de papel espalhado pela superfície. Nós não comemos uma refeição apropriadamente sentados à mesa desde que eu tinha dez anos — mamãe decretou que a mesa seria seu posto de trabalho. Eu fazia meu dever de casa na ponta do móvel: as duas trabalhando separadas, mas juntas.

Tirando algumas correspondências do caminho, deposito a chave. Uma carta aberta me chama a atenção — especialmente o nome no final dela. Meu sangue congela.

Lentamente puxo a carta de baixo do resto da pilha e começo a ler. Está no papel timbrado oficial do Departamento de Polícia de São Francisco. O sangue pulsa em meus ouvidos enquanto continuo lendo, passando por cima do "sinto muito" e do "gostaria de poder fazer mais". É o final que me prende — uma ideia que ele tem vontade de propor há anos. Um programa para interromper a maré crescente de violência trazida pela Guerra. A carta é um convite: "Eu queria falar pessoalmente com a sua família antes que o programa se tornasse público. Estou enviando também meu cartão de visita..."

Encontro o cartão e dobro a carta. Um tremor de esperança sobe por dentro de meu peito. Eu sorrio sozinha.

Por mais puto que Jax esteja com o que aconteceu com os Young Herons, e por mais transtornado que ele fique se souber que estive fora, esta carta pode me poupar.

Porque eu descobri. Sobre o que Matthew estava falando. Ele disse que estava trabalhando com a polícia.

Matthew está prestes a acabar com a Guerra. E ele vai fazer isso com a ajuda do homem que nunca foi capaz de me trazer a paz de um caso encerrado: o novo chefe de polícia, um tal John Kilmer.

Jax está no quintal da frente, com os braços cruzados.

No mundo exterior, a manhã cinzenta está quieta, com nuvens carregadas sugerindo uma chuva futura. O silêncio só é quebrado pelo som das notícias da manhã no rádio do táxi.

— Aqui está bom? — pergunta o motorista.

— Ah, sim. Aqui está bom — *mas, talvez, por favor, espere um pouco para o caso de este homem me matar.*

Levo um tempo pagando a corrida e me certificando de ter pegado todas as minhas coisas. Finalmente, não me resta mais nada para fazer a não ser sair.

Jax não se move, apenas fica ali enquanto o carro se afasta.

Meu pânico aumenta e digo de uma vez:

— Sinto muito.

— Para onde você foi?

— Para casa.

— Por quê?

— Eu... fiquei assustada. — Mostro a carta. — Sinto muito, não deveria ter ido, mas acho que encontrei algo... aqui, leia.

Jax pega o papel, mantendo os olhos em mim o tempo todo.

— O que é isso?

— É uma carta que o chefe da polícia enviou à minha mãe. Bem, para todos nós.

Jax não diz nada, apenas enfia o papel no bolso de trás. O vento sopra aqueles cabelos dourados e indisciplinados em seu rosto.

— Você vai embora de novo, Valentine?

— Não. Prometo.

— Sua palavra já não significa muito para mim.

— Eu prometo — repito, como se isso fosse melhorar alguma coisa. — Sinto muito — reflito sobre a noite, efêmera e imperfeita. — Eu precisava consertar as coisas com minha mãe. E foi o que fiz — *eu acho*. — Estou aqui, Jax. Eu juro. Preciso de vocês e sei disso. Então, estou aqui.

Ele acena lentamente com seus olhos de avelã em mim, mas, de alguma forma, *através* de mim. Como se Jax conhecesse até os meus sonhos mais secretos.

— Você não vai me desobedecer novamente — diz ele.

— Não vou. Eu juro.

— Isso não foi uma pergunta. — Então ele se vira, tirando o maldito papel de seu bolso. — Agora entre antes que alguém perceba que você esteve fora.

Eu praticamente voo para o lado dele, olhos no chão. Vamos para a cozinha. As tábuas de assoalho rangem no quarto de Nianna. Ela ainda está fazendo sua ioga matinal.

— Como você percebeu que eu tinha saído? — pergunto. — Você não costuma acordar tão cedo.

Jax evita o meu olhar.

— Fui procurá-la ontem à noite. Você não estava lá, então olhei o localizador em seu telefone.

— Então por que você perguntou onde eu estava?

— Para ver se você mentiria.

— Ah.

Ele deve ter lido a carta quatro vezes, dado o tempo que ficou olhando para ela.

— "TREGUA" — diz ele. — É disso que estão chamando o programa mágico.

— Trabalho, Respeito, Engajamento — respondo, recitando os detalhes. — Esqueci os outros.

— Gentileza. União. Ação. Herons de merda — diz ele. — Eles conseguiram.

— O quê?

— Valentine, isso não passa de um grande movimento de relações públicas. Pense em como as pessoas vão louvar tecnocratas que acabaram com a Guerra dando aos membros de gangues uma... — ele faz uma pausa, relendo a carta — ... uma segunda chance na vida.

Isso não soa tão mal, penso, mas não vou dizer isso na frente de Jax.

Ele enfia o papel no bolso, com os olhos embaçados de nojo.

— Essa ideia de merda não é nova. Programas de reabilitação, serviços de saúde mental. Se isso acontecer, os

Herons ganham tudo. Os Boars e os Stags serão trancafiados, enquanto os Young Herons serão calmamente enviados de volta para Orange County ou Marin ou para qualquer porra de lugar de gente rica de onde vieram. Os Old Herons continuarão a fazer da cidade um parque tecnológico e a manter fora qualquer outro grupo. Aqui. Pegue isto de volta.

Pego a carta, esperando silenciosamente por algo mais. Nenhum "obrigado pela informação" ou "é bom nos anteciparmos a isso"?

Ele boceja, esticando os braços bem alto. Ele os abaixa e balança a cabeça.

— Herons filhos da puta. — Jax olha para mim, como se lembrasse de repente que aindo estou ali. — Vá... vá fazer alguma coisa, Valentine. Preciso ficar sozinho.

Deixo Jax consigo mesmo, a incerteza me enchendo o estômago. Ao descer os degraus, cada um parece ranger mais alto do que eu me lembro, como se ecoasse a confusão dos meus pensamentos.

É assustador ter sido poupada de alguma punição. Não sei o que estava esperando — um trote violento, uma tatuagem com a palavra MENTIROSA na minha testa... ou qualquer outra coisa das milhares que cogitei. Não é a cara de Jax querer ficar sozinho. O que está passando pela cabeça dele? Alguém saberia, talvez Micah? Ele disse que são pacifistas. Pensei que talvez o programa TREGUA fosse uma notícia bem-vinda, mais um passo para me levar ao Boar que matou Leo.

Mas Jax é Jax, e ele quer fazer a coisa do jeito dele e de nenhum outro. *Ele quer ser lembrado pelo que fez em vida,* penso, lembrando do que ele disse na noite em que combinamos uma pausa na rixa com os Boars. Deve ser isso o que ele chama de fazer as coisas à maneira dele.

Estou em um barco onde minha única opção é continuar seguindo em frente, sem outra embarcação para me levar de volta para casa. Não posso fugir novamente — Jax me encontraria — e tenho de ficar, realmente *ficar,* e estar de corpo e alma nisto. Essa é a única opção. Um passo de cada vez.

Para a frente, em direção a um destino incerto.

15

Jax dá mais dinheiro a todos, exceto a mim. Fico de boca fechada, sabendo que é porque eu saí escondida.

Mesmo assim, ainda tenho mais do que o suficiente para enviar presentes para os meus pais, só que não estar com eles na época do Natal é quase insuportável. Sempre foi meu feriado favorito — não tanto pelos presentes, mas pelos sentimentos bons, pelas luzes brilhantes e pela oportunidade de cozinhar. Mas a melhor parte, sem dúvida, é o café da manhã filipino na manhã de Natal. Mesmo meu pai, o tipo de pessoa que azucrina os outros para que comam salada, não consegue resistir à *longanisa* de porco, ao toucinho doce, aos ovos mexidos cremosos e ao arroz branco fresco.

Tento não pensar nos meus pais na manhã de Natal: os dois em casa sozinhos, sem motivos para celebrar. Para me distrair, preparo uma massa de biscoito de gengibre. Enquanto os biscoitos estão no forno, eu estendo as luzes de Natal do meu quarto ao redor da cozinha, depois volto a preparar mais biscoitos. Termino de colocar o último na assadeira ouvindo os passos de Nianna soando nas tábuas rangentes do chão.

Ela aparece na cozinha e dá um salto para trás.

— Você me assustou, droga.

— Feliz Natal? — respondo, e nós duas rimos. Ela vê os biscoitos.

— Isso é... a gente?

Sete pessoas de gengibre jazem em seus pratos. A cobertura está derretendo um pouco, já que não esperei os biscoitos esfriarem direito, mas Nianna ainda reconhece a si mesma e pega sua versão açucarada.

— Minha bandana — diz ela. Apontando para a de Micah, ela ri. — Meu Deus, você fez todas as tatuagens dele.

— Sim. Ah, e tem café.

Ela pega a caneca que ofereço.

— Kate vai pirar — diz ela, o que a essa altura já sei que significa "*obrigada, isso é muito legal*".

Kate, de fato, pira.

— Ai. Meu. Deus. Olha o meu cabelo feito de cobertura! — Ela se gaba quando estamos todos reunidos, indicando os longos cabelos amarelos. — O meu é o que mais tem cobertura. Rá!

— Não sei, não — diz Micah. Ele já comeu partes do próprio biscoito, mas faz referência aos braços. — Acho que ganhei.

— Que bom que vocês gostaram — digo, comendo alegremente o meu eu-biscoito.

— Como você aprendeu a fazer doces tão bem? — pergunta Kate.

— Hm — penso por um isntante. — Houve um verão, acho que depois do meu primeiro ano no ensino médio, em que minha família não viajou durante as férias, nem nada. Então, eu estava entediada e assisti a uma tonelada de programas de culinária na Food Network, depois comecei a procurar receitas online — faço um gesto displicente. — O resto é história.

Mako termina de comer o biscoito e diz sorridente.

— História doce e deliciosa.

Jaws não come o dele — grande surpresa —, mas gosto de pensar que ele também ficou feliz. Jax e Micah tentam fazer os biscoitos darem um "toca aqui", fazendo o resto de nós rir descontroladamente porque parte do biscoito de Micah cai no chão e o braço do bonequinho se quebra. Enquanto tento evitar que saia café pelo meu nariz, flagro Nianna tirando uma foto do biscoito dela antes de comê-lo.

Tomo meu café, de coração leve. Cuidar dos Stags faz com que eu me sinta como uma irmã mais velha novamente. Estou me sentindo como eu mesma, como a Valerie de sempre. É o suficiente para me fazer esquecer que estou longe de casa no Natal pela primeira vez. Bem, quase.

Enquanto os outros partem para encontrar algum filme brega de Natal na TV, eu começo a lavar a louça com agilidade. Jax se aproxima de mim e me abraça por trás. Ele beija minha bochecha e seus dedos deslizam sobre meus ombros enquanto ele se afasta.

— Feliz Natal, Valentine — diz ele. — Obrigado.

— Claro — digo, engolindo rapidamente para esconder minha surpresa. O local onde seus lábios encontraram minha pele formiga como uma nova tatuagem, irradiando calor. — Quer me ajudar com a louça?

— Como assim? O quê? Ah, Micah está me chamando — diz ele, inclinando-se para trás e se movendo em direção à sala de estar.

— Você é péssimo.

— Brincadeira, Valentine. Aqui. — Ele não ajuda com a lavagem, mas ajuda a colocar as canecas na máquina de lavar louça, o que considero uma vitória.

Encomendamos comida chinesa do lugar preferido de Micah no final da rua e assistimos ao filme *Uma História de Natal* no canal TBS. Lá pelo fim da tarde, estamos levemente bêbados, sonolentos e cheios de *chow mein*. Enquanto Jax e Micah se enfrentam em uma disputa de beer-pong contra Kate e Mako, Nianna e eu zapeamos pelos canais.

Eu os observo juntos. Nianna diz que Mako e Micah admiram Jax — enquanto Micah o admira por sua autoconfiança, Mako o faz por seu atrevimento. Dado o que Mako disse sobre sua família, posso ver por que ele admira a atitude selvagem e destemina de Jax. Mas Micah? Ele parece tão seguro de si mesmo, de uma forma que eu gostaria de ser. Micah e Jax são amigos há muito tempo — deve haver algo nesta amizade que eu ainda não percebi.

Consigo entender, na verdade. Se alguém olhar só para as aparências, verá que Lyla e eu parecemos extremos opostos; ela com aquelas camisetas enormes e eu com meu estilo simples, mais arrumado. Porém, quando duas pessoas nunca mais se separaram desde o dia em que se conheceram na fila para entrar na aula do jardim de infância (nossas mães têm fotos para provar isso), elas sabem uma coisa ou duas — ou duas mil — a respeito uma da outra.

Eu fico imaginando o que Nianna vê em Jax. Ele é enigmático, com certeza. Orgulhoso, como se o mundo girasse na palma de sua mão. Acho que ainda há muita coisa que não consigo entender sobre a própria Nianna. *O que me faz lembrar...*

— Ei, posso te perguntar uma coisa? — digo à Nianna. Ela e eu nos evitamos desde nossa discussão, mas agora ela parece estar de bom humor o suficiente. — Por que você foi tão filha da puta comigo quando nos conhecemos?

Ela arregala os olhos.

— Do que você está falando?

— Sério. Aquela coisa toda de cortar "minha garganta". O que foi aquilo?

— Ah, dá um tempo, Val. Não posso fazer uma graça com a novata? — responde ela, bebericando seu vinho. — Se isso ajuda, eu disse o mesmo à Kate quando ela chegou.

— Por quê?

— Você sabe o porquê — responde ela. — Brianna. Não quero que a história se repita.

Eu termino meu vinho.

— Será que ela gostava dele?

Ela dá de ombros.

— Honestamente? Não sei. Da maneira como Micah a descreve, ela não me parece exatamente uma pessoa estável.

— Ãhn. Não falei com Micah sobre Brianna.

— Você deveria. Eu falaria com ele antes de falar com Jax. Ambos se preocupavam com ela, à maneira deles.

À maneira deles. Jax é do tipo oito ou oitenta, mas a relação entre eles me diz que Micah sabe como lidar com Jax.

Olho para eles, observando enquanto se abraçam e comemoram a cada vez que a bola de ping-pong cai dentro de um dos copos. Micah abre espaço enquanto Jax se prepara para tentar mais uma vez, parecendo a pessoa mais contente do mundo. Ele revira os olhos para o ritual de Jax antes de arremessar a bola e me flagra enquanto o encaro fixamente. Dou um pequeno aceno, que ele corresponde.

Jax capricha no movimento, ganhando o jogo. Fico um pouco perturbada novamente com toda a situação em que me coloquei, mas abraço as circunstâncias, pois assim sou capaz de sentir menos saudades de casa e menos saudades de Matthew. E fico mais perto do cara que matou Leo.

Fecho os olhos e coloco meu foco e minha presença neste momento, como Micah fez agora mesmo. *Você está aqui, Valerie, e está viva.*

E, por hoje, isso é o suficiente.

Na manhã seguinte, acordo com uma sinfonia de rangidos na escada da garagem, e o som de Jax chamando meu nome.

— Valentine, acorde!

— O que foooooi? — reclamo, piscando com sono. — O que está havendo?

— Estamos recebendo uma encomenda. Mas temos de mudar sua cama de lugar.

— O quê?

— Você vai ver.

Eu saio da cama e imediatamente coloco meias e um casaco para combater o frio.

— É bom que seja por uma boa razão.

Algumas horas e um rápido rearranjo da garagem mais tarde, obtenho uma resposta para o suspense. Eles compraram uma mesa de sinuca.

Micah e eu ficamos do lado de fora junto às hortênsias enquanto os entregadores descarregam a mesa. Ainda estou de pijama e meias, segurando meu segundo café na mão.

— Você fez parte desta trama? — pergunto, enquanto bebo.

— Eu *não* fiz parte desta trama.

— Você é péssimo.

— Tudo bem, tudo bem.

Os entregadores montam a mesa de sinuca na garagem. Nosso líder dá a eles uma generosa gorjeta e chama Micah para jogar com ele. Depois de observar por alguns minutos e fingir que sei alguma coisa sobre sinuca, volto lá para cima, telefone na mão. Não fui capaz de ligar para meus pais no Natal, mas no dia seguinte consigo. Ao passar pela sala de estar, abro a porta do pequeno quintal dos fundos da Casa Holloway.

As plantas estão molhadas de orvalho da noite anterior e um cheiro suave de terra paira sobre o jardim como um dossel. Telefone em mãos, ligo para casa enquanto puxo levemente as folhas frias da samambaia ao meu lado. Minha mãe atende imediatamente.

— Oi, querida — diz ela, com voz baixa. — Feliz Natal atrasado.

— Feliz Natal atrasado. Como você está? Tudo... bem? — *Algum som suspeito? Algum Heron seguindo você, alguém que, sei lá, queira te machucar?*

— Ah, nós estamos bem. Tivemos um feriado tranquilo. Ah, Peter. É Val. Deixe-me colocar no viva-voz.

Meu pai se une à conversa e também lhe desejo Feliz Natal.

— Vocês comeram toucinho? — pergunto.

Uma pausa.

— Sim — responde ele, e tenho a sensação de que está sorrindo.

Mamãe fala de novo.

— Seu pai comeu *muito* toucinho. Ele sempre diz que não vai comer.

— E ele sempre come — respondo. Isso é tão tradição quanto montar a maldita árvore de Natal.

Temos uma conversa banal, e eu sorrio só por ouvi-los.

— Bem, só liguei para dizer oi — digo, suspirando. — Eu amo vocês.

— Nós também te amamos — responde minha mãe. — Val, por favor, volte para casa.

— Não posso. — É a mesma conversa, toda vez. — Ainda não.

— Eu... continue ligando, então. Preciso saber se você está bem.

— Está bem. Eu te amo. — Não custa nada dizer de novo.

— Ah, espere. Antes de desligar. Alex esteve aqui.

— Alex... Weston?

— Claro que foi Alex Weston, querida. Quem mais?

— O que ele queria?

— Ah, ele tem aparecido quase toda semana. Ele e seu pai assistem aos jogos dos Warriors. Ele está noivo, você sabia disso? Ele me mostrou a foto dela no telefone. Linda menina, trabalha no hospital.

— Mãe.

— Desculpe. Ele comprou um presente de aniversário atrasado para você. Ele o encomendou online e demorou um tempo para chegar. Enfim. Eu disse a ele... bem, eu disse que receberia o presente por você.

Minha mente gira. Alex Weston comprou um presente para mim.

Matthew. Matthew o enviou.

— Hm, ei, pai? Você pode levar o presente para o seu trabalho e deixá-lo com a recepcionista lá embaixo? Isso... deve ser permitido.

— Tenho certeza de que não é nada importante — diz ele.

Ah, e eu tenho certeza de que é.

— Ainda assim... pode ser?

Ele suspira.

— Sim, querida. Eu levarei.

— Muito bem, obrigada. *Mahal kita.*

— *Mahal kita* — responde minha mãe.

Eu desligo e respiro o ar fresco da manhã fria. Seja lá o que Alex Weston me enviou, está longe de não ser nada, e um sentimento instintivo me diz que Nianna não estava totalmente certa quando gritou comigo no outro dia. Porque se eu realmente não fosse uma Stag, eu não estaria tão nervosa para descobrir o que é este presente.

Eu não teria tanto medo de cair em uma armadilha dos Herons.

16

Chega o Ano Novo, cheio de frescor e possibilidades. Como planejado, Jax envia uma mensagem para os Young Herons pedindo paz.

Sem resposta.

O escritório do meu pai, fechado para o recesso de fim de ano, finalmente reabre em três de janeiro, e eu convenço Jax a me deixar sair para dar uma corrida. Ou, pelo menos, é isso que digo que vou fazer.

Em vez disso, pego o trem cedo para o centro da cidade, observando o relógio do meu telefone ao longo do caminho. Preciso voltar assim que possível, antes que Jax desconfie e vá me procurar. Felizmente, ele parecia bastante cansado no café da manhã e espero que tenha voltado para a cama.

Pessoas com olhares sonolentos se acotovelam dentro do vagão, elevando a temperatura mesmo na neblina de inverno. Quando nos aproximamos do centro da cidade, estou suando baldes sob as camadas de roupas que vesti.

É bom que meu pai tenha se lembrado do presente. Alex não é mais um Heron ativo, então ele não poderia me dar nada perigoso. Eu acho. Antes de ser parte disso tudo, eu pensava que ex-membros não podiam interferir de forma alguma nos negócios da Guerra. Deus, tão ingênua. Vejo agora que as gangues são maiores do que eu pensava, mais abrangentes, e que os membros antigos estão sempre dando uma mãozinha.

Mas, espere aí, esse é o mesmo Alex que costumava brincar com Matthew durante os churrascos em família e que mais de uma vez se ofereceu para nos comprar bebidas alcoólicas quando éramos menores de idade. Ele entregou o presente para minha mãe, pelo amor de Deus. Isso deve significar que é seguro, não é?

Chego a Montgomery e deslizo com o êxodo dos passageiros. Subo uma escada rolante até a rua e o meu eu suado é imediatamente recebido pelo ar frio. *Ahhh.* Eu praticamente levanto minhas mãos em gratidão. Como as pessoas conseguem fazer essa jornada infernal todos os dias, eu não tenho ideia.

Carros e ônibus agitam a Market Street enquanto caminho em direção ao escritório de meu pai. Eu me movo por entre a multidão — uma mistura de profissionais da tecnologia com crachás presos ao quadril, corretores da bolsa gritando ao telefone e turistas bastante seguros de que desceram na estação de trem certa. Arrumo passagem entre os transeuntes, acompanhada de um par de nativos como eu, avançando à frente dos demais. É assim que nós fazemos em São Francisco — olhe em frente, ande rápido e cuide de sua própria vida.

O prédio é uma estrutura imponente de pedra escura e janelas pretas; com minha roupa de corrida e tênis rosa choque, estou muito malvestida, mas Jax precisava pensar que eu estava saindo para correr.

Uma garota de rosto gentil me cumprimenta enquanto entro.

— Bem-vinda ao escritório Monarch e Abbot. Posso ajudá-la?

— Olá. — Deixo meu cabelo solto para garantir que minha tatuagem fique escondida. — Estou aqui para pegar uma coisa. Meu pai deve ter deixado. O nome dele é Peter Simons.

A garota franze a testa e começa a abrir e fechar gavetas, e tenho picos de ansiedade. Será que ele esqueceu?

Uma segunda recepcionista me chama a atenção. Ela move o telefone de seu ouvido para o peito.

— Está comigo. — Ela desliza uma gaveta rasa, e, de fato, há uma pequena caixa embrulhada em papel roxo. — Ele acabou de passar por aqui.

Acabou de passar. Tenho me preocupado tanto com minha mãe que nem parei muito para pensar no meu pai. Teria sido tão bom vê-lo, mesmo à distância...

Ela me entrega a caixa e sinto vontade imediata de soluçar ao ver a caligrafia de meu pai. *VALERIE.* Letras grandes. Um coração mal desenhado.

— Obrigada — digo à recepcionista e saio correndo do prédio. Encontrando um lugar do lado de fora, rasgo o papel. Meu nome novamente, mas desta vez na tinta dura e preta emitida por uma impressora:

Val, se Jax encontrar isto, ele a matará.
Alex

Só a caixa me diz o que é. Eu levanto a tampa e a tela do telefone reflete meu rosto ansioso.

Com as mãos tremendo, aperto o botão de energia e espero os cerca de quinze segundos que leva para inicializar. *Anda logo.*

O protetor de tela é genérico, mas isso é o que menos importa. Na lista de contatos há um único número de telefone. Pressiono o botão de discagem.

Matthew atende ao terceiro toque.

— Feliz aniversário atrasado.

Matthew não podia falar muito — parece que estava em uma reunião —, mas ele me disse para ligar novamente à noite. Ouvir sua voz outra vez me lembrou o quanto ele trabalhou para me manter fora dos Young Herons. Na noite em que fomos recrutados, ele já sabia que eu não ia para lá, mas não me disse nada.

Uma coisa é saber que ele mentiu ao não me dizer nada, outra é que ele quebrou uma promessa feita em nome do espírito do meu irmão. Ele também amava Leo. Ele sabia o que significava um juramento daqueles.

Quando retorno a Holloway, bagunço o cabelo e faço de tudo para que pareça que pelo menos estava caminhando, se não correndo. A primeira coisa que tenho de fazer é esconder o telefone de Matthew. Tudo o mais é secundário.

Esse plano muda quando eu entro. Todo mundo, até mesmo Jaws, está reunido em torno da mesa. Um jornal está aberto sobre ela.

— O que está acontecendo? — pergunto.

— Uma das sedes dos Boars foi atacada e um monte deles foi preso — diz Kate, uma mecha de cabelo enrolada firmemente em torno de dedo indicador. — Tipo, muitos.

— Quantos? — pergunto.

— Vinte e dois.

— Puta merda. — Eu me sento, mantendo o telefone de Matthew seguro e fora de vista. — O que aconteceu?

— Os Young Herons aconteceram — diz Nianna. — Eles estão trabalhando com a polícia.

Não, eu penso. *Apenas Matthew. E ele será capaz de me dizer mais se eu conseguir esconder este telefone estúpido.*

— Os Boars estavam dominando a Mission — diz Micah. — Os Herons querem aquele terreno, e parece que estão conseguindo, dado o quanto a área está recebendo investimentos. Eles querem expulsar os moradores locais, expulsar os Boars e trazer mais hipsters tecnológicos.

— Eles vão recrutar mais pessoas — responde Nianna. — Os Boars sempre recrutam rápido. — Ela se volta para Jax. — Devemos aumentar nossos números, também.

— Eu concordo — diz Mako. — E sei que Kate concorda. — Ela acena com a cabeça.

Jax inclina a cabeça para um lado e para o outro.

— Os Boars ficaram muito numerosos, e, consequentemente, ficaram preguiçosos. Nós trabalhamos bem do jeito que estamos. — Ele se vira para Micah. — Chama o Kurt e deem uma olhada na Mission. Vou mandar Jules e Cameron ao centro. Vejam se os Herons já marcaram as ruas ou qualquer coisa.

Eu folheio o resto do artigo enquanto os outros se dispersam. O nome de Matthew não é mencionado em lugar nenhum. Ufa. *Telefone*, eu lembro a mim mesma. *Esconda o maldito telefone.*

Eu me apresso para descer até a garagem e fecho a porta atrás de mim. Tirando o telefone da cintura, eu o atiro para cima e para baixo como se fosse uma bomba que preciso desativar. Escondê-lo em minhas roupas parece muito óbvio — e sei que Jax já vasculhou aqui pelo menos uma vez, lembro, com um rubor. Uma das caixas? Poderia ser uma boa, mas já vi Kate e Mako vasculhando entre elas quando precisaram usar algum eletrodoméstico específico na cozinha. Em cima de uma prateleira? Eu olho, avaliando a altura. Seria estranho pegá-lo ali. E bastaria uma trombada acidental — possivelmente bêbada — e a coisa seria derrubada de lá de cima.

Eu pesquiso a garagem, ficando cada vez mais desesperada a cada segundo. O telefone está desligado, é claro, sem alarmes, mas preciso escondê-lo imediatamente.

Cama. Caixas. Mesa de sinuca. Prateleiras.

Mesa de sinuca. *Sim*.

Eu pego uma meia perdida do chão e escavo nas caixas até encontrar um rolo de fita adesiva. Deitada de costas, entro debaixo da mesa. Com as únicas luzes do cômodo lançadas diretamente sobre ela, está tudo escuro. Coloco minha mão na madeira escura, mal conseguindo vê-la.

É o melhor que consigo pensar neste momento.

Arrancando um pedaço de fita, posiciono a meia e a prendo, deixando folga suficiente. Repito o processo mais duas vezes. Deslizo o telefone para dentro e para fora, puxando a fita para testá-la. *Vai aguentar, Valerie. Vai aguentar, e você também.*

Tomo um banho para manter minha farsa, embora eu ache que ninguém desconfie de nada, nem remotamente. O vapor d'água se projeta da ponta de meus dedos enquanto minha mente voa, pensando no horário das 18h30. É o horário que Matthew me disse para ligar.

É tão bom saber que o telefone está lá, que a linha está aberta. Fiquei pensando quanto tempo levou para que Alex concordasse em me dar o telefone. Será que ele pensou nessa situação como uma oportunidade de o futuro líder dos Herons estar em contato com uma Stag? Ou será que ele viu isso como apenas um favor para seu irmão caçula?

A ideia de que é tudo uma armadilha volta, afundando seus dentes em minhas esperanças. Enfio meu rosto no fluxo de água quente do chuveiro como se ele fosse curar meus pensamentos sombrios. *Vai ficar tudo bem. É de Matthew que estamos falando aqui. Tem que ficar tudo bem.*

O resto do dia se arrasta. Bato na porta de Kate e pergunto se ela quer fazer origamis em forma de borboleta, mas ela balança a cabeça.

— Eu não ligo mais para isso — diz ela, entregando-me uma pilha de papel quadrado. — Você pode procurar como fazer origamis na internet.

— Ah, está bem. — Pego os papéis. — Você está bem?

Ela encolhe os ombros.

— Eu estou bem. Só estou com dor de cabeça.

— Tudo bem — digo. — Mas se houver algo que você queira conversar sobre...

— *Estou bem* — diz ela, fechando a porta atrás de si. — Apenas me deixe em paz.

Volto desanimada para a cozinha, atirando o papel na mesa. Bem, isso foi um fracasso. Agora estou entediada *e* preocupada. Tento matar o tempo vendo reprises na Netflix, mas a distração nem sequer dá para o gasto.

Às seis horas, não sou mais capaz de me conter. Preciso de privacidade para a ligação com Matthew e espaço para respirar. Pego outra roupa de treino e a coloco. Enrolando e desenrolando o fio dos fones de ouvido ao redor dos dedos, fico andando de um lado para o outro no porão frio. Verifico meu telefone de Stag — sem mensagens novas —, pego o de Matthew e o coloco na cintura. Estou na metade da escada, quando Jax abre a porta.

Ele inclina a cabeça para o lado.

— Você já correu hoje.

— Corri — digo. Meu pulso se acelera. — Só que estou ansiosa. Pensei em dar outra corrida, rápida.

— Não. Ainda estamos sendo discretos. Você principalmente. Eu nem deveria tê-la deixado sair mais cedo.

Merda.

— Eu não demoraria muito.

Ele balança a cabeça, descendo o resto das escadas. Eu giro, mantendo meu quadril direito — e o bloco quadrado do telefone de Matthew — fora de sua vista. Jax não diz nada. Ele apenas vasculha o quarto, olhando para os caixotes de reciclagem, minha cama e minhas coisas.

Que horas são? Eu já liguei o telefone do Matthew? Não. Definitivamente, não. Mas e se ligasse sozinho? Não, isso não acontece. Está desligado. Tenho certeza.

— Então vou fazer alongamentos ou algo assim no pátio — digo rapidamente.

Jax dá de ombros.

— Não, não, mudei de ideia. Vamos correr.

— Você quer ir comigo?

— Quero. — Ele se aproxima e eu me perco no perfume de sua colônia pós-barba. — Eu costumava correr na pista do colégio, durante o ensino médio. Vai ser legal.

Tento pensar em algo, qualquer coisa. Alguma desculpa para tirar Jax do cômodo para que eu possa esconder o telefone. *Posso dizer que preciso vestir algo mais quente. Algo mais leve. Eu preciso de água. Eu preciso de meus sapatos.*

— Pode ir. Vá trocar de roupa — acrescento, olhando rapidamente para seu corpo... digo, suas roupas. — Quero pegar um moletom.

— Eu espero.

O telefone de Matthew é uma granada viva contra a minha pele. Eu me movo com cautela até minhas gavetas, pego o primeiro agasalho que vejo. Felizmente, é um dos maiores que tenho. Meu quadril e o telefone do Matthew estão cobertos, mas não tanto quanto eu gostaria.

— Pronto.

Subimos as escadas e ele vai para seu quarto. Cogito atirar o telefone de Matthew em um armário do banheiro ou debaixo do sofá, mas Kate e Mako estão vendo TV, então fico ali parada. *Caralho.*

Jax volta com um casaco largo e calções de basquete.

— Vamos lá, Valentine.

Fico esperando que Jax diga a direção que tomaremos, que fale se é para irmos mais rápido ou mais devagar, e que me pergunte o que tenho na cintura.

Em vez disso, ele me deixa ir na frente. Ele mantém o ritmo a dois passos atrás de mim, seus cabelos levados pelo vento enquanto ele se move. Meu corpo se aquece e eu quase relaxo — quase.

O plano do moletom teve o efeito contrário. O suor transborda pela minha pele, inclusive em meu quadril. Posso sentir a umidade deslocando o telefone de Matthew. A cada passo, ele desliza um pouco mais para baixo. Mantenho meus passos curtos, tentando mover apenas minhas pernas, deixando meus quadris imóveis. É incômodo, e certamente estou correndo de maneira estranha para quem vê.

Durante todo esse tempo, fico olhando para trás, para Jax. Meu líder mantém seus traços finamente forjados voltados para frente, os postes de iluminação pública refletindo em seus olhos.

Chegamos a uma esquina e eu paro um pouco. Vou perder minha ligação. O que Matthew pensará se eu o ignorar?

— Valentine? — Jax coloca sua mão sobre minha lombar.

Eu salto para longe dele.

— Não consigo...

E, então, acontece. O telefone desliza pela cintura para dentro do tecido frouxo da minha legging. Jax coloca gentilmente a mão no meu braço.

— Não consegue o quê? — pergunta ele.

— Eu... me dê só um segundo.

Eu me agacho e mexo no cadarço do tênis. Jax olha as casas ao nosso redor, provavelmente entediado. Estamos perto do ponto em que Micah e eu pegamos o ônibus para ir fazer minha tatuagem. Eu me sinto muito mais velha agora.

— No seu tempo — diz ele. — Sem pressa.

Com pressa, sim. Aproveitando a chance, empurro o telefone para cima e o levo para um local quase seguro. Não me sinto tão em pânico desde meu aniversário. O tiroteio, a estranha tática de intimidação dos Boars. Pensando nisso agora, foi mesmo um tanto estranho.

— Jax, posso te perguntar uma coisa? — digo. — Kate disse que a maior parte do que acontece entre as gangues é retaliação. Como o que aconteceu em Mission Dolores. Você não mata uma pessoa, a menos que alguém o tenha ameaçado primeiro.

Ele meneia a cabeça afirmativamente.

— É isso mesmo.

— Mas na noite em que fui recrutada, os Boars queriam me matar por nada. Eles terem me ameaçado daquela forma... não faz sentido.

Jax sorri, inclinando a cabeça para o lado.

— O que você acha que isso significa?

Dou de ombros.

— Talvez eles acharam que eu era outra pessoa.

— Ou *você* pensou que eles eram outra coisa.

— Como assim? — digo, repetindo as palavras na minha cabeça. — Espere, não eram Boars?

— Não.

— Quem eram eles?

— Alguns amigos meus. — Ele está sorrindo.

— Você atirou neles!

— Tenho certeza de que foi isso que pareceu. Foi provavelmente um exagero, mas eu queria ver se você estava realmente comprometida.

— Você é louco — digo, mas uma enxurrada de preocupações me atinge e eu peço desculpas.

Há um momento de silêncio, e então Jax pergunta:

— Você me odeia?

— Não. — Engulo em seco. — Você... eu simplesmente não te entendo.

— Não estou lhe pedindo para fazer isso.

— Eu sei. Mas eu queria entender.

Mais uma vez, silêncio. Só que desta vez estou ciente de como seria fácil fechar a distância entre nós. Desta vez, estou querendo...

O vento sopra e Jax tira meus cabelos do rosto.

— Devemos voltar — diz ele em voz baixa.

Ele vira-se abruptamente, voltando pelo caminho que viemos, acenando para que eu o siga. O vento sopra da direção oposta, contra nossos corpos, empurrando-nos de volta para casa. Sigo Jax, pensando. Alguma coisa tem de motivá-lo, e não sei o que é. Mas quero saber.

Mesmo com Matthew em meu coração, tenho Jax em minha mente.

Jax olha para trás, me vê ainda amuada e sorri.

— Você é fofa para caralho quando está brava.

Perdi a chamada de Matthew.

Estou esperando, sozinha, na cama. Eu disse ao pessoal que estava com dor de cabeça e que queria um pouco de sossego. O telefone de Matthew descansa em minha mão. Envio três mensagens a ele, tentando explicar o que aconteceu. Finalmente, ele responde:

Vou te ligar

Segundos depois, o telefone vibra e eu atendo imediatamente.

— Alô?

— Oi — responde Matthew. — Por que você não atendeu antes?

— Desculpe. Jax me fez ir correr com ele. Quer dizer, eu o chamei. Mais ou menos.

Ele limpa a garganta.

— Você já pensou melhor no que eu disse? Sobre deixar a Guerra?

— Sim.

— E?

— E o quê? Matthew, ninguém sai.

— Ninguém saiu *ainda*. Mas agora é possível. Você pode. É sobre isso que eu tenho trabalhado com John.

— John Kilmer. O chefe da polícia.

— Jax contou?

— Eu li por aí. — Expiro com força no telefone. — Você se lembra dele?

Uma pausa.

— Sim.

As lembranças brotam no meu cérebro como um filme mudo. Eu deitada na minha cama sem conseguir dormir. Minha mãe fazendo com que eu me vestisse e descesse as escadas. Dois policiais sentados em nosso sofá. Nada jamais me parecera tão antinatural. Kilmer tinha barba na ocasião.

— Eu não sabia que ele tinha sido promovido a chefe. — Matthew não diz nada, e eu suspiro. — Presumo que você sabia.

— Mantive contato com ele oficial e extraoficialmente. — O tom de Matthew fica mais duro. — Ei, Val, você está bem?

— Estou. Eu estou bem — *Fofa para caralho quando está brava.* Por que não consigo tirar isso da cabeça? — Eu só estava com medo de que o telefone tocasse ou algo assim.

— Tudo bem. Ouça, não tenho muito tempo, então vou direto ao assunto. Quero acabar com a Guerra. É horrível o que aconteceu com Annie, mas foi há muito tempo. Tudo isso é resultado de retaliação. Ou insanidade. Jesus, Val, você precisa ouvir algumas das coisas que os outros Herons dizem.

— Por exemplo?

— É como eu disse a você. Eles continuam se expandindo e fazendo parcerias com empresas só porque eles podem.

Porque eles não gostam dos Boars. E eles falam sobre isso de forma tão inconsequente. E fingem que estão tentando melhorar a cidade. Não sei como Alex aguentou. Estou enlouquecendo. — Ele limpa a garganta novamente. — É por isso que eu quero acabar com tudo. O programa que John e eu fizemos vai mantê-la a salvo. Sei disso. Só preciso que você seja a primeira.

— Por que você não se candidata para ser o primeiro?

— Eu não posso. Seria muito conveniente o filho da família que financia isso tudo se candidatar.

— O que significa que seus pais não querem que você apareça publicamente como integrante dos Young Herons — disparo. — Como é que eles estão concordando com isso, afinal? Pensei que eles queriam vingança.

— Terminar a Guerra desta forma ainda dá aos Herons algum controle. Não há como contornar isso. — Ele suspira pesadamente. — Olha, só preciso de outra pessoa. Por que você simplesmente não diz que sim? Acabar com isso tudo é o certo a fazer.

— Não posso. Tenho de ficar pelo Leo. *Quero* ficar pelo Leo. Essa é a razão de eu ter entrado.

— Eu sei, eu sei. Não esqueci. Encontrarei uma maneira de cuidar disso. Apenas me prometa que você vai se aliar a TREGUA. Se você se aliar, o pessoal das gangues verá que é legítimo. Depois, eu e você podemos fugir. Para onde você quiser.

Uma ideia surge.

— Você não consegue fazer com que um dos Boars da Mission se inscreva?

— Kilmer diz que não estão cedendo. Eles não confiam na polícia. Você é diferente, Val. Deixe os Stags. Você estará a salvo.

— Como você pode ter tanta certeza?

— Confie em mim.

— Eu não sei se consigo.

Sinto vontade de retirar essas palavras assim que elas são ditas, mas não posso. Imagino Matthew do outro lado da linha, talvez sentado, em choque, ou com o polegar sobre os lábios, como ele faz quando está frustrado. O que quer que ele esteja fazendo, ele o faz em silêncio.

— Sinto muito — sussurro. — Desculpe, Matthew. Por favor. É muita coisa. O que você está pedindo. Quero ajudar. E estou tentando o meu melhor, mas... estou com medo, está bem? Um dos Boars terá de ceder. Eles têm de fazê-lo. Até lá, estou segura aqui. Os Stags não são como os outros.

— Sim, eles são.

Bem, foi o que eles disseram sobre você.

— Olhe, Jax sabe quem matou Leo. E estou cada vez mais perto de ele me dizer. Apenas me dê tempo.

— Você prefere ficar aí, com o Jax? Val, não.

— Jax pode ser a única pessoa que sabe. Não posso perder essa chance. Não agora.

— E não posso permitir que você se machuque por esses, sei lá, pagãos sem Deus.

Ouço o riso desesperado em sua voz. Ele está tentando fazer uma piada. *Pagãos sem Deus* é um apelido que Lyla e os outros garotos do teatro deram a si mesmos — com orgulho, devo acrescentar. Matthew e eu só o usávamos sarcasticamente.

Eu não rio, e mergulhamos em um longo silêncio.

— E se eles forem atrás de meus pais?

— Eles estão seguros. Alex e alguns dos Herons de sua época na gangue estão de olho neles.

O quê?

— Minha mãe disse que ele tem aparecido lá. Você... que pediu?

— Sim.

— Obrigada — sussurro.

— De nada. Agora, por favor, diga que você se juntará a TREGUA. Eu vou buscá-la. Agora mesmo. Onde quer que você esteja.

Pondero minha decisão, colocando ambas as opções em uma escala mental. Os lados se inclinam e balançam enquanto tento acompanhar as consequências de cada uma. Se eu for, estou com Matthew, mas nunca pegarei o Boar que matou Leo. Estão me prometendo segurança e a presença de Matthew, mas à custa da minha vingança — para não mencionar meu nome e minha privacidade. Qualquer um que não ficou sabendo quando a polícia de São Francisco divulgou meu rosto para o mundo, certamente ficará sabendo desta vez. Meus pais terão de passar por um novo ciclo do inferno.

Se eu ficar, então poderei manter minha crescente esperança de ter um desfecho para meu objetivo. Já cumpri alguns meses. Aposto que posso completar um ano. TREGUA encontrará outra pessoa, tenho certeza disso. Meus pais recuperam sua filha depois de um ano fora.

A balança pende de forma sólida. Eu vou ficar.

— Não posso ir, Matthew. Não vou fazer meus pais passarem por mais isso. Não outra vez. Além disso, acho que estou perto de encontrar o Boar.

— Val, você poderia salvar a vida de alguém. Muitas vidas, na verdade.

Estava tão envolvida em meu egoísmo que me esqueci da repercussão mais óbvia da minha decisão — terminar a Guerra. Quão terrível é uma pessoa que escolhe o próprio ganho em detrimento das perdas de outras pessoas? Minha escala mental inclina-se novamente, desnivelando.

— Preciso de tempo. Eu... vou pensar sobre.

— Leve todo o tempo de que precisar — responde ele, embora eu suspeite que ele não esteja falando sério. — Quando você estiver pronta, irei até você. Encontrarei uma saída. O que acha?

Acho que Jax pode realmente me matar se ele descobrir que eu deixei os Stags novamente.

— Vou pensar sobre isso.

— Está bem.

— Está bem.

Matthew desliga e sinto seu fantasma instantaneamente, como quando você olha para uma luz e vê pontos brilhantes depois de fechar os olhos. O vazio de algo que já não está mais lá. Eu desligo o telefone clandestino e o coloco de volta no lugar.

Subo as escadas para me juntar aos outros. Nianna me vê primeiro.

— Como está a dor de cabeça?

— Melhor — digo, lembrando que tinha dado essa desculpa.

— Tem aspirina no banheiro — diz ela, gesticulando em direção ao quarto do Jax. — Micah voltou da ronda. Ele e Jax estão conversando.

— Ele parecia estar bem? — pergunto.

— Acho que sim. Mas vamos ver.

Quando a porta se abre, tanto Jax como Micah estão sorrindo.

— Ei meninos! Desembuchem, o que aconteceu?

Jax meneia a cabeça na direção de Micah, que limpa a garganta antes de falar.

— O símbolo dos Herons estava em toda parte. Paredes, telefones públicos, mesas de lanchonetes. — Eu estremeço. — Se os Herons tomarem a Mission, isso significará muitas famílias desalojadas. Pessoas cujos pais vieram para cá sem nada e que construíram suas vidas ao redor de São Francisco.

— Fico me perguntando se as pessoas que vivem na Mission os querem lá — diz Nianna.

— Quem quer o que onde? — pergunta Mako, vindo do corredor.

— Young Herons na Mission — diz Nianna novamente. — Dinheiro faz as pessoas se sentirem mais seguras. Se você fosse um branco rico de vinte e poucos anos se mudando para um bairro desconhecido, o que faria você se sentir melhor?

Mako franze o cenho.

— Outros ricos de vinte e poucos anos.

— Outros *brancos* de vinte e poucos anos — corrige Nianna pontualmente. — Mas, sim. Pessoas semelhantes que compartilham dos mesmos valores.

— Deixe as pessoas pensarem o que quiserem. Nossa próxima fase com os Boars as fará mudar de ideia — diz Jax. — Mako. Cerveja.

Mako pega as garrafas diligentemente. Dispenso a minha e opto por um copo de água. Preciso de clareza nos pensamentos. Jax levanta sua bebida.

— Ao nosso camarada Micah, que retornou incólume. — Micah revira os olhos, sorrindo, e levanta sua cerveja. — E à Valentine — finaliza Jax.

Ergo a cabeça.

— Por quê?

— Por ser tão danada de bonita.

Mako ri.

— E por nos deixar colocar a mesa de sinuca no seu quarto.

Todos eles riem e eu sorrio, mas posso sentir o olhar de Jax sobre mim. Eu forço um sorriso, concentro-me em Micah e levanto meu copo em direção a ele.

Os Stags fazem o que fazem de melhor. Mako serve shots de tequila. Alguém derruba o saleiro e Jax finge que se enfurece por conta do possível mau agouro, fazendo o resto de nós gargalhar. Vamos até a sala de estar, onde Mako estica os braços sobre o sofá. Ele ri e alcança Micah na cadeira em frente.

— Amigo, você é Jesus, e eu serei Deus.

Micah chega até ele com um dedo estendido e a boca aberta, assim como na pintura famosa de Michelângelo. Nós rimos até não aguentarmos mais.

— Não é nem sequer Jesus que está nesse quadro — diz Nianna, enxugando uma lágrima do olho, e rimos ainda mais.

— Que nerd você é! — replica Mako.

Ela dá de ombros.

— Você me ama.

Jax, Mako e Nianna ocupam o sofá. Kate se junta a nós em seguida e senta-se no chão, enquanto Nianna faz tranças em seu cabelo. Os dedos de Nianna passeiam através dos fios dourados, trabalhando para eliminar os nós. Ela se volta para mim.

— Você melhorou?

Eu aceno que sim.

— Que bom.

— Oba — murmura Kate. Eu me sento ao lado dela enquanto Mako dá início a um filme na televisão.

O ar é como uma névoa cintilante. Minha respiração está pesada e leve ao mesmo tempo. Eles podem até serem pagãos sem Deus, mas são meus. Assim como Matthew era meu — *é* meu? A diferença é que os Stags estão aqui.

Alguns dias depois, Jax reúne todos para nos informar sobre nosso próximo plano de ataque contra os Herons. Mako liga para Jules para que ela, Kurt e Cameron possam ouvir. Eles haviam recebido ordens para ficarem quietos e observar caso os Young Herons fizessem algum movimento, mas sem se exporem.

— Uma campanha de propaganda. — Jax anuncia quando estamos todos a postos.

— Tipo, panfletos? — pergunta Juliet no viva-voz. — Isso é novidade.

— Pense sobre isso. Não podemos fazer nada violento ou que acabe dando credibilidade à alegação dos Herons de que somos um bando de idiotas violentos e incontroláveis que precisam de algo como a iniciativa TREGUA — diz ele. — Em vez disso, vamos agir com inteligência. Vamos aproveitar o grande número de Boars para cobrir esta cidade com provas de que os Young Herons têm de ser contidos, incluindo a divulgação das formas como as pessoas podem ajudar nossa causa.

— Que tipo de evidência? — pergunto.

— Qualquer coisa que formos capazes de encontrar — responde ele. — Manchetes sobre os negócios que foram dizimados para dar lugar às iniciativas de tecnologia, estatísticas sobre as mudanças demográficas da cidade, custos dos programas de moradia idealizados pelos Herons. Números sobre quanto essas empresas de tecnologia estão ganhando e quão pouco devolvem para a cidade. Mais ainda: nomes de lugares onde as pessoas podem doar dinheiro e se voluntariar.

Ao lado da pia, Nianna desce de seu assento na bancada.

— Qual é a nossa cartada final?

— Virar o vento a nosso favor sem derramamento de sangue — responde Jax. — Qualquer um que se machuca, qualquer coisa que se danifica, é sinônimo de colocar lenha na fogueira dos Herons. Em vez disso, vamos fazer com que os cidadãos falem, fazer com que as pessoas percebam que a São Francisco que elas conhecem agora não é a utopia que os Young Herons as fazem pensar que é. Há muito mais que podemos fazer, mas temos de afrouxar o aperto da influência dos Herons primeiro.

Micah solta um pigarro.

— E os Boars estão de acordo com isto?

— Ty disse que alguns membros estão resistindo, mas qualquer mudança traz resistência — diz Jax. — Como eu disse, estamos pensando como Stags e usando os Boars para fazer volume e coro às nossas ideias. Vamos afixar cartazes e fazer uma campanha nas redes sociais, já que conseguimos todos aqueles novos seguidores depois da manifestação. — Jax faz uma pausa, observando a sala. Ninguém fala nada. — Presumo que todos vocês acham que não vai funcionar.

Mais silêncio. Finalmente, Nianna se manifesta.

— Eu gosto da parte da não violência, obviamente. Só não sei se isso tudo terá o efeito que você está esperando.

— Vai ter. Cada pessoa que for trabalhar no Financial District e no South of Market na segunda-feira de manhã será inundada pelos panfletos. Confiem em mim. Vai dar certo.

— Tudo bem — digo. — Estou dentro. O que devemos fazer primeiro?

Jax aplaude.

— Obrigado, Valentine. Em primeiro lugar, todos nós iremos fazer pesquisas. Coloquem todas as suas ideias, qualquer manchete que encontrarem, qualquer coisa que vier à cabeça de vocês, em um documento. Depois, passarei um pente fino com Ty e combinarei nossos resultados com as listas que os Boars fizerem. Em seguida, imprimiremos. No domingo à noite, nós nos encontraremos com os Boars, dividiremos os panfletos e distribuiremos por todas as paredes.

— Vou levar os Red Bull — diz Mako, acenando com a cabeça.

Não perdemos mais tempo e começamos a investigar. A primeira coisa na lista é o nome da loja onde fizemos o protesto. Compartilhando o mesmo documento, todos trabalhamos para acrescentar conteúdo — comunidades deslocadas por conta de empreendimentos de moradia afiliados aos Herons, empresas como serviços de táxi e restaurantes que fecharam quando os tecnocratas passaram a oferecer suas próprias versões gratuitas dos mesmos serviços.

Uma sensação nova e ruim floresce em meu estômago. Meu pai trabalha na área de Mid-Market[7], e sua empresa é suficientemente grande para oferecer a seus funcionários regalias como estas — regalias que me afetaram de alguma forma. *Sou uma hipócrita por ajudar a colocar estas empresas em evidência assim?* Eu suspiro e dou um enter para ir para uma nova linha. Mesmo que eu esteja sendo hipócrita, acredito que estas empresas podem fazer mais. *E agora que sei que os Young Herons deliberadamente se aproveitam das comunidades vulneráveis, sou totalmente a favor de parar com isso.*

No fim do corredor, Jax está ao telefone. A porta está ligeiramente entreaberta e posso ouvi-lo falando devagar, propositalmente. Quando ele está para desligar, eu o ouço dizendo: "Obrigado, Theresa."

Jax entra na sala de estar onde o grupo está fazendo pesquisas. Ele me entrega um papel onde estão listados alguns nomes de empresas.

— O que é isso? — pergunto.

— Presente de Theresa. Mais empresas com as quais os Herons estão trabalhando e às quais ainda não são afiliados publicamente.

— Entendi — respondo. — Então, é para investigar e descobrir que tipo de trabalho elas estão planejando porque, na verdade, são planos dos Herons.

7. Bairro de São Francisco. [N.E.]

— Bingo. Mais combustível para domingo — diz ele.

— Fantástico. — Digito o primeiro nome no Google e entrego o papel a Mako à minha esquerda. — Você pega o segundo e assim por diante?

Trabalhamos até a noite. Na manhã seguinte, eu e Nianna folheamos o documento enquanto Mako, Micah e Kate mapeiam as melhores rotas para nós e para os Boars. Jax entra e sai de seu quarto, coordenando com Ty. Quanto mais eu vejo o material, mais aumenta meu desgosto pelos Herons. Recosto-me na cadeira enquanto olho meu laptop e dreno o resto do meu café.

— Há muita coisa aqui — digo em voz baixa. — Não imaginava que eles estavam tão envolvidos em tanta coisa.

— Os Herons são impiedosos — responde Nianna. — Eu não estava convencida de que isso funcionaria, mas pelo menos vai fazer as pessoas falarem sobre o assunto.

— Tipo — digo, rolando a tela do laptop até encontrar a página que estou procurando —, um lar de idosos que foi fechado por causa de problemas financeiros. Eles não podiam pagar o aluguel. Isso é tão triste.

— Sim — responde Nianna. — Eu me lembro quando isso aconteceu. É por isso que temos de fazer nosso melhor para brigar por essas causas, por aqueles que não podem.

Chega a noite de domingo, e cada um de nós enche uma mochila com os panfletos — centenas ao total. Juliet, Cameron e Kurt passam por aqui e pegam mochilas para si.

— O que você acha disso? — pergunto à Juliet ao colocar um casaco preto por cima da minha blusa de lã.

Ela dá de ombros.

— Pode dar certo ou não. De qualquer forma, vamos ser criticados. — Ela diz a última parte com um sorriso. — Quem sabe? Vai causar um impacto enorme.

Já que estamos indo encontrar um bando de Boars, Jax nos diz para sermos cautelosos, mas amigáveis. É uma parceria, afinal de contas.

Prendo o cabelo em um rabo de cavalo e coloco um gorro. Fecho meu casaco até em cima, vou ao banheiro e vejo no espelho que minha tatuagem está totalmente escondida. Não se sabe quais câmeras podem captar nossa imagem enquanto estivermos redecorando as ruas.

Certifico-me de que a porta está trancada, retiro o telefone de Matthew, agarrando-o com força. Sei que estamos indo para o centro da cidade. Terei tempo suficiente para escapar e vê-lo? O suor brota em minha nuca quando ligo o telefone e começo a digitar. Ele tem enviado mensagens de texto periodicamente, perguntando se já me decidi.

A verdade é que, não importa a sensação de que estou atrapalhando, não consigo convencer a mim mesma de participar da TREGUA — não conseguiria fazer isso com meus pais, nem estou confiante de que poderia suportar ocupar o centro das atenções novamente.

As memórias dos dias que se seguiram à morte de Leo são afiadas como vidro. A maioria das pessoas não tem ideia do que é perder alguém e viver essa perda sob exposição pública. As pessoas não sabem o que é ter repórteres à porta pedindo uma declaração. Não sabem o que é assistir ao noticiário e ver o rosto de seu irmão em uma foto na qual você também apareceria, caso não tivessem cortado-a.

Meus pais e eu suportamos isso tanto juntos como totalmente separados. Eles já passaram por muita coisa, já estão cansados. Não posso colocá-los novamente no circo da mídia, não quando ficar com os Stags significa que tenho a chance de fazer tudo certo para nós três. Mas esse tipo de explicação não é apropriada para uma mensagem de texto. E se eu vou para o centro da cidade de qualquer jeito, vale tentar falar com ele então.

Estarei no centro da cidade hoje à noite. Ainda não sei onde. Você pode me encontrar?

Demoro um tempo lavando as mãos, sempre mantendo os olhos no telefone. Meu coração pula na minha garganta quando ele responde:

Posso tentar. Quando?

Mais tarde. Partimos à meia-noite.

OK. Mande-me uma mensagem quando e onde.

Kate bate à porta.

— Você está pronta, Val?

— Estou, sim! — Eu me junto a ela e aos outros na cozinha onde, fiel à sua palavra, Mako trouxe Red Bulls para todos. Espero que a soneca que tirei mais cedo ajude, pois Jax nos quer acordados a maior parte da noite. Levantando minha lata, eu tomo um gole. *Nada mal.* Bebo o resto lentamente enquanto todos nós esperamos por Jax. Impressionantemente, ele é sempre o último a ficar pronto.

Rumamos para o centro da cidade para o encontro com os Boars. É uma noite tranquila, com a maior parte da cidade dormindo e esperando para começar a semana. Alguém se daria ao trabalho de parar e ler nossos panfletos? Ou os descartariam como um incômodo e um desperdício de papel?

Uma coisa é certa: eles serão vistos. Abro a mochila no meu colo e sorrio para os papéis coloridos em tons de neon lá dentro. Neon — nossa assinatura estará por todo o centro da cidade sem uma gota de tinta.

— Ty quer cada um de vocês pareados com alguns dos homens dele. Estarei de olho em vocês no meu telefone o tempo todo — diz Jax ao nos aproximarmos. — Qualquer problema, protejam-se e enviem o alerta de pânico quando puderem.

— Espere, nós vamos nos separar? — pergunta Micah.

Jax meneia afirmativamente a cabeça.

— Um sinal de confiança entre nós e Ty.

— E você está de acordo?

— Fazemos o que temos de fazer. É só por uma hora, e Ty diz que escolheu seus caras mais leais. Somos nós contra os Herons. Os Boars sabem disso.

Micah suspira e senta-se de volta em sua cadeira, derrotado. Lanço-lhe um olhar para mostrar que também não estou entusiasmada com a ideia. Para me certificar, pego meu telefone Stag e vejo a luz azul que me representa se mover pela tela. No canto extremo direito, um símbolo de campainha vermelha pisca a cada poucos segundos. Ao pressioná-la, um alerta é enviado para os outros Stags sobre minha localização. *Espero que eu não esteja morta em algum beco quando eles vierem me pegar,* penso amargamente. *Mas se nos separarmos, há uma boa chance de eu conseguir encontrar Matthew.*

Jaws nos deixa no ponto de encontro. Saio da van e fico ao lado de Jax, observando enquanto ele escaneia o parque. No início, penso que Jaws se enganou de local, mas, lentamente, os Boars começam a sair de seus esconderijos. Mesmo sob a luz fraca da rua, reconheço Ty Boreas. O segundo em comando, Adam Yglesias, caminha logo atrás dele, e o restante o segue.

— Bem na hora — diz Ty.

Jax estende a mão.

— Eu não gostaria de chegar atrasado à festa.

Ty a aperta, depois vira e acena para as figuras atrás dele.

— Três dos meus homens com cada um dos seus — diz ele. — Eu espalhei mais Boars em toda a área para ficarem de vigia.

— Entendido — responde Jax. Ele se volta para nós. — Faremos isso o mais rápido possível, na maior quantidade possivel. Não é para ser perfeito. Uma hora. Depois, enviem sua localização para Jaws. Ele irá buscá-los.

— Certo — respondemos Nianna e eu em uníssono. Ela me dá uma olhada, mas eu a ignoro. Estou pensando no outro telefone que tenho no bolso. Só tenho uma hora e vou estar com os Boars o tempo todo. Meu coração fica apertado. É impossível que Matthew consiga me encontrar.

Ty se volta para seus homens.

— Vão — é uma ordem, não uma pergunta.

Ty é um líder, afinal de contas.

Logo em seguida, nós nos dividimos. Estou tentando ser corajosa, mas ficar sozinha com os Boars me deixa tão nervosa que parece que vou vomitar. Minha adrenalina está a mil, alimentada pelo medo e pelo Red Bull, enquanto olho para os três Boars com quem estou.

Eles se apresentam um a um: Trey, TJ e Red. Eu me apresento como Valentine — por que não, certo? Trey aperta minha mão primeiro — embora ele pareça ressentido com o movimento. TJ é o próximo, cabelos desarrumados, compridos, finos e escuros caindo em seu rosto enquanto ele me dá um aceno de cabeça. Red aperta minha mão por último, mantendo o capuz para cima e a cabeça para baixo o tempo todo.

— Aqui está nossa rota — digo, e mostro o mapa para eles. — Vamos de Battery até Jackson, depois vamos pelas ruas laterais e finalmente acabamos em Kearny. — O trio não interrompe, então eu continuo. — Lembrem-se do que Jax disse. Temos de nos mover rapidamente. Nosso objetivo é cobrir todos os lugares. O que sobrar no final, simplesmente jogaremos nas calçadas. Entenderam?

— Sim — responde TJ. Ele coloca sua mochila para a frente de seu corpo. — Encha nossas mochilas.

Nós quatro dividimos os papéis, e cada um dos outros grupos faz o mesmo. Ao sairmos, olho por cima do ombro, para Jax, e vejo que Ty está olhando para trás, também. Não para seus homens, mas apenas para mim. Nossos olhares se encontram, e ele se vira, balançado a cabeça. *O que foi isso?*

Meus nervos não se acalmam conforme Trey, TJ, Red e eu começamos a colar os "crimes dos Herons" por toda parte. Usamos fita adesiva de dupla face — basta descascar, colar e seguir em frente. Os Boars me impressionam com sua eficiência, e depois que terminamos a primeira rua, olho para trás para admirar a trilha de neon que estamos deixando.

— Vamos continuar — digo, arrepiada pelo frio da noite. — Próxima rua.

Eu os deixo ir na frente, tentando me localizar. Não haverá muito tempo, e nem tenho certeza se Matthew vai me encontrar, mas pego o telefone dele de qualquer maneira. Respirando fundo, coloco o aparelho no modo vibração e ativo a localização. Depois, envio-a para ele, seguida de uma mensagem.

Com os Boars. Tenha cuidado.

— Ei, pare de enrolar!

Levanto o olhar e Trey está virado para mim, com os olhos bem abertos como quem diz *que porra você está fazendo?*, e não sei se ele está sério ou não.

— Desculpe — murmuro, empurrando o telefone de Matthew de volta para o bolso. — Só enviando uma atualização ao Jax.

Duplico a velocidade do meu trabalho à medida que avançamos. Não leva muito tempo para descobrirmos que é mais fácil trabalhar em pares, então Trey e eu formamos um par. Ele segura o cartaz, eu coloco a fita no verso e ele o coloca na parede. A pilha diminui mais rápido do que eu pensava, e continuo verificando o telefone de Matthew para não perder uma possível atualização. Talvez seja muito difícil para ele escapar da sede — ele disse que tem sido vigiado...

Envio minha localização novamente.

— Jax novamente — digo já me desculpando enquanto Trey prega outro panfleto sozinho. — Vão em frente, eu alcanço vocês.

— Sim, madame — responde ele.

Eu me escondo em um beco ao lado de um pub irlandês. Estou digitando o mais rápido que posso quando...

— Val!

Matthew está com um casaco escuro sobre uma camiseta. Deve ter acabado de sair da cama. Hesitamos um momento, depois nos abraçamos. Ele me beija e, por alguma razão, eu não esperava por isso.

Ele pega minha mão.

— Vamos.

Aperto minha mão em torno da dele.

— Espere, o quê? Ir aonde?

— Para a sede dos Herons — diz Matthew. Ele está sem fôlego, mas sorrindo. — Eu sabia que você entenderia.

— Não, espere — *merda.* — Eu não vim aqui para me juntar à TREGUA. Desculpe, mas simplesmente não posso.

— Espere, o quê? Por que não?

Rápida e resumidamente, recapitulo toda minha lógica sobre meus pais e sobre poupá-los de qualquer outra dor. E, francamente, eu quero vingança. Matthew escuta, inclina-se enquanto eu sussurro, mas seu rosto permanece inalterado.

— Eu simplesmente não posso fazer isso com eles — termino.

— Olha, eu entendo. O que você está dizendo faz sentido. Mas com a TREGUA, você estará a salvo. Fora do que seja lá o que você estiver fazendo na rua a essa hora.

— Eu sei, mas, Matthew, eu me juntei à Guerra por uma razão, que é encontrar o cara que matou Leo. Não vou abandonar isso. Não agora.

— Está bem. E já que você não quer, então, há qualquer outro Stag que poderia ir?

Solto a mão dele.

— Nossa, que rápido.

— Eu sei, mas, veja. Eu conheço você; uma vez que você toma uma decisão, você não volta atrás. Não posso forçá-la e, de qualquer maneira, será muito melhor se alguém se apresentar voluntariamente.

Meu primeiro pensamento é, claro, Kate. Com o dinheiro e os recursos dos Herons, ela poderia obter a ajuda de que precisa — isso é, se ela estiver disposta a aceitá-la. Além disso, juntar-se à TREGUA significaria que ela teria de se separar de Mako, que, na maioria dos dias, eu juro, é quem a mantém viva.

— Há uma Stag que eu posso tentar — digo. — Mas ela é teimosa. Mando uma mensagem quando falar com ela, mas tenho de ir agora mesmo.

— O quê?

Tento abraçá-lo, mas, como ele não levanta os braços a tempo de me abraçar, praticamente o envolvo com os braços, de maneira completamente estranha. Eu me esgueiro para fora do beco, mas dou de cara com Red, TJ e Trey. Uma mochila vazia balança no ombro de Red.

— Onde você... ei, que porra é essa? — Red me empurra para o lado e agarra a roupa de Matt, que tenta se desvencilhar e fugir, porém os três já estão lançados sobre ele.

— Quem é você, porra?

Caralho, caralho, caralho. Se eles reconhecerem Matt, podem simplesmente matá-lo. Então, digo exatamente o oposto do que aconteceu.

— Ele acabou de aparecer e me agarrar! — grito, lágrimas de verdade brotam dos meus olhos porque simplesmente não sei o que acontecerá a seguir, mas posso imaginar. — Puta merda, puta merda.

Eu cambaleio para trás, fazendo papel de vítima, enquanto Red dá o primeiro golpe. Se estes são os melhores homens de Ty, então sabem o que significa uma trégua entre os Boars e os Stags. Eles podem não me proteger como Jax faria, mas farão o suficiente.

Jax. Pego meu telefone Stag e, com os dedos trêmulos, disparo o alarme. Os Boars se revezam batendo em Matthew enquanto ele tenta se levantar do chão. Sangue escuro como tinta sob a luz fraca do beco cobre o chão. Eu me coloco entre eles, levantando minhas mãos.

— Já chega! Vamos embora, vamos embora, porra. Por favor.

Red cospe e chuta Matthew com força nas costelas uma última vez. O som das tosses molhadas de Matthew — saliva, sangue, sabe-se lá o quê — atingem meus ouvidos de maneira mais agressiva do que TJ dizendo "filho da puta" enquanto nos retiramos.

Os três me cercam no caminho de volta para o ponto de encontro. Eu mando uma mensagem para Jax:

Um cara tentou me agarrar. Estou bem. Com os Boars voltando ao ponto de encontro.

Eu aperto enviar, mas logo uma buzina soa e eu me viro. Ele recebeu meu alerta. Jax praticamente se lança para fora da van antes que Jaws encoste e coloca seus braços ao meu redor com tanta força que quase me derruba.

— Onde? — diz ele, com a voz alterada.

— Algumas ruas atrás. Eu estou bem, estou bem.

— Vou matá-lo, porra.

— Os Boars pegaram ele — respondo. Jax afrouxa seu abraço, e eu aceno para o trio de Boars. — Obrigada. — *Por favor, pelo amor de Deus, que nenhum de vocês mencione que eu estava sozinha.*

— Os Stags devem uma a vocês — diz Jax. — Vou falar com Ty. Qualquer coisa que precisarem, é só falar.

— Sem problemas — responde Trey, seu contentamento é evidente.

— Vocês têm minha palavra. Vocês três ficarão bem por conta própria?

— Sim, senhor.

— Ótimo. — Ele coloca seu braço em torno dos meus ombros. — Vamos buscar os outros.

Aceno e, quando entramos na van, tomo o assento mais distante de propósito. Quando começamos a nos mover, pego o telefone de Matthew e baixo o brilho. *Ele literalmente acabou de ser espancado na rua, que porra posso dizer?* Aproveitando, desligo a localização. Depois disso, não há muito para se dizer em uma mensagem. O tempo está passando, então, envio apenas a explicação do que estava pensando naquele momento impossível:

Sinto muito. Se eles o reconhecessem, eles o teriam matado. Por favor, diga alguma coisa.

Faço uma pausa e respiro em intervalos curtos quando vejo que ele está digitando. Então:

Você armou para mim?

Quatro palavras. Quatro palavras com o peso de mundos, chocando-se contra mim. Como ele poderia pensar isso? Será que ele realmente pensa que mudei tanto? O Matthew com quem cresci, aquele que me amava, nunca pensaria isso.

Não. Simplesmente aconteceu. Desculpe, eu digito novamente, depois guardo o telefone no bolso a tempo antes de pararmos no ponto de encontro, quando a porta da van se abre mais uma vez.

Micah me vê primeiro e sobe ao meu lado.

— O que aconteceu?

— Algum cara pulou de um beco — digo. — Estou bem, os Boars o pegaram.

— O quê? — diz Kate, e ela me implora imediatamente por detalhes. Faço um relato breve e sucinto, depois mudo de assunto.

— E vocês, estão bem?

Mako levanta seu boné e coça a cabeça.

— Os Boars estavam tranquilos, embora um deles tenha dito nunca ter feito uma porra dessa antes. — Ele faz uma pausa, lendo a reação de Jax no banco da frente. — Citação direta.

Jax está quieto, movendo-se apenas quando a van salta ao entramos na autoestrada.

— Vamos ver o que a cidade pensa pela manhã. Por hoje, vamos apenas voltar para casa.

Por mim tudo bem, penso, e me encolho sobre mim mesma como uma bola no banco de trás. Cobrindo meus olhos com meu blusão, rezo para que, quando chegar em casa, eu encontre uma mensagem de Matthew dizendo que ele entende e que ele está bem.

Estamos quase em casa quando me lembro de ter mudado o telefone para vibrar e de não ter colocado no silencioso de volta. Isso significa que Matthew está em silêncio, como as estrelas distantes, e me pego repetindo o mesmo pensamento que circulou em minha mente no dia da morte de meu irmão: *O que eu fiz?*

17

Na manhã seguinte, acordo, tropeço até o banheiro e vomito.

Tive um sonho em que Leo e Matthew davam as mãos no topo de uma montanha coberta pela mais branca, perfeita e pura neve. Leo olhou para mim como se eu o tivesse magoado. O rosto de Matthew estava machucado e ensanguentado.

Cuspindo o último bocado de ácido da minha garganta, eu enxáguo a boca mais uma vez e vou para a cozinha. Somente eu estou de pé. Depois de girar um copo de água fria ao redor de minha boca e dentes, vou para a sala de estar e ligo a TV, mantendo o volume baixo.

Nossos panfletos são o grande acontecimento da manhã. A âncora do noticiário muda para uma repórter na rua, um punhado dos panfletos em sua mão.

— A polícia está investigando os panfletos, que parecem ter surgido da noite para o dia — diz a repórter. — Tentamos contato com algumas das empresas mencionadas aqui, mas até agora não recebemos nenhuma declaração. Também conversamos com alguns poucos transeuntes que, apesar de estarem um pouco confusos, estão falando incansavelmente sobre os acontecimentos desta manhã.

A reportagem corta para uma sucessão de pessoas entrevistadas.

— Certamente não dá para ignorar — diz um cara, dando uma risadinha para a câmera. O repórter pergunta se ele leu os panfletos. — Eu li parte, sim. Quero dizer, acho que eu sabia que este tipo de coisa estava acontecendo, mas é bastante chocante ver tudo isso escancarado na sua frente.

A reportagem termina e eu me sinto um pouco melhor depois de vê-la. Pelo menos o que houve ontem à noite não foi totalmente em vão — mesmo que Matthew tenha se machucado tanto.

— Basta — digo a mim mesma e volto lá para baixo. Encontrando minhas roupas de ontem à noite, atiro-as na máquina de lavar roupa. Adiciono mais algumas peças e começo o ciclo. *Vou deletar esta noite da mente, o melhor que posso.*

Uma batida acima da minha cabeça ressoa.

— Valerie? — Micah desce as escadas. — Você está bem?

— Estou.

— Você estava vomitando mais cedo?

Eu me encolho.

— Você ouviu?

— Eu estava acordado, só vendo algumas coisas no telefone. — Ele me olha fixamente por um longo tempo. — Não é para qualquer um.

— O quê?

— Esta vida. Você pode falar comigo se não estiver bem. Não contarei ao Jax. — Eu olho para ele com expressão desconfiada, e ele ergue as mãos. — Não vou contar.

Eu sento em minha cama e começo a dobrar e desdobrar o canto da minha colcha. Quantas semanas se passaram desde que me juntei à Guerra? E quanto eu já vi desde então? Quanto eu tive de aprender? Matthew não é a pessoa que eu pensava que era, e agora ele está bravo comigo pela surra. Sou uma criminosa marcada para todos no Twitter. Meus pobres pais estão sem sua única filha, e, apesar de tudo que eu já disse à minha mãe, eu apostaria qualquer coisa que eles ainda pensam que a culpa é deles.

— É só que... — começo — ... é muita coisa para absorver. Eu mal sei meu próprio nome a essa altura.

Micah dá alguns passos e pega minha mão.

— Vamos lá. Vamos tomar um pouco de ar.

— Não posso sair. Sou a idiota que foi presa e sofreu *doxxing*, lembra?

— Vou dizer que vamos para o galpão de treinamento ou algo assim. Coloque seus sapatos. Eu já volto.

Seja lá o que Micah diz a Jax, funciona.

Micah dirige para o oeste e pega a Great Highway. O Pacífico se estende através do horizonte em toda a sua majestade cinza e azul. A névoa rodopia pelo vento que sopra no céu. Entre os ciprestes, os nativos de Outer Sunset se levantam e tomam o café da manhã, ou leem o jornal em suas casas em tons pastéis.

— Aonde estamos indo? — pergunto enquanto passamos pelo moinho de vento Murphy, um dos dois moinhos em funcionamento no Golden Gate Park.

— Você vai ver — diz Micah.

Subimos um pequeno cume, passando pelas ondas agitadas da Ocean Beach e pela histórica Cliff House. Contornamos uma curva na costa, e então percebo. Eu sorrio para Micah.

— Lands End. — Ele balança cabeça afirmativamente.

Lands End é exatamente o que o nome insinua: *fim da terra*, onde o topo da península se encontra com a água. A espuma branca pontilha a água verde-azul que bate contra as pedras abaixo de nós. Mais acima, escondida pela neblina, está a Ponte Golden Gate. Abaixo está o Sutro Baths.

Os Sutro Baths são um marco em São Francisco, embora não sejam uma de suas atrações mais empolgantes. Nos anos 1900, a área abrigava uma série de piscinas de água salgada de propriedade da família Sutro. Hoje em dia, há apenas ruínas, mas são interessantes à sua própria maneira.

No momento em que Micah estaciona o carro, abro a porta e respiro fundo, enchendo o pulmão do ar limpo do oceano.

— Eu não vinha aqui há anos.

Não nos apressamos em percorrer uma trilha íngreme em direção à enseada protegida. Abaixo de nós, as velhas pedras das casas de banho se estendem de ambas as extremidades da enseada como uma estrutura de LEGO semimontada.

Micah salta sobre o monumento de pedra mais próximo. Caminhamos e traçamos as linhas retangulares de uma antiga casa de banho. Estendo as mãos para me equlibrar — se uma pessoa cai dali, vai direto para uma das piscinas de água salgada cheias de algas — mas Micah caminha despreocupadamente.

Em seguida, vamos para a caverna à direita das ruínas. Está escuro como breu e não há nada mais do que terra e pedra. E então... o som.

Uma onda atinge as cavernas abaixo de nós. De uma só vez, o rugido da água engole o túnel. Parece falso demais, perfeito demais, como os efeitos sonoros em um parque temático. Só que é real. Eu fecho meus olhos.

É intoxicante e aterrorizante ao mesmo tempo. Eu poderia morrer com este som. Morrer e renascer.

A onda-trovão se repete de novo e de novo, invadindo-me, e se eu não soubesse que Micah está me esperando do lado de fora, ficaria aqui o dia todo.

— Você não quer ver? — pergunto, indicando a caverna, enquanto percorremos o caminho rochoso. — É muito legal.

— Não, eu não gosto de lugares pequenos — responde ele, balançando a cabeça. — Nunca gostei.

Caminhamos até uma falésia sob um arvoredo. Micah senta perto de uma árvore de onde há vista clara para o mar. Ele indica o chão ao seu lado e eu me sento, encostada nele para que o calor do seu corpo se encontre com o meu.

— Então, como você está, realmente? — pergunta ele.

Eu tiro meus sapatos da sujeira.

— Não muito bem.

— Conte-me.

Eu puxo meu moletom como se colocar o capuz ajudasse em alguma coisa.

— Entrar na Guerra não está sendo nada como pensei que seria. Estou feliz por ter entrado, mas... há muito a que me adaptar.

— Tipo?

Eu escolho as coisas mais óbvias.

— Como passar pelo *doxxing*. Ou ficar longe de minha família — *e ter meu coração partido ao mesmo tempo.* — Foi assim quando você entrou? Será que nunca fica um pouco mais fácil?

— Mais ou menos. Mas também não é legal o fato de que fica mais fácil.

— Sim — digo. — Mas... é muito para absorver. — Limpo a secreção que sai de meu nariz com a parte de trás da minha manga. Micah me oferece sua manga também, e eu rio amistosamente.

— Respondendo à sua primeira pergunta — diz Micah —, eu estava um lixo quando entrei.

— Você conhecia Brianna? Ela estava com vocês na época, não é?

— Ela era minha prima. Foi assim que Jax a conheceu.

Espere, o quê?

— Eu não sabia disso.

— Jax não gosta de falar sobre esse assunto.

— Você sabe o que aconteceu com ela?

— Não faço ideia. Há anos que não tenho notícias dela. Mas, honestamente, não tenho ouvido falar de ninguém da minha família desde então.

— Ah, sinto muito.

— Está tudo bem, de verdade. — Ele pega um graveto e desenha redemoinhos no solo arenoso. — Ter os outros Stags ao redor ajuda. E tem a mãe de Jax, que se importa, da maneira dela pelo menos. Quando os Stags começaram, ela nos deu todo o dinheiro de que precisávamos, o que foi a parte mais louca para nos acostumarmos. Nós conseguimos as casas. Conseguimos o carro. Um grupo de caras que tínhamos conhecido na escola foram nossos primeiros recrutas. Do jeito que a gente idealizou, os Stags deveriam ser diferentes dos outros grupos. — Ele coça a parte de trás da cabeça. — Acho que não foi bem isso o que aconteceu.

— Bem, mas é mais ou menos diferente, certo? Eu vi nas notícias que as pessoas já estão falando de nossos panfletos.

Micah balança a cabeça.

— É, acho que sim.

Nós olhamos para a água. O ar frio passa por minha calça de ioga e meu capuz. Cruzo os braços e tento me manter quente. Ele tira o gorro e o envolve nas mãos.

— Tipo, aquele dia. O Boar na Mission Dolores... eu nem pisquei. Não tive nenhuma alegria naquele momento, mas também não fiquei incomodado. A essa altura, só estou seguindo o fluxo, mas não sei para quê. O que aconteceu com Bri foi realmente horrível, e na época me convenceu de que ficar nos Stags era a única coisa certa a fazer. Agora já não sei. Pelo menos você tem a memória de seu irmão para mantê-la motivada.

— Acho que sim. Mas não é como se o que pretendo fazer fosse exatamente moral. — Cubro os olhos com meu casaco de novo. A neblina se aproxima de nós por cima da água. — Espere — digo, com a voz elevada. — Você sabe quem fez isso? Quem matou o meu irmão?

— Não, sinto muito. Eu te diria se soubesse, eu juro.

— Não tenho certeza se Jax vai me contar algum dia — digo desanimada. — Não consigo descobrir o que ele quer.

— Posso falar com ele sobre isso, se você quiser — responde Micah.

— Sério?

— Sim, é claro.

Eu suspiro.

— Isso seria incrível. Obrigada.

Ele passa a mão no cabelo para frente e para trás.

— Enquanto isso, vou contar a você o meu segredo para sobreviver à Guerra.

Eu me ergo.

— Qual é?

— Pense no depois. Visualize sua vida quando terminar de lutar contra o que você está lutando agora, seja lá o que for.

Paz, é a primeira coisa em que penso, embora pareça tão clichê. Eu e meus pais felizes, finalmente. E minha viagem dos sonhos — nadar em água cristalina, experimentar comidas com ingredientes que nunca vi antes, conhecer o resto da minha família. Já não pensava nisso há algum tempo, mas ainda quero fazer tudo isso.

— O que você está pensando? — pergunta ele. Então, eu lhe digo.

— Eu sei que provavelmente as coisas não são como penso que são. As Filipinas têm muita corrupção, não são o lugar mais seguro, mas... não sei — digo, sorrindo e encolhendo os ombros ao mesmo tempo. — Eu sempre quis ir.

— Você vai — diz ele. — Tenho certeza disso. — Alcançando o bolso do casaco, ele puxa um cartão. — Quando eu estiver fora da Guerra, vou pegar um desses cachorros. Eu tive um quando eu era criança.

Pego o cartão. Há um cachorro de uma raça da qual nunca ouvi falar, mas ele está tão alegre que é osuficiente para me fazer sorrir.

— Por que você não pega um agora?

— Não tem espaço. Também, não há tempo. Quando tudo acabar, vou arranjar um cachorro e voltar para o norte.

— De onde você é?

— Auburn. Ao norte de Sacramento. Vim para São Francisco quando eu tinha dez anos.

— Legal. — Retiro algumas folhas soltas que caíram sobre minha calça. — Não sei muito sobre a região.

— É lindo lá. E calmo. E simplesmente... aberto. — Ele coloca o gorro. — Quero ir para casa, ou pelo menos para algum lugar com mais árvores.

Eu lhe dou um tapinha no ombro.

— Sem os hipsters burgueses?

Ele ri.

— Caralho, não. Nada de hipsters, apenas rios largos e árvores altas.

Passamos os minutos seguintes comentando os tipos urbanos de São Franciso, exagerando na descrição a cada uma e deixando uma mais ridícula do que a outra.

Finamente, digo:

— Acho que acabamos de descrever Nárnia. Ou Candy Land.

— Bem, talvez seja para lá que eu vá. Nárnia, não Candy Land, obviamente — diz ele. Micah olha para a água. Ele levanta as mãos e faz uma moldura com os dedos. — Haverá sol lá. Sol perfeito, o tempo todo.

Ele abaixa os braços e olha fixamente para o mar. Suas bochechas, seus cabelos e seus olhos estão iluminados.

— Viu? É divertido pensar no depois. Mantém você são.

Eu sorrio, meu coração se alegra. Espero realmente que Micah consiga o seu depois. E eu? Todo esse tempo estive esperando para entrar na Guerra, e agora estou aqui. Nunca imaginei realmente o que viria a seguir. Talvez eu possa tentar o vestibular para entrar na faculdade, como uma pessoa normal. Cheguei a procurar algumas universidades na região, mas não tenho certeza do que gostaria de fazer. Não costumava pensar em cozinhar profissionalmente — eu queria manter isso como uma ocupação de tempo livre, divertida e descontraída. Muitos dos meus colegas de classe tinham sua vida toda organizada e planejada, mas meus pais me lembravam o tempo todo de que estava tudo bem não saber com cem por cento de certeza o que eu queria fazer da vida, algo pelo que eu era grata, mesmo antes de o Leo morrer. *Poderíamos ir todos juntos na viagem às Filipinas,* penso. *Fazer algo juntos, pelo menos uma vez.*

— Obrigada, Micah — digo. — Eu realmente precisava disso.

Ele sorri de volta.

— É para isso que estou aqui.

18

Quando chegamos em casa, verifico o telefone de Matthew. Nada ainda.

— Por favor, diga alguma coisa — falo para o vento, colocando o telefone no lugar. Passo o resto do dia com Matthew na cabeça. Ainda não acredito que ele pensaria que armei uma cilada para ele, mas é estúpido e inútil continuar mandando mensagens de texto. Preciso falar com ele outra vez, pessoalmente.

Então, no dia seguinte, quando Jax, Nianna e Micah me dizem que vão se encontrar com os Boars, envio a Matthew a mensagem de *é agora ou nunca*.

Um minuto passa. Depois outro.

Então o telefone se acende, exibindo uma mensagem com uma única palavra:

Onde?

Isso! Ok. Tem de ser em algum lugar perto o suficiente para que eu possa ir até lá rapidamente e voltar, mas também longe o suficiente da casa dos Stags para que eu não a comprometa.

Sunset District. É território Stag e praticamente uma linha reta ao norte de onde estou. Mesmo com trânsito, é o melhor que tenho.

Com a adrenalina a mil, eu respondo:

Green Apple Books no Sunset. Não tenho muito tempo. Venha sozinho.

Ele responde: **Irei sozinho. Estarei lá assim que puder.**

Como na noite em que saí para ver minha mãe, trato de agir de maneira rápida — porque se eu hesitar, mudarei de ideia. Colocando o telefone de Matthew no bolso, pego o outro e penso se devo ou não levá-lo. Se alguém me mandar uma mensagem enquanto estou fora, saberá imediatamente que algo está acontecendo se eu não responder. Mas se eu levar o telefone, Jax saberá que estou fora.

Que se dane, eu penso e atiro o telefone sobre a cama. Pego o resto do que vou precisar: minha carteira, um casaco extra. Jogo meus pertences em uma mochila e ouço o tilintar de uma lata solitária de tinta spray que devo ter esquecido depois de alguma noite de pixação.

Saindo pela porta lateral, bato na lata de lixo e nos recipientes de reciclagem empilhados atrás dela.

— Ah, pelo amor de Deus — resmungo, empurrando tudo para fora do caminho, mas fazendo um barulho enorme.

Chamo um táxi e espero na sombra da casa. Quando ele chega, cerca de dez minutos depois, dou o endereço ao motorista e vejo a Casa Holloway desaparecer da minha vista.

Depois do que parece horas, entramos no Sunset. Esta é a pitoresca São Francisco: casas em tom pastel com escadas brancas que tocam a rua. Ao nos aproximarmos do

Golden Gate Park, as casas dão lugar a padarias, estúdios de ioga e pizzarias. O banco da esquina fica ao lado de um consultório de dentista e do Jamba Juice.

Finalmente — livraria Green Apple Books. Meus pais costumavam me trazer aqui quase semanalmente quando eu era criança. A icônica fachada verde não parece ter sofrido nenhuma alteração, de acordo com minhas lembranças. Pago a corrida e saio, uma onda de vento forte me cumprimenta como um velho amigo. Tremendo, entro na loja e inalo o cheiro acolhedor dos livros. O caos ordenado das pilhas infinitas da livraria me faz querer esquecer o porquê de estar aqui. Eu escaneio os corredores e, quando vejo os cabelos escuros e indisciplinados de Matthew, a adrenalina sobe em minhas veias.

Ao virar a esquina de uma coluna de livros, faço uma pausa para ver se ele está realmente sozinho. *Matthew não mentiria para mim,* penso. Mas a Guerra está fazendo de mim uma pessoa desconfiada.

Limpo a garganta ao me posicionar no mesmo corredor que ele e finjo estar procurando um livro. Estamos um ao lado do outro, ambos congelados.

— Ei — digo em voz baixa.

— Ei — responde ele.

Mais silêncio. Eu me desloco para deixar passar outro cliente e Matthew também se move um pouco. Um círculo roxo envolve seu olho.

— Lamento muito — digo. Matthew finge ler o verso do livro em suas mãos, sem emoção. — Como você está?

— Como você acha? — diz ele, colocando o livro de volta em seu lugar. — Eles me espancaram, porra...

— O que mais você queria que eu fizesse? — disparo de volta. — Eu falei sério. Se eles tivessem reconhecido você, o próximo líder dos Young Herons, *sozinho*, teriam feito pior.

Ele ignora.

— E daí?

— E daí?

— Puta que pariu, Val. Você vai se unir à TREGUA?

— Não.

— Então por que estou aqui? — diz Matt. — Olha, estou ficando sem tempo. Os Herons a toda hora me pedem para fazer coisas maiores e mais sérias. Ninguém nem sequer perguntou sobre meu olho roxo porque todos eles acham que estou vivendo à altura da reputação de Aaron e que briguei com alguém. — Ele suspira. — Eles são insanos, e nenhum deles está disposto a participar. Eu até tentei conseguir um dos novos recrutas, mas ele era muito parecido comigo. Nada deixaria seus pais mais orgulhosos do que ser um Young Heron.

Balanço a cabeça.

— Seus pais não são assim. Eles teriam deixado você dizer não.

Ele ri.

— Você não os conhece. Por que você acha que nunca jantamos com meus pais ou ficamos com eles por mais de alguns minutos? Eu queria mantê-la longe deles.

— Certo — digo, quebrando a cabeça para achar alguma lembrança de termos saído com os pais dele alguma vez depois de termos começado a namorar. *Será que eles nem sequer sabiam?* — Você não quer abrir mão da TREGUA, que é importante para você. E eu não vou abrir mão de Leo. Então, estamos em um impasse.

— Você e eu talvez, mas nós podemos descobrir uma saída — diz ele. — Olhe... vocês... vocês... os Stags e os Boars. Estão correndo contra o tempo. A família de Camille está ameaçando trazê-la para casa se ela não conseguir controlar essa sua aliança. Já encontramos um dos esconderijos dos Boars, certo? O próximo pode ser dos Stags e, se você estiver com eles, eu não poderei ajudá-la.

— Sendo "eles" os Stags nisso que você está falando?

— Sendo "eles" os criminosos aos quais você está associada — responde ele com firmeza. — Jax tem uma ficha criminal enorme. Seu segundo em comando, também.

— Micah...

— Obin, sim. Ele está com Jax desde o primeiro dia. Se qualquer um deles escorregar, são anos de prisão. Mas... — Seus olhos se arregalam e Matthew agarra minha mão, puxando-me para baixo. — Aure está aqui.

Caralho.

— Você disse que viria sozinho — sussurro.

— Eu vim, juro. Ela deve ter me seguido.

Eu corro para a próxima prateleira, observando a porta da livraria como um falcão. Sim, é Aure. Ela entra, cabelo preso em um elegante rabo de cavalo baixo. Matthew a cumprimenta em voz alta, atraindo olhares dos outros clientes. Depois, eles mudam o tom de voz para sussurros, mas eu decifro palavras suficientes.

Ordens. Permissão. Regras. Telefone.

Minha respiração some. — Matthew obviamente teria dois telefones como eu, certo? Faço o possível para parecer tão calma quanto a situação permite, tudo enquanto olho para a saída. Pode haver outros Herons lá fora. *Eu deveria ter trazido minha arma.* Tudo o que tenho é a estúpida lata de tinta spray. Eu a retiro da mochila de qualquer maneira, lembrando o que aprendi na aula de autodefesa (qualquer coisa pode ser uma arma).

Respire fundo, penso. Jax não entraria em pânico, nem eu posso. Aure e Matthew continuam falando. Aure diz para eles irem embora.

— Vou ter que contar para ela — diz ela.

— Ei, ei — responde Matthew em voz calma. Conheço essa voz. É a voz que ele costumava usar comigo. Depois, vem o som. Aquele som único e inconfundível, e que me estilhaça na hora.

Lábios nos lábios.

Momentos depois, os dois aparecem no meu campo de visão. Estão de mãos dadas.

Eu me agacho mais, dobrando-me sobre mim mesma como se isso mudasse o que vi, como se eu pudesse mudar o que eu finalmente percebi — Matthew tem mentido para mim, sobre muitas coisas. Naquela noite de nosso aniversário ele estava brincando comigo, já trabalhando para os Herons e jurando que não estava.

Eu juro que não fiz nenhum som.

Por alguma reviravolta do destino Aure olha por cima de seu ombro, e seus olhos se encontram com os meus. Ela dá um giro, deixando cair a mão de Matthew.

— Que porra é essa?

Ao levantar da posição agachada em que estava, esbarro em uma meia prateleira baixa de livros e viro a coisa para cima, derrubando-a. Os livros pesados fazem um estrondo ao cair no chão, mas Aure se esquiva deles. Estou a três passos da saída quando ela agarra meu cabelo e me puxa para trás, e eu grito.

— Cadela dos Stags — diz ela. — Mas que... porra você está fazendo aqui?

Minha resposta é levantar minha mão.

Sacudindo a lata uma vez e rezando para que seja suficiente, eu borrifo tinta ciano brilhante por cima de meu ombro, direto no rosto dela.

Aure grita, mas não me solta. De repente, Matthew também está lá e, por um momento, Aure vacila. Aproveito a chance, afastando-me dos gritos dos clientes de minha livraria de infância.

De volta à rua, pego a Sixth Street. Passando rapidamente pelas figuras na calçada, viro minha mochila e empurro a lata de spray de volta para dentro. Mantendo meu rosto o mais baixo possível, procuro nas ruas por qualquer sinal dos ônibus que conheço neste trecho da cidade.

Finalmente vejo um, dois quarteirões à frente. Correndo em direção a ele, paro um segundo para olhar atrás de mim. Ninguém parece estar me seguindo, mas isso não significa que ninguém esteja. Eu arrisco, entrando no ônibus quando ele começa a partir. Pago minha passagem e tomo um lugar. Meus dedos trêmulos estão manchados de ciano. Isso não me impede de colocar as mãos no rosto enquanto as lágrimas escorrem dos meus olhos.

Aure pode não ter colocado uma bala em mim do jeito que ela provavelmente gostaria, mas é como se ela tivesse colocado. Apertando mais os braços ao meu redor, grito silenciosamente em minhas mãos. O movimento do ônibus me embala enquanto me desmancho em um amontoado de nada.

Matthew mentiu sobre tudo. Ele me impediu de entrar nos Herons. Ele mentiu quando disse que ainda se importava comigo.

O que havia entre nós desapareceu de verdade.

Mas minha raiva e minha dor não.

Desço no Glen Park e pego um trem, depois chamo um táxi para a última etapa de volta para casa. Pode não ser o suficiente para enganar os Herons, mas vou me vingar deles em breve.

Voltando pela porta lateral, pego meu telefone Stag e subo as escadas. *Basta explicar onde você estava*, penso. *Depois, dê o telefone clandestino para Jax.*

Mas a cozinha, a sala de estar e o quarto de Jax estão todos silenciosos. Um alívio se espalha sobre mim e eu vou para o banheiro. São necessários algumas esfregadas para que a tinta saia das minhas mãos e ao redor dos olhos, mas mesmo quando a cor desaparece, resta o choque.

É como se eu não soubesse o que fazer com meu corpo, meus membros cansados. O que Matthew está pensando neste momento? Ele não enviou nenhuma mensagem. Será que ele pediria desculpas? Será que ele explicaria alguma coisa? Será que ele explicaria o que houve com Aure?

Quando finalmente ouço a porta da frente abrir, marcho decidamente até lá. Nianna é a primeira a me ver.

— Que diabos aconteceu com você? — pergunta ela enquanto tira o casaco.

Jax entra um momento depois e encontra meus olhos.

— Preciso falar com você — digo.

— Agora mesmo?

— Sim. Por favor.

Jax olha para mim como se eu fosse o trailer de um filme que mal despertou seu interesse, mas vem até o porão de qualquer maneira. Quando ele fecha a porta atrás de nós, pego o telefone de Matthew e o seguro na palma da mão como uma oferenda.

— O que é isso? — pergunta ele.

— Matthew Weston me deu — digo. — Ele o enviou por intermédio de meus pais — *muito bem, agora a parte de merda.* — Eu... eu tenho falado com ele. Ele quer que eu me junte à TREGUA.

— Há quanto tempo você está conversando com ele?

— Algumas semanas. Desde o Ano Novo.

— Você contou algo sobre nós?

— Não. Eu juro. Você pode ler as mensagens — mostro novamente o telefone e Jax o pega. — Eu deveria tê-lo dado imediatamente, eu sei. Mas você queria que eu os espionasse, e Matthew acredita que só eu tenho usado o telefone. Ele não suspeitaria que eu o dei a você.

— Você parece ter muita certeza disso — responde Jax com frieza.

— Matthew não suspeitaria de mim. Tenho certeza.

Jax acena com a cabeça, sem dizer nada. Eu encho o silêncio com balbucios.

— Desculpe, sei que deveria tê-lo dado a você mais cedo. Não sei por que não fiz isso antes, mas estou fazendo agora e eu...

— Shh — faz ele, colocando um dedo nos meus lábios. — Isso é bom, Valentine. Podemos usar isso a nosso favor. Os outros sabem que você tem este telefone?

— Não.

— Certo. Vamos lidar com a situação — diz ele, colocando o telefone em seu bolso. — Agora, você quer me contar por que parece que não dorme há dias?

Respondo com lealdade, dizendo a ele como eu saí — novamente — para me encontrar com Matthew. Digo-lhe tudo o que Matthew disse, inclusive seu desespero. Omitindo a parte sobre o beijo, conto o que aconteceu com Aure.

— Espere, você a acertou nos olhos?

— Sim.

— Merda. — Jax começa a rir. — Jesus, Val. Você poderia ter deixado ela cega ou alguma merda assim. — Vindo de qualquer outra pessoa em qualquer outra situação, isso não seria um elogio. Mas para Jax, quase cegar outro ser humano é motivo de comemoração. — Vou perturbar Camille sobre isso. Saint-Helene é uma das melhores recrutas dela. Camille vai ficar *puta.*

— Ótimo — digo.

— Você parece estar puta também.

— Eu estou. Estou decepcionada. Matthew Weston não é mais do que um mentiroso para mim agora — não pertenço mais a Matthew, por nenhum critério, e ele não pertence mais a mim.

Jax sorri, seus olhos de avelã brilham com o que imagino ser satisfação total.

— Theresa costuma dizer que a dor só alivia a tristeza. — Ele levanta meu queixo até que eu esteja ereta, olhando diretamente para ele. — Mas que a raiva resolve.

Jax lê todas as mensagens. Estou ao lado dele no sofá com as mãos no joelhos, como se ele fosse um professor avaliando meu teste. Ele revê o registro de chamadas, para frente e para trás.

— E não há mais nada além disso? — pergunta ele com tranquilidade.

— Não — respondo. — Bem, não no telefone. Matthew me disse na loja que Camille vai perder sua posição se ela não nos encontrar. É por isso que o esconderijo dos Boars foi invadido. Nós somos os próximos.

Jax acena com a cabeça.

— Ficaremos quietos. Direi ao Ty. Mas primeiro vamos contar aos outros.

Fecho a mão com força, pressionando as unhas na palma da mão.

— Temos mesmo que fazer isso?

— Vai ficar tudo bem — diz ele.

Ele chama o grupo para a cozinha.

— O que foi? — pergunta Micah, coçando a parte de trás da cabeça. Nianna ergue as sobrancelhas, surpreendida que ele também não saiba.

— Quero que vocês saibam de uma coisa — diz Jax. Ele coloca o telefone sobre a mesa. A tela reflete a lâmpada da cozinha, um clarão de luz na superfície preta.

— De quem é isso? — pergunta Mako. — É bem melhor que o meu.

— Valentine? — diz Jax. — Você quer explicar?

Eu não tenho muita escolha. Limpo a garganta.

— Matthew Weston me deu este telefone. Ele o enviou aos meus pais, e eu o recebi deles. Temos conversado durante as últimas semanas. — Nianna fica de boca aberta. — Eu não disse nada a ele sobre os Stags. Jax verificou as mensagenss e juro pela memória do meu irmão que nunca revelei nada sobre os planos do Stags. — Deixo que isso fique no ar por um momento, observando as reações. — Hoje descobri que os Young Herons têm sido pressionados por nossa aliança com os Boars. Os Herons estão à nossa procura.

— O que significa que ninguém sai sem minha permissão — diz Jax. — Por enquanto, vamos deixar nosso trabalho com os Boars. As marcações de território podem continuar, mas nada mais. Aproveitaremos o tempo para surfar a onda da reação ao protesto e aos panfletos no centro da cidade. Impulsionar as redes sociais e ver como isso se desenrola.

— Você normalmente não é o tipo de cara que espera — diz Nianna, apertando o nó de sua bandana.

— E eu *nunca* sou o tipo de cara que comete estupidez — responde Jax com um olhar ofuscante. — Vamos dar um tempo. Isso é uma ordem.

19

A semana seguinte desvanece-se como o mar envolto pelo nevoeiro. Jax e eu conspiramos toda vez que Matthew manda mensagens, mas estas sempre consistem nas mesmas coisas: que ele sente muito, que ele teve de fazer o jogo dos Herons da mesma forma que estou jogando com os Stags. A última mensagem me faz dar um salto.

— Não estou fingindo — digo a Jax enquanto ele me entrega o telefone para responder. Jax decidiu que eu deveria continuar a responder para que nada pareça suspeito.

— Eu sei. — Ele toma um gole de sua cerveja escura. — Você ter me falado do telefone é suficiente.

Digito minha resposta:

Eu vi o que eu vi. Você mentiu para mim este tempo todo.

Não me sinto bem com Jax a par disto — minha desilusão amorosa me faz sentir como se eu estivesse vazia —, mas eu deixo a traição prevalecer. Matthew tem de estar fora da minha vida se eu quiser encontrar o assassino de Leo.

Entrego o telefone de volta para Jax e vou embora.

Os dias passam, e eu me mantenho concentrada. Paro de me perguntar se Matthew enviou mais uma mensagem, ou se Jax está se passando por mim para responder. Saio à noite para marcar território com os outros sempre que Jax dá permissão. Paro de ligar para casa. Faço ainda mais exercícios, usando o esforço para me manter centrada. Nianna até passou a deixar que eu me junte a ela para fazer ioga matinal, mas só depois de eu pedir três ou quatro vezes. Agora que tirei completamente minha atenção de Matthew, ficou mais fácil criar conexões com os Stags. Estou mais engajada, mais avançada em minhas tentativas de me entender com eles. Até agora, acho que está funcionando.

Quando o mês de fevereiro chega, já estou mais afiada no manuseio das armas e já memorizei mais ou menos todos os rostos nos fichários. Há uma semana não há nada além de chuva e temos nos mantido dentro de casa. Mako encontra um baralho de cartas em uma das caixas do andar de baixo. Ele, Kate e eu nos sentamos em um círculo no chão, nossos copos de vinho por perto. Depois de algumas rodadas de buraco, ofereço-me para ensinar-lhes um outro jogo chamado "Ah, inverno".

— Muitas regras — diz Mako rindo enquanto embaralho as cartas depois de uma rodada para praticar.

— Ficará mais fácil — respondo. — Uma ou duas rodadas e fará sentido.

— Por que se chama "Ah, inverno"? — pergunta Kate.

— Tecnicamente, o nome em inglês é "Oh, Hell", algo como "ah, inferno!". — Eu distribuo as cartas novamente. — Mas não podíamos falar a palavra "inferno" perto de meu irmão, então, adaptamos.

Kate sorri.

— Seu irmão mais novo jogava? Caramba. Amor, temos que melhorar.

— Leo era muito inteligente — digo. — Ele conseguia fazer quase toda sua lição de casa sozinho. Depois de eu pegar muito no pé dele para efetivamente fazê-la, é claro.

— Caramba, ele era um bom menino — diz Mako. — Eu odiava lição de casa.

Sinto que meu peito começa a apertar. Kate se desloca para se aproximar mais de Mako.

— Sinto muito que ele tenha morrido. A forma como morreu... não é justo — diz ela.

Nossos olhos se encontram e imagino se ela está pensando em sua mãe.

— Não, não é.

Nianna vem a passos largos da cozinha, um brilho de suor na testa.

— O treino foi bom? — pergunto.

— Foi — responde ela com a voz pesada.

— Que top bonito — diz Kate. — Essa cor fica bem em você.

Nianna olha para a roupa de ginástica verde. Kate está certa, a cor complementa seu tom de pele.

— Obrigada, amiga. Theresa mandou para mim.

— Ah, qual é a marca? — Kate levanta as sobrancelhas. — Tipo, roupas de ginástica da Prada?

— Não reconheci.

— Provavelmente, uma marca francesa chique.

— Conhecendo Theresa, provavelmente é mesmo. O que vocês estão jogando?

— Ah, inverno — respondo. — Quer jogar?

Ela opta por tomar banho em vez disso, e o resto de nós retoma o jogo.

— Droga. Quero ser Theresa — diz Kate, seus olhos iluminados. — Ela é, tipo, insanamente rica. *E linda.*

— Não tão linda quanto você — diz Mako, ganhando de Kate um sorriso e um selinho.

— Acho que ela não aparece há algum tempo — prossegue Kate. — Nianna já a encontrou algumas vezes, eu e Mako apenas uma vez. Estamos atrasados nesse sentido.

Atrasados. Assim como o terremoto devastador prometido por todo geologista na Califórnia, o qual nunca chega, mas guardo isso para mim mesma. A maneira como todos falam de Theresa me deixa nervosa, como se sua chegada fosse uma espécie de visita da realeza, mas também fico curiosa.

Nianna volta e senta-se com o resto de nós. Eu a incluo no jogo e passamos a tarde jogando cartas e gritando uns com os outros quando perdemos. Eu ganho as duas primeiras rodadas facilmente, mas Nianna me ofereceu algum desafio na terceira.

— Droga — diz Kate, desistindo. — Pensei que estava pegando o jeito da coisa.

— Demora um pouco — digo para tranquilizá-la, mas ela já está se levantando. — E é apenas um jogo.

— Tanto faz — é a resposta dela. — Provavelmente sou burra demais para entender.

— Ei — diz Mako, assim como eu. — Kate, isso não é verdade.

A porta de seu quarto bate e eu tento me distrair da sensação ruim em meu estômago, recolhendo as cartas de volta. Mako vai atrás dela e volta alguns minutos depois, parecendo abatido como um cachorro chutado.

— Ela está bem? — pergunto.

Ele respira fundo.

— Ela vai ficar. Foi só tirar uma soneca. — Ele encontra a cerveja que ela estava bebendo e termina de bebê-la em um gole.

— Sei que talvez não devesse dizer isso — digo em voz baixa. — Mas vocês já conversaram sobre ela consultar um terapeuta?

Mako balança a cabeça.

— Ela não quer ir.

— Acho que isso realmente poderia ajudá-la.

— Eu também — diz ele. — Eu falo nisso às vezes, mas ela diz que não está pronta.

Eu ponho o baralho de lado.

— Está bem. Avise se pudermos ajudar de alguma forma — ao meu lado, Nianna meneia a cabeça, concordando.

— Obrigado — responde ele. — Mas está tudo bem.

Nianna pega outra garrafa de vinho, e lentamente a conversa passa de sombria a normal.

— Essa é uma pergunta meio estranha — digo depois de uma ou duas taças —, mas como vocês me encontraram naquela noite em que fui recrutada? Tipo, vocês sabiam que eu estava indo para o aeroporto?

— Meu Deus — diz Nianna. — Nós vigiamos sua casa por horas. Sério, Val, quem fica em casa o dia todo no próprio aniversário? — Ela faz um gesto com a mão, sorrindo. — Enfim. Nós esperamos. Mako estava prestes a ligar para sua casa e ordenar que você saísse.

— Não, eu disse que era para a gente tocar a campainha e sair correndo — interrompe ele. — Eu queria passar um bilhete por debaixo da porta dizendo para você sair.

— Tanto faz — responde ela. — Quando você finalmente saiu, nós a seguimos. Jules, Cameron e Kurt ficaram para trás caso a gente perdesse seu rastro.

— Mas funcionou — diz Mako. — Nós conseguimos recrutar você no final das contas, não foi?

Ouvir a palavra "nós" é tão reconfortante. Faço parte disto agora.

Quando nós terminamos a noite, vou para o porão me sentindo muito bem — lentamente, mas com toda certeza, estou me encaixando. Jax tem de reconhecer isso.

Estou tão perto, Leo. Não tenho certeza do que ele pensaria de mim, do que pensaria sobre isso tudo. Mas espero que ele esteja me vendo lá de cima, orgulhoso.

Eu não estou mais estagnada. E nunca mais vou ficar estagnada de novo.

A chuva para. Nianna e eu vamos para Mission pendurar alguns cartazes e marcar as ruas com o emblema dos Stags, na medida do possível. Ainda fico um pouco nervosa quando estou sozinha com Nianna depois que ela gritou comigo sobre não ser uma Stag, mas ambas estamos tão desesperadas para sair da casa por um tempo que, quando Jax dá permissão a Nianna, ela não se opõe ao meu autoconvite. Nianna também convida Kate, mas ela não quer sair da cama.

— Estou preocupada com Kate — digo à Nianna enquanto trancamos a porta atrás de nós.

— Sim — responde ela. — Eu também. Ela oscila muito.

Pegamos o trem e saímos no cruzamento Sixteenth Street com a Mission. Um cartaz anunciando que a polícia de São Francisco está contratando foi riscado com tinta preta e vermelha, e bigodes e olhos esbugalhados foram desenhados sobre os rostos dos oficiais. O lema deles é: ORO EN PAZ, FIERRO EN GUERRA. *Ouro na paz, ferro na guerra.*

Nós subimos a Sixteenth e eu sinto o cheiro de queijo derretido e massa quente da *pupusería* à nossa frente. Minha boca está salivando.

— Você quer comer?

Nianna dá de ombros.

— Claro.

Pegamos uma mesa de frente para a rua. Eu peço três *pupusas* — duas de cogumelos e queijo e outra só de frango. Normalmente como apenas duas, mas estou com vontade de abusar um pouco e encher meu rosto com comida gordurosa.

— Acho que nunca comi aqui antes — diz Nianna.

Leo adorava este lugar, sinto vontade de dizer, mas o que sai é: "Eles reformaram desde a última vez que estive aqui."

A garçonete traz nossos pratos no momento em que estou amarrando o cabelo em um rabo de cavalo — o ar abafado está me fazendo suar. As *pupusas* brilham pela maravilhosa gordura.

Nianna dá uma mordida e arregala os olhos.

— Puta merda.

— Eu disse. É a melhor coisa.

O som dos carros levados por transportadoras soa enquanto comemos. De algum lugar distante, uma sirene toca. Termino a *pupusa* de frango e passo para as outras. Nianna reabastece ambas as nossas águas. Não é a primeira vez que admiro a tatuagem no pulso de Nianna. Uma flecha lhe cai bem: sempre olhando para frente, sempre procurando deixar sua marca.

— O que você acha que vai fazer depois da Guerra? — pergunto. — Qual o seu depois?

Ela se espalha na cadeira e pensa.

— Nunca houve um depois na minha cabeça. Nunca fui uma pessoa com muitas opções.

— Você as terá em breve.

— Eu poderia morar com Theresa, eu acho. Talvez viajar para o exterior.

— Para onde você iria?

— Irlanda. Estive pensando sobre isso. Meu pai era irlandês e acho que tenho alguns parentes distantes lá.

Há muito mais que quero perguntar a ela, mas não tenho oportunidade. Um caminhão de bombeiros passa na rua, com suas luzes girando. Nianna se vira, obsevando com olhos atentos, e ambos os nossos telefones zumbem ao mesmo tempo.

— Merda — diz ela.

Nós não pensamos, apenas nos movemos. Pego meu casaco e visto um braço, correndo para a porta. Nianna me encontra na rua.

— É o Jax — diz ela. — Os Herons acabaram de enviar uma mensagem por meio do IRIS. Mandaram a gente assistir aos fogos de artifício.

— Caralho.

Nós seguimos o caminhão.

Nianna e eu abrimos caminho na multidão crescente. Ela para na esquina e coloca a mão à minha frente como fez na noite em que Jax atirou em Michael Hennessy. Um bombeiro está gritando para que a multidão se afaste.

É uma casa. Uma linda construção vitoriana com guarnições brancas e rodeada de janelas largas. A fumaça sai das janelas e sobe para o céu em plumas grossas e pretas. A porta da frente foi arrombada. Do outro lado da rua, um socorrista coloca uma máscara sobre a boca de um garotinho. A mãe dele, com o rosto vermelho de tanto chorar, acaricia o cabelo do filho. Mais duas crianças se agarram às suas pernas, os brancos dos olhos brilham contra as bochechas cobertas de fuligem.

Coloco as mãos nos ouvidos. É tudo ruído. Ruído, luz e um cheiro que sei que irá se costurar em minha roupa mais precisamente do que o fio mais fino.

Observo os rostos pálidos na multidão, seus olhos refletem as chamas laranja brilhante. Algumas casas abaixo, uma equipe de jornalistas está preparando uma transmissão. O repórter tem um panfleto nas mãos, o logotipo dos Boars estampado sobre ele.

— Não entendo — digo. — O IRIS disse que foram os Herons. — Meu telefone Stag vibra e o de Nianna também. Nós lemos a mensagem de Jax juntas.

— São os Herons — diz ela. — Eles estão incriminando os Boars...

— ... queimando a casa de alguma família inocente? — completo, com minha voz assumindo um tom de pergunta no final da frase, enquanto observamos o carro dos bombeiros despejando água nas chamas.

Ouço o repórter do noticiário enquanto ele fala para a câmera.

— Estamos recebendo relatos de que este incidente pode estar associado à chamada Guerra da Ponte Vermelha que, como muitos aqui na cidade sabem, vem ficando cada vez mais popular entre a juventude da cidade nos últimos anos.

— Malditos sejam esses bandos — murmura uma mulher mais velha atrás de mim. Em suas mãos ela carrega sacolas de mantimentos. — Já basta, é o suficiente para me deixar enojada.

— É o suficiente para me fazer querer sair daqui — diz um cara musculoso ao lado dela. — Não quero que meus filhos cresçam no meio dessa merda. — Há um murmúrio de concordância ao redor.

Nianna me puxa pelo cotovelo.

— Vamos embora. Vamos sair daqui.

Concordando com a cabeça, eu me viro para segui-la, quando uma mão se prende no meu ombro como uma armadilha de aço.

— Você está metida nisso. — O cara musculoso me gira com brutalidade, empurrando meu ombro com tanta força que esbarro em Nianna, que esbarra em alguém mais. — Você tem uma das tatuagens deles.

Merda. Prendi meu cabelo no restaurante.

É como se alguém sussurrasse ódio nos ouvidos da multidão, e cada pessoa ali é um ouvinte disposto. Eu tento me livrar, mas alguém puxa meu capuz para trás, alavancando o zíper na parte da frente do casaco direto contra meu pescoço. Trocando olhares com Nianna, imploro silenciosamente que ela vá, para se proteger.

— Não tivemos nada a ver com isso — diz ela, seus olhos em chamas — e não queremos causar problemas.

— Se vocês não quisessem problemas, não deveriam ter se juntado às gangues — grita um jovem hispânico. Ao lado dele, a namorada parece estar envergonhada e assustada.

— Vamos. — Nianna agarra minha mão enquanto passa pelo cara hispânico. Damos poucos passos antes que outros comecem a gritar. Uma voz estridente começa a chamar pela polícia. Nós duas tentamos nos mover com mais rapidez.

Mãos agarram meus braços, meu moletom, meu cabelo. Ao meu lado, Nianna dá um soco em um cara e está cuspindo fogo por ele ter arrancado sua bandana da cabeça.

Não vamos conseguir sair. *Não, Valerie,* eu digo a mim mesma. *Vocês PRECISAM conseguir.*

Localizo uma passagem livre. Vou na frente, Nianna bem atrás de mim, e voltamos para a estação do BART. Algo pesado colide contra meu crânio e minha visão falha enquanto caio no chão, fazendo com que um grupo de adolescentes salte e grite pelo susto. Quando Nianna me puxa para cima, toco a cabeça e vejo minha mão ensanguentada.

— Merda — diz Nianna, vendo minha mão suja de vermelho. Deixo que ela me conduza, verificando para ter certeza de que ninguém está nos seguindo. A adrenalina corre faiscante por meu sangue quando conseguimos dobrar uma esquina. Nós nos escondemos em uma loja de presentes, atrás da vitrine.

— Você está bem? — pergunto. Minha mão treme enquanto a ponho na cabeça.

— Tudo bem. — Ela percebe que estou segurando minha cabeça. — Você... ah, merda. — Nianna transpira ofegante e me entrega sua bandana. — Aqui.

— Estou bem.

— Ah, cale a boca e deixe alguém cuidar de você por uma vez. — Ela trabalha o tecido ao redor do meu cabelo e amarra o nó. A loção na pele dela faz suas mãos cheirarem a flores de cerejeira. — Vamos sair daqui.

Pegamos o longo caminho de volta para casa.

20

Quando voltamos a Holloway, Nianna abre a porta da frente e nos deparamos com uma cena de gritaria.

— Pelo amor de Deus, Jax, ouça! — grita Micah. — Isso é o que queremos. Deveríamos estar ajudando.

Jax e Micah estão em lados opostos da cozinha, ambos mal dando importância à nossa entrada. Há um pedaço de papel em cima da mesa rasgado ao meio, a parte de baixo dele encharcada pelo conteúdo de um copo de água derramado.

— O que está acontecendo? — pergunta Nianna.

— Isso. — Micah aponta para o papel. À medida que me aproximo, meu estômago estremece: é a carta que John Kilmer enviou a meus pais.

— Onde você encontrou isso? — pergunto.

— Estava em nosso quarto, debaixo de todas as tralhas do Jax — responde Micah. Ele parece magoado, mas mais confuso do que qualquer outra coisa. Ele olha para Jax novamente. — A TREGUA pode dar à cidade o que nós sempre quisemos dar. Só que eles têm dinheiro e equipes reais trabalhando nisso. Não acredito que você não me falou sobre isso. Não posso acreditar que você não consegue entender o que estou dizendo.

— Se a Guerra vai acabar, ela vai acabar do *meu jeito* — diz Jax.

— Você não pode deixar seu orgulho de lado por, tipo, um segundo? Vamos ao menos assistir à coletiva de imprensa amanhã. Para ver do que se trata.

— CHEGA! — grita Jax, dando um soco na geladeira, derrubando as caixas e as garrafas armazenadas na parte superior. Eu grito quando o vidro colide com o chão de madeira e explode, espalhando estilhaços até os meus sapatos. Eu cambaleio e Nianna segura em meu cotovelo para me estabilizar.

— Essa TREGUA é uma porra de um truque — assevera Jax. Não haverá retorno se as pessoas comprarem essa história. No fim do dia, os Herons cheios de dinheiro é que ganham. Ganharão a Guerra inteira. Não. Foda-se a TREGUA, e foda-se você também por ficar animado com essa ideia ridícula. Vamos acabar com a Guerra da maneira *que eu planejei*, com os Herons colocando o rabo no meio das malditas pernas, a polícia admitindo tudo o que ela fez de errado, e eu por cima mostrando a todos que fiz o que eles fracassaram em fazer: trazer justiça para a cidade e para Brianna. Não me diga que você a esqueceu, porque eu não a esqueci.

— Eu não esqueci o que aconteceu com Bri — dispara Micah em retorno. — Mas os Stags não trarão paz, não desse jeito. Estamos apenas contribuindo para o caos.

— Não é caos, é reação. O que é melhor do que o nada que estava acontecendo antes de nos alinharmos com os Boars — responde Jax. — Os Young Herons nos ignoravam antes. Eles lidavam com os Boars, mas também ignoravam a maioria deles. Não havia uma ameaça. *Eu* trouxe a ameaça. *Eu* fiz isso. Então, cale-se e lembre-se de quem está no comando aqui.

Jax dirige-se para seu quarto, sombrio e inflamado como nuvens de tempestade. Quando a porta se fecha atrás dele, eu olho para Micah. Ele está com as mãos sobre os olhos, o corpo inclinado contra a bancada como se não tivesse forças para se manter de pé.

— Você está bem? — pergunto.

Ele não diz nada. Apenas acena afirmativamente com a cabeça, embora eu saiba que ele está mentindo.

Quando todos ficam quietos, ouço alguém chorar. Kate?

— Vou limpar isso — diz Nianna. Depois, ela indica minha cabeça. — E você, vá lavar esse corte.

Concordo com a cabeça, passando sobre o vidro sem pisá-lo o melhor que posso. Minha cabeça continua a palpitar, mas, em vez de ir ao banheiro, vou em direção ao quarto de Kate e Mako. Bato à porta.

— Kate? Você está bem?

Há uma pausa.

— Entre.

Ela está encolhida na cama, as mangas do seu moletom cinza salpicadas de lágrimas. Mako está na cama com ela, com um braço em volta de seus ombros.

— Oi, Val — diz ela. Ela aponta genericamente para a direção da cozinha. — Meus pais... gritavam um com o outro assim. É como um *déjà vu* para mim.

— Merda — sussurro. — Posso ajudar em alguma coisa?

— Acho que tenho tudo sob...

— Espere, você está sangrando? — diz Mako antes que Kate tenha chance de responder.

— Tivemos uns probleminhas na Mission.

— Boars ou Herons? — pergunta ele.

— Hum, na verdade, nenhum dos dois. Cidadãos zangados.

Mako suspira e aperta o abraço em volta de Kate. Ela o afugenta.

— Estou bem, Val. Obrigada por vir perguntar.

Seu tom é duro, e quando encontro os olhos de Mako, ele me sinaliza quase imperceptivelmente.

— Já volto — diz ele para Kate.

Fechando a porta, Mako inclina seu queixo na direção da sala de estar.

— Eu só consegui ouvir pela metade — diz ele. — Mas era algo sobre os Young Herons terem uma saída para a Guerra?

— Mais ou menos — digo. — Jax não confia que é para valer.

— Qual é a estratégia? — pergunta Mako.

Tento lembrar os detalhes da carta.

— Hum, programas de tratamento, serviços de saúde mental, sentenças reduzidas. Coisas assim.

O pomo-de-adão de Mako sobe e desce enquanto ele engole em seco.

— Para qualquer um?

— Está ansioso, hein, garotão?

Jax contorna o canto do corredor, com os olhos faiscantes e uma cerveja na mão. Ele deve ter ido até a cozinha para pegá-la sem que percebêssemos, e temo pelo que vem a seguir.

— Você quer sair da gangue? — pergunta ele.

— Eu não disse isso — responde Mako.

— Mas estava perto de dizer.

— Não vamos fazer isso aqui — diz Mako, passando por mim até encontrar Jax mais perto da cozinha. *Longe de Kate.* Finalmente, ele levanta a cabeça para encontrar os olhos de Jax. Mako é mais alto pelo menos uns cinco centímetros, mas, neste momento, ele parece um menino se erguendo para tentar provar que é um homem. Um soldado diante de um general.

— Diga que você quer sair — diz Jax. — Olhe nos meus olhos e me diga que você quer sair. E eu o mandarei diretamente para o chefe Kilmer.

O peito de Mako sobe e desce com respirações pesadas e, sem aviso, Jax dá um soco em sua mandíbula. Minhas mãos voam para a boca com um grito.

— Filho da puta desleal — diz Jax. — Diga que você quer sair. Seja homem, caralho, e diga!

O sangue escorre do lábio de Mako. Ele murmura alguma coisa.

— O quê?

— Eu não quero sair.

— Mais alto.

— Eu. Não. Quero. Sair.

— Ótimo. — Nosso líder então gira e gesticula ao redor da sala. — E quanto a vocês? Nianna? Valentine?

Fico paralisada.

— Ninguém sai da Guerra.

— Ninguém sai da porra da Guerra. — Ele entra em seu quarto batendo a porta atrás dele. Espero que fique lá de vez.

Mako caminha até a pia e cospe sangue. Ele deixa a água correr, enxaguando-a.

— Eu não posso sair — sussurra Mako —, mas ela poderia.

Nianna, ainda recolhendo o vidro em uma pá de lixo, não diz nada.

Pisando cautelosamente em torno dela, coloco uma mão no ombro de Mako.

— Ei... — digo.

— Estou bem — diz ele. Ele me dá um sorriso falso. — Vá lavar esse corte. Está começando a ficar feio.

Eu suspiro. Simplesmente não quero deixá-lo, mas ele tem razão sobre o corte.

Exausta, tomo banho e lavo com muito cuidado o sangue seco do meu cabelo, do couro cabeludo e das costas. Passo meus dedos sobre as cristas do corte antes de secá-las com uma toalha. Minha cabeça está leve pelo sangue perdido, então pego cuidadosamente minhas roupas de volta e abro a porta. Micah está ali parado, esperando por mim. Ele tem na mão a carta rasgada do Kilmer.

— Por que você não me falou sobre isso? — pergunta ele, dando-me o papel.

— Eu disse a Jax — respondo defensivamente. — Pensei que se fosse importante ele diria aos demais.

— Jax nunca vai admitir o quão grande isso é. Como isso pode acabar de vez com toda essa bagunça.

— Micah — sussurro. — Se você quer tanto ir embora, por que não vai? Você está aqui há, o que, quatro anos? Três? Não importa. Se você falasse com ele...

— Aconteceria mais drama tipo esse — responde ele, apontando para a cozinha. — Você sabe disso.

Meus ombros caem.

— Sim. Mas ainda assim, tem de haver um jeito.

— Olhe, você não conhece Jax como eu — diz ele. — Quando ele enfia uma coisa na cabeça, nada tira. Acredite, tenho certeza de que ele está agora mesmo a meio caminho de pensar em um plano para desmantelar a TREGUA.

Eu me inclino de volta para a parede. *Matthew.* Tudo pelo que ele trabalhou. Certamente Jax não poderia simplesmente *desfazer* isso, certo? Mas, não esqueçamos, é de Jax que estamos falando. O cara poderia apagar o sol com seu ego, mas sei que há um gênio inquieto em seus olhos. Uma determinação infinita para fazer com que as coisas aconteçam exatamente como ele quer.

— A coletiva de imprensa é amanhã — digo. —Talvez se Jax ouvir mais sobre a iniciativa, ele mude de ideia.

Micah balança a cabeça com pesar.

— Sei.

No dia seguinte, os Stags se reúnem ao redor da TV.

Na tela, o chefe da polícia, John Kilmer, faz um gesto para a imprensa para que se aquietem. Dezenas de pessoas estão reunidas — repórteres, policiais e homens de negócios já verificando seus relógios. Em algum lugar dessa multidão está Micah. Antes de ele sair, perguntei se queria que alguém fosse com ele.

— Jax só disse que eu poderia ir para que ele não tivesse que me ver pela casa — respondeu Micah amargamente. — De jeito nenhum ele te deixaria ir.

— Você está certo — respondi, e falei sério, mas isso não significa que eu não esteja um pouco nervosa com o fato de Micah estar lá sozinho. Olhando para Jax, tento ler suas emoções, mas ele está concentrado na TV.

Na tela, a coletiva de imprensa se inicia.

— Estamos orgulhosos de anunciar esta iniciativa conjunta entre o Departamento de Polícia de São Francisco, a cidade de São Francisco e a Weston Corporation — diz Kilmer. — A Iniciativa TREGUA tornará a cidade mais segura ao oferecer programas de anistia e reabilitação aos membros de gangues de todos os grupos. Somos transparentes em nosso objetivo. Queremos a paz.

As linhas ao redor de seus olhos pioraram. Seus cabelos, antes salpicados de branco, estão totalmente grisalhos. Sua barba tem menos aspecto policial e mais de pirata cansado. Sinto um pouco de satisfação em vê-lo assim. Ele está desgastado. Mais velho.

Fico pensando o quanto minha vida seria diferente se não fosse pelo todo-poderoso John Kilmer. E se ele não tivesse se afastado da investigação de Leo tão rapidamente? O caso foi descartado sumariamente: apenas mais uma vítima da Guerra.

Kilmer limpa a garganta e continua.

— Os membros de gangue só precisam se entregar em uma delegacia de polícia e se inscreverem. As prisões serão formalizadas, com sentenças dadas proporcionalmente aos crimes cometidos. Todos aqueles que participarem poderão entrar em centros de tratamento de vícios e em unidades de saúde mental para tratar casos de transtorno de estresse pós-traumático. Entendemos que aqueles nos círculos mais profundos deste derramamento de sangue não vão se apresentar. E não temos a intenção de deixar nenhuma violência impune. A Weston Corporation e sua afiliada, a

Olympus Enterprises, têm sido generosas cedendo tempo, dinheiro e tecnologia. Este esforço cooperativo levou a múltiplas pistas sobre diversos membros de gangues em atividade.

A câmera se afasta novamente. A faixa na parte inferior da tela dá os destaques da fala de Kilmer. A emissora promete cobertura total no noticiário das cinco horas da tarde.

— Neste momento, gostaria de convidar o sr. Tomas Olvera para subir ao palco — diz Kilmer.

Jax e Nianna soltam ar através dos dentes ao mesmo tempo. Estudei os fichários o suficiente para saber o porquê dessa reação.

Um cara musculoso com cabelos pretos bem aparados surge para ficar ao lado de Kilmer. Uma tatuagem de javali é claramente visível em seu crânio. Tomas entrou há seis meses, talvez sete. Ele está diferente da foto que vi.

— Como muitos dos jovens adultos de nossa cidade, Tomas se juntou aos Boars — diz o chefe Kilmer. — Mas agora, ele não é mais um membro das gangues. Como o primeiro iniciado do programa TREGUA, Tomas responderá pelos crimes que cometeu em um ambiente seguro e focado na reabilitação e no serviço público.

Jax ri e Mako esboça um sorriso, mas seus olhos cintilam de curiosidade. Eu olho para Kate. Ela está desembaraçando um nó no cabelo.

A cobertura termina. Os repórteres gritam perguntas, as quais Kilmer responde. O interesse dos Stags diminui. Nianna passa pelos canais e cai em uma competição culinária. Assisto enquanto três concorrentes tentam fazer uma sobremesa com sorvete sabor chiclete, leite com achocolatado e brotos de feijão, mas a distração não é suficiente.

Matthew conseguiu alguém. Ele está tão confiante de que a TREGUA vai funcionar que deixou o nome da família ser associado a ele. *Isso tem de contar para alguma coisa.* Micah chega em casa. Ele e Jax conversam um pouco no quarto, depois Jax reaparece.

— Nianna, vá buscar Mako — diz Jax. — Vamos nos encontrar com Ty e alguns dos Boars seniores.

Nianna larga o controle remoto no sofá e agarra seu casaco. Mako junta-se a eles no corredor, um capuz preto sobre o cabelo liso. Pelo que posso ver, nenhum deles saiu armado, e eu cruzo os dedos mentalmente para que os Boars sejam tão confiáveis quanto Jax pensa.

Micah aparece no corredor alguns minutos depois.

— Você não quis ir? — pergunto.

Ele dá de ombros.

— Jax não me chamou.

— Ah. — Eu mudo o rumo da conversa. — Você viu algum dos Boars ou dos Herons lá? Na prefeitura? — pergunto.

— Não — diz Micah. — Só a imprensa.

Os olhos de meu amigo estão vazios e isso faz meu peito doer.

— Olha — recomeço. — Sinto muito por não lhe ter contado sobre a TREGUA. Não passou pela cabeça.

— Sem problemas.

— Tudo bem entre a gente, então?

— Sim. — Ele me dá um sorriso rápido como se isso encerrasse o assunto. — Estamos bem.

— Tudo bem. — Inclino minha cabeça para a porta. — Sinto muito que Jax ainda esteja sendo um babaca com você.

— Vamos dar espaço um ao outro — diz ele. — Ele vai deixar para lá eventualmente. Mas eu já pedi desculpas. O resto é com ele, como sempre.

Mais tarde, tento falar com Kate quando ela sai do banheiro. Uma toalha rosa choque está enrolada ao redor de seus membros pálidos.

— Podemos conversar? — sussurro. — Daqui a pouco. Quando você puder.

— Ah, eu não ligo. Pode ser agora. — Ela sinaliza para que eu entre no quarto.

O piso está coberto com roupas e pratos usados. A cama não está feita, mas eu estico o edredom estampado com flores de cerejeira antes de me sentar. Arrumação não é exatamente o forte de Kate ou Mako. Ela cantarola para si mesma enquanto veste o sutiã e a calcinha — um conjunto lilás. Kate deixa a toalha cair completamente e assim meu cérebro se concentra em outra coisa além do espaço bagunçado.

Cicatrizes retas vão de sua coxa até o quadril. Se eu mesma não as tivesse, provavelmente ficaria chocada. Somos mais parecidas do que eu poderia supor.

— Então, o que foi? — pergunta ela, pegando um blusão.

— Eu estava pensando na TREGUA. — Observo seu rosto em busca de qualquer pista sobre o que ela está pensando. — Acho que parece uma ideia muito boa. O que você acha?

Seu rosto se encobre de nuvens instintivas de resistência.

— Val, não seja burra. Ninguém sai antes de cumprir seu tempo.

— Acho que agora vai ser diferente. Os Westons têm tanto dinheiro, Kate. Tanto dinheiro que chega a ser estúpido. Eu cresci com isso. Bem, não com isso. Mas vendo isso.

Ela separa uma calça preta e veste.

— E daí?

— E daí que sei que o plano que eles têm é real. Sem palhaçada. — Respiro fundo. — Acho que você deveria tentar.

Kate enrola os cabelos, criando ondas sedosas.

— Isso não vai acontecer.

— E quanto a Mako? Sei que ele quer você fora.

— Eu não teria nada para o que voltar — diz ela. — Meu pai é um cretino, minha irmã está no Arizona e não fala comigo. Minha mãe está morta. De qualquer forma, estou quase terminando o ano. Uma vez fora, estou a salvo, realmente a salvo. Theresa tem conexões para gerações e gerações. Não é por isso que você se juntou a nós?

— Não — respondo. — Me juntei a vocês pelo meu irmão. Jax sabe qual Boar o matou naquele fogo cruzado.

Kate fica muito quieta, com as duas mãos congeladas em ambos os lados da cabeça.

— Val... você sabe que Leo não foi apenas pego em um fogo cruzado, certo?

— O quê? — Meus batimentos cardíacos parecem trovões.

— Os Boars o pegaram para se vingarem dos Herons, que haviam espancado uma recruta deles. Ela ficou em coma durante, tipo, sete meses antes de morrer.

Puta merda.

— Mas Leo era uma criança. E nós não somos uma família Heron.

— Tem certeza que não? — Ela põe as mãos em seus quadris. — Matthew Weston era protegido demais para ser um alvo. Mas os Boars viram como ele e Leo eram próximos. Eles pensaram: "*Ei, como podemos acertar os Herons bem onde dói?*"

— Kate, o que você está dizendo?

— Matthew Weston estava na fila para liderar os Herons, assim como os irmãos dele haviam feito, não é mesmo? Os Boars queriam mantê-lo fora. Os Boars atiraram em seu irmão porque Matthew Weston o amava. É culpa *dele* o Leo estar morto.

— Como você sabe disso?

Ela suspira, mas não o suficiente para fazer com que sua raiva evapore.

— Jax ficou bêbado um dia desses e contou a Mako. Basta perguntar a ele. — Ela passa por mim e vai para o corredor, fechando a porta atrás dela.

Eu não saberia dizer quanto tempo passou. O ar fica frio. As portas abrem e fecham no corredor, mas ninguém vem atrás de mim. Sou desimportante. Desnecessária.

Movendo a carcaça do que parecem ser ossos de um fantasma, vou ao banheiro e tomo um banho que dura uma hora. Talvez duas. Não estou com minha faca aqui no banheiro, mas arranho minhas cicatrizes até a pele romper. Mas, dessa vez, isso não ajuda. Não afasta todas as outras coisas de minha mente.

Fico lá mesmo quando Mako bate à porta e, mais tarde, ele a arromba. Não fecho a água enquanto ele grita, enquanto ele bate na cortina fechada do chuveiro.

Em algum lugar em meio às nuvens de vapor, ouço Kate dizer a Mako que agora eu sei, e para me deixar em paz por mais algum tempo.

Quando finalmente reúno coragem para deixar a segurança do chuveiro, eu me visto, enxugo meus cabelos e vou direto para o quarto de Jax. Bato três vezes.

— Jax? Preciso falar com você.

Ele vem até a porta. Ele procura pistas em meu rosto e depois se afasta.

— O que está acontecendo?

— Quero ligar para Matthew Weston — digo. — Preciso ligar. Kate... Kate acabou de me dizer que meu irmão morreu por causa dele e eu preciso saber se é verdade.

Depois de um instante, Jax balança a cabeça.

— Vamos lá embaixo, para que ninguém ouça.

Ele pega o telefone clandestino e vamos para o meu quarto. Fico com os olhos fixos à minha frente, evitando o rosto de Kate. *Vá se foder*, penso, e depois me sinto mal. Fico feliz de saber a verdade agora, mas ela não precisava contar tudo de uma maneira tão cruel.

Quando fico pronta, Jax me dá o telefone.

— Vou colocar no viva-voz — proponho, com os dedos já vasculhando o telefone para chegar ao ajuste correto.

— Não precisa — diz Jax. Ergo a cabeça instantaneamente. Ele acena com a cabeça, os cantos da boca repuxando em um sorriso divertido diante da minha reação. — Confio em você.

Meu coração bate forte e eu me forço a parar de olhar para o rosto estupidamente bonito de Jax. Tenho coisas mais importantes com que me preocupar.

Eu ligo. Toca uma vez, depois duas. *Será que Matt vai atender mesmo depois do que aconteceu no Sunset? Por favor, por favor aten...*

— Alô? — diz Matthew.

Não sinto o chão debaixo dos pés, e parece que não consigo respirar, quanto mais falar.

— Val?

— Preciso te perguntar uma coisa — gaguejo.

Leo. Meu Leo, meu doce irmãozinho. Eu relembro a última vez que o vi. Mesa da cozinha, mamãe servindo-lhe cereais. Camisa listrada azul. Sapatos verde neon com cadarços que eu amarrei.

— O que é? — pergunta Matthew, e eu volto para a realidade.

— Você por acaso... — digo. Jax estica a mão e toca meus dedos. Eu aceito e deslizo meus dedos nos dele. — Você sabia que os Boars mataram Leo por sua causa?

— O quê?

— Eles foram atrás de Leo porque você era próximo dele — gaguejo mais, agora com lágrimas caindo livremente. — Eles estavam tentando assustar você ou algo assim.

— Eu não sei do que você está falando — diz ele. — Quem disse isso? Tem certeza de que estão dizendo a verdade?

— Não tenho motivos para duvidar — respondo. — Matthew, pelo amor de... você sabia?

Ele suspira e meu coração ameaça explodir do meu peito até que...

— Sabia. Eles me contaram quando entrei.

— E mesmo assim você não me contou! — grito, cobrindo o rosto com minhas mãos. — Vá se foder, Matthew. Não tenho mais nada para te dizer, nunca.

Eu desligo.

— Quero ficar sozinha — digo a Jax.

Ele pega minha mão e a aperta.

— Fique aqui embaixo. Ninguém vai te incomodar.

Ele sobe as escadas, deixando-me sozinha. Eu choro e choro até não ter mais lágrimas antes de me desvanecer em um sono desconfortável.

Não sei o que Jax disse aos outros, mas quando subo para o patamar de cima no dia seguinte, eles são excessivamente gentis. Mako e Kate preparam o café da manhã, insistindo que eu não levante nem sequer um dedo.

Mako coloca as panquecas entre um jarro de suco de laranja e uma tigela de salada de frutas: maçãs, bananas e framboesas. Uma faísca de nostalgia se acende em meu peito.

Tirando do armário um punhado de gotas de chocolate do saco grande que nós mantemos, cato no meio da salada de frutas apenas as framboesas. Começo a comer as gotas de chocolate e as framboesas ao mesmo tempo.

Matthew. Essa é sua sobremesa favorita. Framboesas e gotas de chocolate. É uma das muitas coisas pelas quais eu o amava — simplicidade. Ele não queria o *crème brûlée* de sua mãe, nem o "bolo princesa" da Suécia, ou suas pêras com canela flambadas no vinho branco. Não. Ele queria framboesas e chocolate.

Eu esmago as pequenas frutas no meu prato, mas não como.

Enquanto estamos na cozinha, Nianna aparece, arrancada do quarto pelo cheiro de manteiga e açúcar. Até mesmo

Jaws faz uma aparição dentro da casa. Ele não come, apenas se inclina contra o balcão, bebendo uma garrafa de água.

Estou despejando uma piscina de xarope sobre minhas panquecas quando Jax adentra o ambiente.

— Bom dia, amorzinhos.

— Bom dia — respondo. Jax pega uma panqueca minha, dobra-a ao meio e depois dá uma mordida.

— Essa é a maneira mais estranha de comer uma panqueca — diz Nianna, e mesmo com as notícias de ontem à noite me pesando, não posso deixar de sorrir. Enquanto pego uma garfada para comer, ela aponta para mim.

— Veja, Val é civilizada.

— Estou apenas vivendo no futuro — diz Jax defensivamente. — Em breve todos vocês estarão comendo panquecas assim. — Ele limpa as mãos e aponta seu queixo para mim. — Já está terminando aí?

— Aham.

— Ótimo. Quero levá-la a um lugar. Só você e eu.

— Ah. Está bem. Me dê vinte minutos.

Jax acena com a cabeça.

— Combinado. Temos um encontro marcado.

— Aonde vamos?

— Você vai ver.

Eu termino de comer, depois visto um jeans, uma blusa arrumada e um casaco preto por cima. Gostaria que Jax não tivesse dito que era um encontro, porque agora estou em dúvida sobre tudo. Devo me maquiar? Vou me maquiar. Passo um pouco de base e faço um delineado. Uma excitação crescente se acumula em meu peito e quase arranco o olho com o pincel do rímel. Não consigo me concentrar.

Jax quer ficar sozinho comigo. Isso só pode significar que ele está pronto para me dizer quem matou Leo, não é? Toda essa história valerá a pena.

Minutos depois, estou entrando no carro com Jax. Um brilho de atrevimento cintila em seus olhos enquanto ele vira para a autoestrada. Ele pega uma subida muito rapidamente e eu afivelo meu cinto de segurança.

— Então, você vai me dizer aonde estamos indo? — pergunto.

— Estamos indo prestar nossas homenagens.

— Para quem?

— Os Stags que vieram antes de você.

Noto que ele diz *você* e não *nós*. Jax é o começo e o fim.

Seguimos em direção a Presidio, ao norte da cidade, da mesma forma que eu e Micah fizemos há algumas semanas. Desta vez, o mar não faz nada para acalmar meus nervos. Ao passarmos pelas casas polidas do distrito de Marina, a Golden Gate aparece à frente. É realmente uma bela ponte. As pessoas que vêm de outros lugares ao redor do mundo para ver seus cabos elegantes, as vigas robustas e as curvas graciosas não ficam desapontadas.

Jax tamborila os dedos enquanto esperamos por uma vaga para estacionar. A cada minuto que passa, espero que ele perca a paciência e comece a gritar para os outros carros, mas ele apenas espera. Ele até cantarola para si mesmo.

Nós conseguimos estacionar. Jax puxa o capuz do seu moletom ao sair. Desvio de um grupo de turistas, incitando o olhar de um homem que passa correndo e cujo caminho eu inadvertidamente cruzei.

As nuvens se erguem sobre o verde esparramado de Crissy Field. À esquerda, há um prédio de paredes brancas chamado Warming Hut, com uma loja de presentes e uma lanchonete. Minha boca enche de saliva com o cheiro de cachorros-quentes embrulhados em bacon vindo de um quiosque próximo.

A Golden Gate cruza a água em direção a Marin Headlands — um toque de vermelho no vasto azul. Os turistas se deslocam em grupos, fotografando e ajustando suas câmeras. Jax para e se oferece para tirar uma foto de um casal indiano. Os dois lhe agradecem, e ele sorri ao ver meu olhar confuso.

— O que foi? Também posso ser simpático.

— Nunca disse que não podia. — Nós dois sorrimos.

Jax me direciona para a areia cheia de pequenas pedras, enquanto a espuma branca rendilhada avança e recua, avança e recua.

— Por que estamos aqui? — pergunto.

Seus ombros relaxam enquanto ele se senta na areia.

— Precisava ficar longe da casa por um tempo. — Ele pega um cigarro, acende-o e dá uma tragada. — Costumo vir aqui para lembrar dos Stags que morreram.

— Ah.

Sem saber ao certo o que fazer, sento-me ao seu lado. Mako disse que Jax cuida de seus protegidos. Aposto que ele pensava que podia proteger essas pessoas que morreram, também. *Conheço esse sentimento.*

— Quantos já morreram?

— Você realmente quer saber?

Hesito.

— Sim.

— Dois. Um foi atropelado em South of Market e o motorista fugiu. O outro foi pego em Tenderloin enquanto acendia um cigarro. Um covarde desgraçado espancou ele em um beco. Ele morreu no hospital. Os Boars ficaram com os créditos de ambas as mortes.

Crédito.

— Jesus.

— Ele não estava lá.

Demoro um segundo para entender.

— Este não parece ser o momento para piada.

— Eu escolho meus momentos. — Ele pisca o olho. — Além disso, o Will, o que foi atropelado, era um palhaço. Ele teria rido.

Ele abaixa o capuz e passa a mão nos longos cabelos para empurrá-los para trás. Enquanto ele inclina seu rosto em direção ao céu, meus olhos correm ao longo de sua mandíbula quadrada e da linha esticada em seu pescoço. Mesmo com humores imprevisíveis, não duvido que as ações de Jax sejam sempre totalmente planejadas. Um caos proposital. Talvez seja por isso que as pessoas são tão atraídas por ele.

— E Brianna? Nianna me contou. — Observo seu semblante. — Por que você não a procurou? Ou não a trouxe de volta para os Stags, ou enviou dinheiro a ela ou algo assim?

— Essa história não pertence à Nianna, não é o lugar dela sair falando disso por aí.

— Não temos de falar sobre isso. Desculpe, eu não deveria ter tocado no assunto — digo apressadamente. *Ele está de bom humor, não vamos estragar isso, Val.* — Por que você vem aqui para prestar homenagem? Você poderia escolher qualquer lugar, como os lugares onde eles morreram.

Jax indica a ponte.

— A Guerra poderia ter sido chamada de qualquer coisa. Algum repórter inventou Guerra da Ponte Vermelha, e o nome pegou.

Eu faço que sim com a cabeça. Foi, inclusive, um repórter de Seattle, se minha pesquisa estiver correta. Como qualquer bom nativo, fico contrariada por não usarem o nome correto da cor. Golden. *Dourada.*

Como se estivesse lendo meus pensamentos, Jax diz:

— É claro, todos sabemos que não é vermelha. A cor é chamada de laranja internacional.

Minha garganta se fecha como uma porta batida.

— Mas você provavelmente sabia disso.

De alguma forma, respondo que sim, que eu sabia. O vento me morde de novo, e meu lábio treme. Jax me pergunta se tem algo errado, e eu balanço a cabeça. Acho que digo o nome do meu irmão.

Imediatamente, Jax coloca seus braços ao meu redor. Odeio esse gesto, pelo menos nesse momento. Eu deveria ser melhor do que isso, mais forte do que isso.

Odeio que Jax beije minha cabeça e sussurre em meu ouvido que está tudo bem. Odeio ter de me acalmar agora com minha cabeça no peito dele. Odeio o fato de gostar de ouvir as batidas do seu coração. Posso sentir seu sangue pulsando, pulsando, pulsando.

Jax escolhe seus momentos, suas ações. Portanto, eu escolho os meus. Eu o empurro para trás o suficiente para poder olhá-lo nos olhos.

— Você disse que me ajudaria — digo. — Então, me ajude.

— Com o quê?

— Vingança contra os Boars. — Sinto um arrepio e olho para o céu, para a ponte, depois volto para o rosto de Jax. — Estudei as pastas, os documentos. Pratico tiro a porra do tempo todo. Eu te entreguei o telefone clandestino. Então por que você não me diz logo quem é a pessoa? — Ele franze a testa e se afasta, e sou capaz de perceber que cometi um erro. Eu não deveria tê-lo questionado. — Sinto muito — digo rapidamente. — Mas, *por favor*. Já se passaram meses e tudo o que eu faço é ficar na casa, sentada. Sei que você queria que eu fosse discreta por causa do lance do *doxxing*, mas tem de haver algo que eu possa fazer para ganhar sua confiança. E o que quer que seja, eu farei. Por favor.

Minha voz falha na palavra final. Sem pensar, estendo a mão e enrolo meus dedos no tecido da camisa de Jax, posicionando-me muito mais para perto. O que existe entre nós — ou o que eu penso que está ali — é importante para ele. Não é possível que não seja.

— Sabe o que eu gosto em você, Valentine? — pergunta ele.

— O quê?

— Você é determinada para caralho. — Ele sorri. — Assim que você me deu o telefone, eu soube. Mas não podemos ir atrás do culpado até que este acordo com os Boars termine. Há muita coisa em jogo aqui. Eu tenho um plano, e sei onde encontrar o cara quando estivermos prontos. Sinto muito, Valerie.

É a forma como ele diz meu nome. É isso que me faz perceber. Uma compreensão avassaladora vem à minha mente, como se alguém tivesse destrancado uma porta que eu não sabia que existia. Para ele, não sou apenas uma Stag. Sou a garota que ele marcou para se juntar aos Stags anos atrás. Sou a garota que ele abraça por trás. A garota que ele se dá ao trabalho de verificar se está bem depois que ela vai para a cama. Não é coincidência. Jax, apesar de toda a lábia, tem uma fraqueza, e sou eu.

Jax gosta de mim. E eu gosto dele. *Então, o que estou esperando?*

Eu puxo Jax mais perto novamente e beijo sua boca.

Ele responde instantaneamente, com braços que me envolvem em um abraço feroz. Conheço Jax suficientemente bem para saber que suas emoções são como furacões, e este furacão é para mim. Sua mão vai para minha nuca, fazendo todos os pelos se arrepiarem, enquanto ele mantém meus lábios sobre os dele. Eu me entrego, beijando-o de volta.

Quando nos separamos, Jax dá um beijo suave na delicada pele do meu pescoço. Mais arrepios correm pela minha espinha, da melhor maneira possível.

— Há muito tempo eu queria fazer isso — diz ele.

— Eu também — digo sorrindo. — E agora?

Ele coloca seu braço ao meu redor e me conduz de volta ao carro.

— Agora vamos para casa. Porque se eu ganho um beijo desses depois de só *dizer* que tenho um plano...

Ele desconversa, mas entendo o que ele está dizendo. Um rubor ardente toma o meu rosto. Nada disso está próximo do que seria amor, e não é algo que a velha Valerie jamais faria. Contudo, estamos falando de Valentine.

Encosto a cabeça no ombro de Jax. Valentine é livre e não tem nada a perder.

Chegamos em casa. Jax aperta minha mão antes de ir para o banho. Nianna e os outros estão em seus respectivos quartos, mas Micah está no sofá olhando para seu telefone.

— Posso me juntar a você? — digo.

— Você não precisa perguntar — responde ele. — Pode sentar.

— Obrigada.

Estou passeando pelos canais de TV quando o telefone de Micah toca. Ele o pega e franze a testa diante do número que aparece na tela.

— Quem é?

— Acho que sei, mas... — Ele se afasta, indo até a porta da frente e saindo para o quintal enquanto fala.

Eu só posso atender chamadas de outros Stags, mas é claro que Micah tem direitos especiais. Ele atende a ligação no quintal de trás. Os concorrentes de uma gincana passando na televisão estão nos minutos finais da prova, mas não estou concentrada neles. Ainda estou pensando na ponte, ainda estou pensando no beijo...

A porta se abre novamente. Os ombros de Micah estão tensos e ele segura o telefone com firmeza na mão. Ele olha para o banheiro, depois volta para mim.

— Posso falar com você?

— Sim, claro.

Ele me pede para segui-lo até seu quarto, e a parte ridícula de mim marca a ocasião: esta é a primeira vez que entro no quarto dele e do Jax.

Em uma metade do quarto há uma cama de casal com uma colcha vermelha bem estendida sobre ela. O ar cheira vagamente a maconha e cigarro, mas principalmente a *homem*. Fios de luzes de Natal estão pendurados ao longo de uma parede bege cru. Há outra cama — maior do que a primeira, porque Jax é Jax. Para minha surpresa, ela também está arrumada.

Então eu o vejo.

A máquina do IRIS é menor do que pensei. Parece muito com as engenhocas dos filmes de ficção científica antigos: uma caixa de metal com um teclado numérico em um lado e uma bandeja para as mensagens que são impressas. A luz na parte superior é alaranjada e sem brilho, como uma fogueira extinta.

As paredes estão nuas, exceto por um cartaz pendurado em uma delas, exibindo a imagem de uma mulher, vestida, dentro do mar e de pé sobre uma pilha de crânios. Seus fartos seios e corpo são apresentados — para minha surpresa — sem um traço de tom sexual. Ela é classicamente bela, como uma estátua de mármore.

— Foi a única coisa que os dois aprovaram — diz Micah quando percebe que estou olhando fixamente. Ele limpa o nariz com a manga da camiseta.

— Jax discutiu decoração com você? — digo, mas o olhar no rosto de Micah apaga minha frivolidade. — Qual o problema?

— Era Theresa. Ela disse que o tio de Jax está no hospital. — Ele mostra o telefone e o joga na cama. — Ele está passando por uma cirurgia no coração.

— Jesus. Por que ela ligou para você?

— Acho que ela ligou para Jax e ele disse que não iria ver o tio.

— Por que não?

— Não tenho certeza. — No corredor, a porta do banheiro se abre. — Acho que estamos prestes a descobrir. Jax!

Nosso líder entra no quarto, sorrindo e sem camisa. Quando ele me vê, sua expressão muda.

— Ei, Val — diz ele. — Bem-vinda ao nosso quarto.

Micah senta-se na parte da frente da cama.

— Cara, sua mãe ligou. Você não me disse que seu tio ia ser operado.

Jax revira os olhos.

— Pelo amor de Deus. Ela mesma pode visitá-lo.

— Cirurgia de coração com peito aberto é coisa muito séria — responde Micah. — Acho que você deveria ir. Ele é da família, não é?

Eu pego o tom levemente agudo na voz dele. *A família de Micah o rejeitou quando ele se juntou aos Stags.* Ele com certeza pensa que isso tudo é muito injusto.

Jax revira os olhos novamente.

— Eu mal o conheço. Theresa está exagerando.

— Ela parecia muito preocupada — argumenta Micah. — Você realmente não está disposto a ir? Ele pagou nossa fiança uma vez, na época do ensino médio.

— Vai você, então. Você já conheceu ele antes. Diga que estou ocupado ou algo assim. — Jax volta para o corredor e deixa Micah e eu sozinhos.

Micah se espalha na cama e põe a mão nos olhos.

— Eu me sinto mal, sabe? — diz ele. — O cara realmente pagou a minha fiança e a do Jax uma vez. Em outra ocasião, ele nos recebeu no Dia de Ação de Graças, quando Theresa estava na cidade.

— Em que hospital ele está?

— No Hospital Geral de São Francisco.

Tiro um momento para pensar.

— Não é tão longe assim. Acho que você deveria ir.

— Você acha?

— Sim. Como você disse, é a coisa certa a se fazer.

Ele se levanta da cama. Com firmeza, ele faz movimentos rápidos, e minutos depois, já está fechando uma mochila. Nós caminhamos juntos pelo corredor. Micah abre a porta da frente e uma rajada de ar frio nos atinge.

— Jesus, está muito frio — diz ele, fechando a porta novamente. — Porra. E o meu casaco bom ainda está cheirando à fumaça, desde o dia do protesto.

— Leve o meu — diz Jax do sofá.

— O quê?

— Pegue a minha jaqueta, irmão. Está em uma cadeira na cozinha.

Cautelosamente, Micah entra na cozinha e retorna com a jaqueta em mãos. Ele desliza o couro macio por seus braços magros e ajeita a postura quando está trajado.

— Certo. Voltarei quando acabar. — Ele sorri para mim.

— Tudo bem, até mais — respondo.

— Até mais.

E então ele vai.

21

A noite avança e vai embora, mas Micah não retorna. Quanto tempo demora uma cirurgia de coração com peito aberto, afinal? Faço uma pesquisa rápida no Google — três a quatro horas. É muito tempo para um corpo permanecer aberto.

Um calafrio corre pelas minhas costas. Eu estaria transtornada se minha mãe ou meu pai estivessem passando por algo assim. Não consigo imaginar o que Micah está sentindo neste momento, mesmo que o tio de Jax não seja um parente de sangue. Talvez eu devesse ter ido com ele para apoiá-lo.

Já no almoço do dia seguinte, enquanto o resto dos Stags tagarela como de costume, eu mantenho os olhos em Kate. Ela empurra o macarrão e os legumes ao redor do prato antes de jogá-los no lixo.

Inclinada, perto do ouvido de Nianna, eu pergunto:

— Kate está bem? Ela não comeu quase nada.

— Ela fica assim às vezes.

— Deveríamos dizer algo.

Nianna gesticula em direção ao banheiro.

— Fique à vontade, mas já tentamos inúmeras vezes. — Ela balança a cabeça. — Sei que você a ama. Todos nós a amamos. Portanto, só nos resta garantir que ela nunca se esqueça disso.

— Você está certa — respondo, ainda não convencida. — Acho que é tudo o que podemos fazer.

Volto para o meu quarto e me deito desanimada sobre a cama. Não pensei que me apegaria tanto aos Stags. Eu sempre soube que estaria na Guerra por um ano, mas imaginei estar em um grupo maior, não nesta pequena família. Eu sinto por eles. Por Kate, que sempre sorri para mim, mas eu a ouço chorar no chuveiro. Sinto por Mako, tendo de assistir a luta interna dela. Eu imagino como é esse tipo de amor.

Eu sinto pela gata de olhos afiados que é Nianna, com sua lealdade inabalável.

E pelo gentil Micah, que já viu de tudo e optou por ficar.

A tarde passa, o mundo lá fora continua. Chuvisca em algum ponto do dia, antes de a neblina descer e tornar tudo cinzento. Passo a noite lendo no porão — algum livro de fantasia que encontrei em uma das caixas. Estou chegando a uma parte interessante quando a porta do alto da escada se abre.

Jax desce as escadas, um copo vermelho na mão.

— Micah não atende a porra do telefone.

— Você mandou uma mensagem para ele?

— Mandei.

— Você não consegue rastreá-lo?

— Nenhum sinal. Ele deve ter desligado o telefone. — Jax suspira frustrado.

Sinto um arrepio de preocupação.

— Talvez não tenha sinal no hospital.

— Talvez — responde ele, não acreditando. — São sempre os lugares mais agradáveis que tem a recepção mais merda.

— Estamos falando de Micah. Se ele pudesse mandar uma mensagem, ele mandaria, não é? Aposto que você vai receber umas seis seguidas assim que ele voltar a ter acesso à internet.

Jax acena com a cabeça.

— Sim, você está certa. Só estou nervoso.

Eu também. Mas guardo esse comentário para mim mesma. Afinal, fui eu quem disse ao Micah para ir. Olho ao redor do cômodo e prendo os olhos na mesa de sinuca.

— Vamos jogar.

— Sério?

— Sério, ainda não joguei.

Jax não parece animado, mas ele pega um taco da parede. Nós arrumamos as bolas. Eu fico com os números pares e ele com os ímpares. Apesar de ele ser um jogador muito melhor, consigo acertar algumas bolas nas caçapas corretas.

Jax fica quieto enquanto jogamos. Cada vez que nossos olhos se encontram, ele imediatamente desvia o olhar. Eu desperdiço completamente uma tacada e emito alguns palavrões.

— Desculpe. Não sou muito boa nisso.

— Você é boa em outras coisas — responde ele.

Eu esboço uma meia-risada, sabendo que já devo estar totalmente ruborizada. Quando levanto o olhar, ele está me observando fixamente, com o corpo tenso. Penso no fogo em meu peito quando nos beijamos na ponte e acho que ele também está pensando nisso. Meus membros ficam leves antecipando as sensações, enquanto ele lentamente larga o taco e se aproxima de mim.

— Não quero fazer nada que você não queira — sussurra ele.

Firme, Val.

— Eu sei.

Meu coração bate com tanta força que posso sentir a pulsação sob minha pele. Não sou Valerie Simons. Sou Valentine. Valentine, a Stag, a pagã sem Deus.

Jax me levanta sobre o feltro macio da mesa. As luzes fluorescentes emitem seu típico zumbido sobre nossas cabeças enquanto ele se aproxima e puxa meus quadris para frente até que eu esteja inclinada para trás, minhas pernas balançando sobre a borda. Ele coloca uma mão entre minhas pernas, pressionando bem onde eu gostaria, e eu não resisto.

Nossos lábios se encontram — ele tem gosto de poder, perigo e cigarros. Estamos de volta à ponte, de volta à sensação flutuante. Eu o quero. Estou assustada, mas eu quero ele, há muito tempo eu quero ele, e não apenas por um motivo escuso.

Jax me carrega até a cama, depois me deita suavemente.

Limpo minha mente da melhor maneira que consigo, e me entrego livremente ao seu toque. Desapego do medo.

O resto é lucro.

22

Eu acordo com Jax ao meu lado, calmo como um mar frágil.

Deslocando-me levemente, deslizo a metade inferior do meu corpo para fora da cama e me sento na borda, olhando para ele.

Quantas pessoas veem este lado dele? O lado desarmado e desprotegido. Quando Jax está acordado, está constantemente três passos à frente dos demais, inatingível pelos reles mortais.

Eu revivo a noite de ontem. Ele foi de uma gentileza inesperada, até mesmo hesitante, até ter certeza de que eu estava realmente bem com a situação. De que eu também o queria. E eu realmente o queria.

O que me deixa totalmente insegura quanto ao que dizer quando ele acorda.

Seus olhos procuram os meus, como se eu fosse uma galáxia que ele precisa explorar.

— Oi — diz ele.

— Oi.

— Você está bem?

Eu confirmo que sim.

— Você?

Ele acena de volta.

— Não temos de contar aos outros.

Meu coração pesa um pouco. Sou tão motivo de constrangimento assim que ele quer manter segredo?

Ele arregala os olhos.

— Não, Valentine. Quero dizer... tipo, isso pode ser só nosso.

Nosso. A primeira coisa que Jax e eu temos apenas para nós dois, sem Micah ou qualquer outro dos outros Stags envolvido.

— Está bem. Só nosso.

Ele se levanta e se veste sem dizer mais nada e eu faço o mesmo. O ar entre nós poderia muito bem ser uma parede de trinta metros de espessura. Como alguém pode estar tão perto, mas tão longe ao mesmo tempo? Vamos em direção às escadas, e eu estou rezando para que o estranho silêncio entre nós termine, quando Jax olha para mim.

— Eu gritaria aos céus o quanto eu gosto de você, se você quiser. Basta me dizer quando — então, as duas mãos dele envolvem meu rosto e eu o beijo de volta, puxando seu corpo absurdamente lindo para mais perto do meu. Nós nos separamos, sem fôlego, e ele sobe as escadas, fechando a porta silenciosamente atrás de si.

Quando estou sozinha novamente, caio lentamente na rotina: tiro os lençóis e coloco na máquina de lavar. Deito em meu colchão nu e fico olhando para o teto, recuperando-me. Olhando meu telefone, tomo nota do horário.

São 6:57 da manhã. *Nosso.*

Eu mato o tempo com exercício físico no agora ainda menor espaço para ginástica perto da minha cama. E quando tenho vontade de parar, imagino o rosto de Jax olhando para mim, lembro da sensação de suas mãos na minha pele... e fico insanamente vermelha, e então continuo praticando mais exercícios.

Depois de um banho, como uma tigela de cereais e vejo Jax e Nianna se enfrentando no Mario Kart. Nianna consegue a vitória ao cruzar a linha de chegada.

— Você está perdendo o jeito, Jax — diz ela. — Eu não costumava ganhar.

— Cale-se — responde ele, sorrindo. Seus olhos encontram os meus rapidamente, depois ele volta a se concentrar na TV.

— Vamos jogar de novo.

Nosso líder volta campeão e derrota Nianna nas duas rodadas seguintes, para o desgosto dela. Jax boceja e me entrega o controle.

— Sua vez, Valentine. Não faça merda. Ganhe essa para nós.

— Ah, meu Deus — respondo, fazendo graça. *Será que ele disse "nós" intencionalmente?*

Nianna verifica seu celular quando a rodada começa. Nunca fui grande coisa em videogames, mas costumava jogar com Lyla e as amigas dela em festas do pijama e afins, então conheço um truque ou dois. Nianna e eu estamos muito próximas, ela na frente, até que seu telefone se acende e ela olha para a mensagem. Imediatamente, ela pausa o jogo.

— Ah, não — diz ela.

— O quê?

— Você viu a Kate hoje?

— Não — respondo, com uma sensação de pavor crescendo. — Por quê?

— Mako acabou de me enviar uma mensagem. Ela disse a ele que estava comigo, e disse a mim que estava com ele e Jaws.

— O quê? E aonde será que ela foi?

— Não sei — responde Nianna.

O ar na sala parece se transformar e Jax já está ao telefone em um piscar de olhos. Meu coração dispara enquanto ele espera a tela carregar. Provalmente está acessando o aplicativo de rastreamento.

Coitada de Kate, tão doce. Seja quais forem seus demônios, eles estão ganhando a guerra pelo controle de sua mente, e todos nós sabemos disso.

Meu sangue congela com as palavras de Jax:

— Ela está na ponte.

— Ah, meu Deus — digo. *Kate. Kate, não. Não, não, não.*

— Vamos lá! — diz Jax, o pânico em seus olhos traindo suas expressões geralmente enigmáticas. Pela primeira vez, sei o que Jax está pensando, porque estamos pensando a mesma coisa horrível: não conseguiremos chegar a tempo.

Saímos correndo pela porta, sem nem sequer parar para pegar os casacos. Nianna vai no assento do carona, enquanto eu deslizo para trás e bato a porta. Jax enfia a chave na ignição e dá ré com a van, pneus cantando. A corrida até lá é permeada por sussurros desesperados. *Por favor, não.*

Jax dirige. Nianna olha para seu telefone.

Conto cada momento em que devo ter falhado. Todos os momentos que ajudaram a levar até esses odiosos minutos de cortar o coração. A confissão dela sobre sua mãe. Seu sono errático e prolongado, como se ela estivesse procurando escapar de algo. Agora está claro — ela já estava no limite.

Mako. Coitado. Envio a ele uma mensagem a cada quilômetro, praticamente.

Estamos indo o mais rápido possível. Vamos alcançá-la. Continue ligando.

Posso ouvir o trovão de meu próprio medo quando nos aproximamos do Centro de Boas-vindas Golden Gate Bridge. Jax quase atinge um grupo de turistas enquanto estaciona a van na calçada, saindo dela antes que eles tenham a chance de reclamar. Nianna e eu seguimos logo atrás, mas Jax é uma força da natureza, correndo como um guepardo em direção à ponte. Ele empurra as pessoas para fora do caminho, uivando para os ciclistas abrirem caminho: "Minha amiga está prestes a pular!" Eu desisto de murmurar desculpas e, em vez disso, grito à frente, implorando às pessoas para que deixem Jax passar.

— Abram caminho! Abram caminho! — grito.

E então a vejo: seus cabelos brilhantes contra o cinza do nevoeiro. Ela está na ponte, segura, com os cabelos jogados pelo vento para o lado. De repente, percebo que eles não estão jogados de lado — estão cortados. Mechas de ouro cercam suas botas e, quando Jax a pega no colo, os fios voam como penas. Um par de tesouras jaz ao lado das botas.

Ela está chorando.

— Sinto muito. Eu não ia fazer isso. Não ia. — Jax diz algo que eu não consigo ouvir e ela acena com a cabeça. — Eu sei. Eu sinto muito.

Jax a liberta finalmente, e eu e Nianna a acolhemos em um abraço. As palavras caem de nossas bocas como um deslizamento de neve.

— Estou tão feliz por você estar bem — digo.

— Nós te amamos — diz Nianna.

Kate faz que sim com a cabeça.

— Eu sei, eu sei.

— Qualquer coisa de que você precisar, estamos aqui. Qualquer coisa em que possamos ajudar.

— Eu sei, eu sei. Sinto muito.

Olhando para cima, encontro os olhos de Jax, que havia acabado de enviar uma mensagem. *Mako*. Ou Micah.

Ficamos ali juntos por não sei quanto tempo, ignorando os olhares dos turistas que passavam. Quando o frio nos atinge, levamos nossos cabelos desgrenhados pelo vento e narizes gelados de volta para o estacionamento. Minhas mãos estão dormentes enquanto seguro as de Kate, Jax a acompanha do outro lado. Ao chegarmos ao carro, Jax tenta dar uma desculpa para a guarda do parque que lhe aplicou uma multa. *Eles vão querer chamar a polícia,* penso, mas Jax consegue driblar a situação porque a guarda tira o bilhete da van. Eu a ouço dizer a Jax que ela está feliz por tudo ter dado certo.

Um grito angustiante corta o silêncio: "Kate!"

Mako corre em nossa direção, suas bochechas vermelhas de choro e seus olhos arregalados e preocupados. Ela corre para ele e lágrimas frescas brotam de meus olhos enquanto os dois caem no chão, tão juntos que nem mesmo um terremoto poderia separá-los.

Começa a chover. Jax traz o casal unido para dentro da van com o resto do grupo.

— Onde está Micah? — pergunta Nianna, afivelando seu cinto de segurança.

Enviei-lhe uma mensagem, mas ele ainda não respondeu.

— Provavelmente ele deve ter mandado uma mensagem para o Jax.

O cenho franzido de Nianna me diz que é uma resposta tão estúpida quanto eu pensava, mas deixei isso de lado. Parece que ele ficou sem sinal ontem à noite também. Micah voltaria para casa assim que visse as mensagens. Estamos todos juntos, *vivos* e seguros. As últimas vinte e quatro horas foram tão loucas. Eu me sinto como um navio preso em um redemoinho, girando e girando em espiral, sem parar, até conseguir se libertar. *Inspirar fundo, expirar fundo.* Verifico o horário: 18h21 da noite.

Eu cochilo no caminho de volta, mente e corpo dizimados pelos acontecimentos do dia. Nós nos precipitamos para fora da van, e Nianna procura as chaves para abrir a porta. Estou sonhando acordada com a tigela fumegante de sopa de amêijoas que vou fazer para mim mesma quando entrarmos e então...

— Por que a porta está destrancada? — diz Nianna, empurrando-a para abrir.

Kate grita.

Sigo seu olhar e meu sorriso morre — possivelmente para sempre — à vista do corpo de Micah no chão.

23

Jax está inconsolável.

Abandonamos a Casa Holloway e estamos escondidos na Beale Street. O lobby dourado zombou de nós com seu brilho quando tropeçamos no apartamento como cães abandonados.

É um pequeno apartamento que ainda tem cheiro de novo. Não é adequado para mais de duas pessoas, com paredes brancas e móveis grandes que dominam a sala.

Do meu lugar no sofá, eu me encolho o máximo que consigo, minha garganta arranha de tanto soluçar. Não consigo apagar a imagem que vi. O reflexo do meu rosto no sangue. Os membros que se espalhavam pelo chão de forma desajeitada, cobertos pelas tatuagens que ele cuidadosamente projetou. As asas dos Herons pintadas em spray nas costas dele.

O mundo nos dirá que ele teve o que merecia, que nós tivemos o que merecíamos. Eles estão errados, tão errados. Micah queria sair. Ele queria um cachorro leal, árvores e ar puro.

Jax geme da sala ao lado. Esmurrra as paredes. Grita. Depois, volta a ficar em silêncio. Eu nunca vi uma pessoa tão inconsolável e tão sincera em seu desespero.

Devemos enterrá-lo, suplico a Jax em voz baixa. *Enterrá-lo corretamente. Honrá-lo, se é que possível. Uma salva de vinte e um tiros. Toda e qualquer coisa e...*

Nianna limpa a garganta.

— Teremos de contar aos pais dele.

Eu aceno em concordância, dormente. Não temos nada além da roupa no corpo, alguns mantimentos estocados na cozinha e no banheiro, e uns aos outros. Não há nada a ser dito, portanto, não diremos nada. Uma tosse aqui, um suspiro ali. O cômodo está aquecido graças ao termostato, mas de repente até isso se torna insuportável.

Sem uma palavra, levanto-me, abro a porta de correr feita de vidro e saio para a varanda. É um triângulo minúsculo com uma balaustrada feita de metal e vidro tão claro que eu poderia atravessá-lo e cair no vazio. As luzes do centro da cidade iluminam o suficiente para ver onde estou pisando. A sinfonia da área urbana ecoa abaixo de mim. Os carros buzinam. Os sinais de trânsito sinalizam. E nada disso importa.

Micah não pode estar morto. Mas ele está. Meu corpo se curva e eu vomito por sobre a grade. Não paro até que não haja mais nada, nada além de bile e angústia dentro de mim.

Arrastando a alma e os pés, junto-me aos outros lá dentro novamente. Alguém bate à porta da frente. Três batidas curtas, seguidas de duas lentas. Meu coração quase sai pela boca, mas um momento depois lembro que o padrão é um código dos Stags. Mako abre a porta. Jaws traz a máquina do IRIS com toda a reverência que se daria a uma bomba armada. Ele a coloca no balcão e a liga. As luzes permanecem escuras — nenhuma mensagem nova. Os Young Herons nem sequer vão se vangloriar disso.

Rastejo de volta para o meu canto do sofá, as pálpebras ficam mais pesadas quando me deito. Abro o zíper e retiro meu moletom, de modo a usá-lo como cobertor, mas isso não me traz nenhum conforto. Fechando meus olhos, imagino que estou de volta à minha cama, na minha casa, com os braços protetores de minha mãe ao redor dos meus ombros.

Mas eu estou aqui. E doente de desespero.

Não tenho certeza se algum de nós realmente dorme. Mako está deitado no chão, ao lado de Kate. Eles descansam com as mãos entrelaçadas. Quando me estico, meus dedos dos pés tocam os de Kate. Ela se afasta. Nianna é a última de pé. A porta de correr se abre e se fecha e, no silêncio, ouço sua voz, seu choro. *Ela está ligando para os outros,* eu percebo. Eles têm de saber que a sede em Holloway não é segura.

Chega o alvorecer, confuso e indesejado, e sou a primeira a acordar, mas sinto como se tivesse ficado acordada a noite toda. Meu braço dói pela posição em que dormi. Virando-me para o outro lado, vejo o sol da manhã encher a sala. Meu primeiro dia neste planeta sem Micah nele.

Quando finalmente levanto, caminho em silêncio até a cozinha para ver o que temos de comida. Apesar de não querer comer, sei que preciso fazê-lo.

Um pacote com doze cervejas, uma meia dúzia de ovos e um velho pedaço de queijo cheddar são tudo que consigo achar na geladeira. Os armários não oferecem nada muito melhor — bolachas, uma caixa de cereais, grãos de café e um pote de manteiga de amendoim.

Preparo sanduíches com a manteiga de amendoim e as bolachas, espalhando lentamente o recheio em cada uma delas. Preparo o suficiente para mim, depois mais. Quando estava preparando as últimas bolachas, começo a chorar novamente.

Perto da porta, Jaws limpa a garganta. Quando me viro, ele olha para as bolachas e eu levo algumas para ele. Ele pega uma e a mastiga lentamente.

— Por que você está aqui? — sussurro. Ele ergue uma sobrancelha. — Sem ofensa, mas é bastante óbvio que você é mais velho do que o resto de nós. Por que você está aqui? Você não tem uma família? Esposa, filhos? — Olho para os outros Stags. — Não há nada que você prefereria estar fazendo em vez de estar cuidando de nós?

— A mãe de Jax é uma velha amiga. Ela me ajudou a entrar neste país. Agora tudo o que vejo é sofrimento. Todos vocês sofrem. Tento manter o sofrimento fora. Mas falhei. Eu sinto muito.

Jaws pega outro sanduíche de bolachas. Então ele tira sua arma do coldre e a revira em suas mãos, murmurando para si mesmo como se estivesse orando, como se houvesse um deus que pudesse ter piedade dele, piedade de nós.

Jax sai do quarto por volta das onze. Ele não diz nada e vai direto para o banheiro, onde toma banho por uma hora. Quando finalmente desliga a água e sai, ele desaparece novamente no quarto e fecha a porta atrás de si.

Mako traz sanduíches de uma rotisseria ali perto. Quando ele volta, Kurt está com ele, de olhos vermelhos e vazios. Ele abraça cada um de nós.

— Não consigo acreditar — diz ele quando chega a mim. — Simplesmente não consigo.

Não quero comer, mas forço o pão recheado com peito de peru goela abaixo, depois de mastigar lentamente. Cada mordida me aproxima um pouco mais da condição de humana, mas isso não quer dizer muita coisa.

Jax abre a porta do quarto. Mako atira-lhe um sanduíche e Jax o pega.

— O que você vai fazer? — pergunto.

Nianna me dá um empurrão no ombro.

— Dá um tempo, pelo amor de Deus.

— Não. Jax, o que você vai fazer? O que *nós* vamos fazer?

O homem na minha frente está mudado. Irreconhecível. A arrogância desapareceu.

Só há raiva.

— Primeiro — diz ele —, vamos nos despedir. Depois vou encontrar quem fez isso e arrancar as tripas do filho da puta para fora.

— Você vai ligar para o pai dele? — pergunta Nianna.

— Consegui falar com ele por dez segundos. Bastou me identificar para que ele dissesse algumas boas palavras sobre as decisões do filho e desligar na minha cara.

Eu me espanto. Micah era *filho dele*. Como alguém pode ser tão insensível?

Jax vai até o IRIS, e nós observamos, hipnotizados, enquanto suas mãos voam sobre o teclado. Ele segura o símbolo da libra esterlina. A máquina faz um zumbido. Mensagem enviada.

— Vamos para Holloway — diz ele. — Vamos pegar nossas armas e qualquer outra coisa que vocês queiram.

Meu coração aperta. O sangue. O corpo de Micah.

— Não posso entrar lá.

Jax olha para Jaws, ainda empoleirado no corredor. Ele acena com a cabeça.

— Micah está fora de lá.

— Onde?

— Com um amigo — responde Jaws em um tom que deve ser o mais gentil que ele consegue alcançar. — Vamos vê-lo. Em breve.

Jax faz o caminho para Holloway sozinho. Disse que não quer mais nenhum de nós morrendo por causa dele. Ele pega o trem depois de nós. "Eles me queriam, então venham me pegar, porra", disse ele amargamente quando partimos para a estação.

Descemos em Balboa. Está chovendo a cântaros e nenhum de nós está preparado. A água pesa tanto o blusão que estou usando que, quando chegamos em casa, ele já está quase fora dos meus ombros.

A porta está aberta. A porta nunca está aberta.

Eu me viro e vomito nos arbustos. Mako dá tapinhas nas minhas costas e eu digo a todos para irem em frente.

Os três vão para dentro enquanto eu arranco pétalas das flores. Kate abre a porta da garagem, o rangido mais agudo do que nunca. Meu quarto está frio e imóvel, como uma pintura de natureza-morta.

Tremendo, troco de roupa. Depois, faço uma pausa e olho em volta. Não há nada aqui que eu queira — nem mesmo meu canivete, que normalmente teria sido a primeira coisa que eu pegaria. Mas Micah não iria querer que eu fizesse isso. Ele iria querer que eu procurasse ajuda, que fosse mais forte com o apoio das pessoas ao meu redor. *Vou ser melhor, Micah*, prometo mentalmente. *Assim que encontrarmos quem fez isso com você.*

Busco coragem para subir as escadas e entrar na sala. Preciso de ainda mais coragem para passar pelo sofá. Não há uma gota de Micah à vista. Continuo andando.

A porta do quarto range.

Sua cama está feita. Claro que está feita. Eu estava lá quando Micah saiu pela última vez, mas ver a cama aguça minha dor: ele nunca mais dormirá aqui. Abrindo o armário, eu escavo sua pilha de roupa suja até encontrar o casaco certo. Encontro o que preciso no bolso do lado direito e o coloco dentro do meu.

Saímos definitivamente de Holloway e pegamos uma série de ônibus até a periferia da cidade, uma parte com a qual não estou familiarizada. Um homem de jaqueta escura espera na porta de entrada da casa funerária e nos deixa entrar. Ao lado dele estão Cameron e Juliet — ele taciturno como sempre, e ela totalmente silenciosa. Ela abraça Nianna primeiro, depois se afasta balançando a cabeça.

— Fechado? — pergunta Jaws ao homem. O agente funerário acena e destranca a porta. Jaws aperta a mão do homem e ele não é sutil o suficiente para que eu não veja o dinheiro trocando de mãos.

O corpo de Micah repousa em um caixão de madeira de cor quente. As cadeiras se alinham às bordas da sala e as luzes baixas acima de nós fornecem luminosidade apenas o suficiente para serem consideradas apropriadas. Vasos cheios de flores emanam um perfume pesado. Meu corpo cai contra a parede e eu afundo no chão, sentindo-me doente. "*Não gosto de lugares pequenos*", Micah havia dito. "*Nunca gostei.*"

Isso não é real. Ele não pode estar morto.

— Levem o tempo que precisar — diz o agente funerário a Jaws.

No canto, há uma pequena bancada para as pessoas acenderem velas.

Kate vai até lá e acende uma, depois outra. Ela continua acendendo velas e nós observamos até que todas estejam brilhando.

— Não é o suficiente. — Ela começa a chorar, parada, como se fazer algum movimento pudesse piorar a situação. Mako coloca seus braços em volta dela.

— Amor, não há velas o suficiente.

— Eu sei — diz ele suavemente. — Eu sei.

Ficamos lá por um tempo, chorando, quietos. A luz cintilante das velas lança sombras selvagens na parede e, quando não suporto mais olhar para o caixão, observo as sombras se moverem e mudarem. Kurt, Juliet e Cameron entram separadamente, e trocamos abraços e soluços abafados nos ombros um do outro. *Nada disso é real. Não pode ser.*

Juliet coloca seu braço ao meu redor.

— Ele era tão bom.

No canto, longe de nós, Jax permanece sentado, sozinho, seu rosto enterrado nas mãos.

Nós finalmente nos arrastamos de volta a Beale, pesados de exaustão. Jax diz a Kurt e aos outros para permanecerem na Mission caso os Boars precisem deles — o apartamento na Beale é muito pequeno para todos nós de qualquer forma.

Sobre o balcão polido, a máquina do IRIS está iluminada. Por razões que desconheço, sigo atrás de Jax e leio a mensagem com ele.

— Tudo bem, então — diz ele. — Está feito.

Tomo nota. *Golden Gate Park. Sexta-feira, à meia-noite.* Leio até o fim e franzo a testa.

— Os Boars também vão?

— Eles são parte da Guerra — responde Jax. — Preciso deles lá se quisermos acabar com isso de uma vez por todas.

— Você acha que consegue fazer isso?

Ele não respondeu de imediato.

— Eu não sei.

Uma parte cruel de mim quer dizer que nada disso teria acontecido se ele mesmo tivesse ido ao hospital. Mas mesmo que eu queira gritar, sei que é um pensamento muito odioso ao qual dar vida. Não é nada que ele já não saiba. Algo com o que ele terá que lidar pelo resto de sua vida. Não há nenhum grupo ao qual ele possa se juntar, nenhum lugar para onde ele possa correr para se livrar desta culpa, e isso é tão permanente quanto a tatuagem dos Stags em seu coração.

Em vez disso, digo:

— Você vai matar Camille.

Ele me beija na testa e eu não me importo que todos estejam vendo.

— Eu vou matar todos os Herons lá.

24

A manhã chega, e ainda estamos vazios. Uma coleção de tigelas viradas para baixo.

Por volta das oito, a campainha toca e eu me sobressalto. Jaws salta para a ação; sua arma já está apontada antes que ele se levante. Meu corpo fica tenso. Kurt e os outros haviam voltado para Mission com intuito de passar a noite. Nós não tínhamos feito planos para a manhã.

— Nós avisamos lá embaixo que não queremos visitas — sussurra Nianna. — Este é um edifício privado. O que significa...

Jaws olha pelo olho mágico e imediatamente abaixa a arma.

Ele abre a porta como um mordono.

— Bom dia, sra. Canne.

Uma mulher percorre o corredor com passos curtos e rápidos. Ela está usando um vestido marfim que destaca sua silhueta apenas nos lugares apropriados. Joias de ouro estão penduradas em suas orelhas, combinando com o colar ao redor de seu pescoço. Ela se move como a mãe de Matthew, andando sob a sombra do dinheiro e conduzida por um coração já muito desgastado.

— Theresa? — Nianna se levanta devagar, depois lhe dá um abraço. — O que você está fazendo aqui?

Theresa enrijece, suas narinas se estreitando conforme ela respira.

— Soube do que aconteceu. Vim porque conheço meu filho e sei que ele amava Micah mais do que se dava ao trabalho de demonstrar.

Ela cumprimenta Kate e Mako pelo nome. Depois ela me vê. Seus lábios se separam e, por um momento, ela parece esquecer onde está e qual é seu nome.

— Sou Valerie. — Levanto e tento ajustar minhas roupas desgrenhadas. Ela espera que eu ofereça minha mão.

Sua pele é lisa e fresca como uma pedra de rio.

— Theresa Canne, embora eu tenha certeza de que você já tenha adivinhado.

Kate cede seu lugar à Theresa, enquanto Nianna se apressa para ir buscar uma xícara de café. Theresa avalia o estado do apartamento. Ela deve ser a dona. Ela é a dona de todos os pertences dos Stags.

— Mako, você está em forma — diz ela, sorrindo alegremente. — Kate, não deixe ele escapar.

— Pode deixar — responde Kate. É um elogio vazio seguido rapidamente por um silêncio incômodo. A linguagem das socialites não significa nada para nós. Theresa se desloca em seu assento, cruzando as pernas de maneira mais justa.

— Theresa, você disse que ouviu falar da situação... — começa Nianna. — Pedimos que ele fosse cremado.

Ela fecha os olhos.

— Aquele garoto sempre foi o mais bondoso. Gentil e amigável com todos.

A porta do quarto fecha com um tranco forte.

— Suponho que seja ele — diz Theresa.

Nianna acena com a cabeça.

— Quer que eu vá lá buscá-lo?

— Não, eu mesma vou.

Ela bate duas vezes na porta antes de entrar. Ouço Jax dizer algo, seguido da resposta firme de Theresa. A porta se fecha e Kate exala com força, da maneira desmazelada dela.

— Ela está ótima — murmura ela. — Não envelheceu um dia.

— Jax não parece surpreso que ela esteja aqui — digo.

— Eles são assim — responde Nianna. — É uma das poucas coisas que demonstra proximidade entre eles. Jax parece sempre saber quando sua mãe vai aparecer. É estranho.

Quando Theresa volta a sair, ela caminha até mim e coloca sua mão no meu braço, puxando-me de modo quase imperceptível.

— Valerie, pensei que talvez pudesse falar brevemente com você.

Eu engulo em seco.

— Claro.

Saímos para a varanda. O vento sopra as ondas perfeitas de cabelos loiros pálidos de Theresa enquanto ela olha fixamente para a linha do horizonte. Ela mantém uma mão sobre a grade e a outra ao seu lado, sem se preocupar em afastar os fios de seu rosto. Há algo inquietante nisso.

— Jax me falou de você — diz ela. — Há muito tempo.

— Eu não o conheço há tanto tempo.

— Não, é claro que não. Foi há anos. Eu me lembro. Eu estava na cidade a negócios e tive a sensação de que Jax precisava de mim. As mães sempre sabem.

Aceno como se estivesse de acordo. Tenho certeza de que minha mãe nunca sentiu que eu precisava dela. *Se ela sentisse, eu nunca teria começado a me cortar.* Porém, ela tinha sua própria dor para lidar.

— Quando cheguei, Jax estava de pé nesta mesma sacada. Ele me disse que um garotinho tinha sido morto.

Meu sangue se transforma em gelo.

— E que o menino tinha uma irmã mais velha.

A terra para de girar.

— Tenho muito tempo livre — diz Theresa. — Muitas vezes me perguntei como você poderia ser ou se você se juntaria aos Stags quando sua hora chegasse. — O formato de seus olhos é igual ao dos olhos de Jax. — Você se arrepende? De ter se juntado?

Pressiono o corpo contra a balaustrada atrás de mim.

— Eu teria me juntado independentemente do que qualquer um dissesse. Minha mãe me disse para não fazer isso. Meu pai também. Mas eu tinha de fazer.

— Por causa de seu irmão.

— Sim.

Theresa se desloca de modo que fica de frente para mim. Ela toca meu queixo, levantando meu olhar do chão.

— Diga-me.

— Desculpe...?

— Conte-me o que aconteceu. Quero ouvir o que houve, em suas próprias palavras.

Há um universo em seus olhos. Será que ela consegue ver a geleira de dor nos meus? Minha vida desde que Leo morreu é como respirar vapores tóxicos o tempo todo. É como flutuar no vácuo.

Minha cabeça parece que vai explodir. Aperto meus olhos como uma criança esperando um monstro aparecer. Só que quando os abro novamente, Theresa ainda está lá. Sua presença por si só muda a sensação do ar. Fico olhando fixamente nos olhos dela — são azuis-esverdeados, como o lago de montanha mais calmo de todos. Contudo, tenho a sensação de que há algo sinistro em suas profundezas.

— Diga-me — diz ela novamente.

A memória daquele dia é destravada. Micah está morto; o que é que realmente importa, afinal? Até minha vergonha mais profunda se tornou irrelevante.

Então conto tudo a ela — palavras e realidades gastas com as quais tenho convivido todo os dias, há dois anos. Reconto os eventos daquele dia da maneira como já recontei mil vezes na minha cabeça e à Lyla e, mais de uma vez, a John Kilmer.

Estava quente naquele dia — o céu estava nublado, mas inesperadamente brilhante, dada a época do ano. Eu nem sequer levei um casaco extra para a aula.

Meu pai estava no trabalho. Minha mãe estava em Napa visitando minha avó. Meus pais se preocupavam se eu era responsável o suficiente para dirigir sozinha, mas eu tinha minha carteira de motorista e o velho Lexus de minha mãe. Cheguei em casa por volta das três, mas a aula de música de Leo só terminaria às quatro, então, coloquei o alarme para me acordar e tirei uma soneca.

O toque do telefone de casa me assustou. Foi estranho. Lembro de achar estranho que o telefone fixo tocasse, porque quase nunca ligavam para ele. Meu quarto estava escuro. Olhei meu celular: 16h31.

Dormi demais.

Corri em direção ao Marina View Elementary. O vento soprava a neblina vinda do oeste, trazendo consigo nuvens de chuva mais escuras.

Fiz a última curva e vi algumas mulheres reunidas, apertando as mãos uma da outra. Uma delas era a professora do Leo, a sra. Miu. Juro por Deus que pelo resto da minha vida nunca vou esquecer o olhar que ela me lançou. O pânico indisfarçável ao me reconhecer.

Uma policial realocou o tráfego para longe do estacionamento habitual por onde Leo saía. Abrindo minha janela, pisquei com um pingo de chuva que caiu em meu olho.

— Com licença. Vim buscar meu irmão.

— Todas as crianças foram transferidas para a First Baptist, do outro lado da rua. — Ela puxou o rádio da cintura. — Qual é o seu nome?

— Valerie Simons. Vim pegar Leo Simons.

A policial não se moveu. Seu rádio emitiu um sinal, mas ela continuou parada.

— Srta. Simons, preciso que você encoste logo depois dessa fita.

Era estranho que meu carro fosse o único com permissão para chegar perto. Eu sabia que era. Tudo o que estava acontecendo era. Eu sabia disso, mesmo naquele momento. Ainda assim, manobrei para desviar de uma ambulância e estacionei. Outro policial estava esperando por mim.

— Estou aqui para buscar meu irmão — falei através da chuva. Abri a porta. — O nome dele é Leo Simons. Ela disse que as crianças estavam na igreja... — Era difícil ouvir e me fazer ouvir por causa do barulho da chuva, dos carros e dos rádios crepitantes. Até as luzes brancas e vermelhas da ambulância acrescentavam fricção à comunicação.

— Srta. Simons, sinto muito em informar, mas aconteceu um tiroteio aqui há cerca de uma hora.

— Meu Deus! Estão todos bem?

O rosto dela mudou.

— Sinto muito...

— Não.

— Senhorita...

— Leo... — gritei.

Passei por ela e me precipitei em direção à escola como um animal ferido. Abaixando sob a fita amarela da polícia, vi a mais tênue corrente de vermelho descendo pela rua. Uma aquarela viva de nosso sangue compartilhado. Sangue. A chuva o trouxe até minhas botas, rodopiando em uma piscina carmesim aos meus pés.

Seis pessoas estavam em volta de um pequeno corpo. O flash de uma câmera piscou. Um par de pernas se deslocou, e lá estava meu irmão, *meu* irmão. Seu pequenino braço e seu pequenino rosto expostos enquanto um médico legista puxava a lona para trás. Eles não notaram minha presença até eu gritar.

Gritei até minha garganta ceder, até meu estômago ficar fraco de horror e até eu não conseguir ouvir mais nada além da dor que saía do meu peito em direção às nuvens escuras. Um paramédico me pegou pouco antes que o concreto encontrasse meu crânio.

Se ao menos eu tivesse feito outra coisa. Qualquer coisa. Se eu tivesse ficado mexendo no computador em vez de cochilar. Se eu tivesse ido ao Starbucks com a Lyla, como ela havia sugerido. Se ao menos eu tivesse pensado, *ei, eu poderia buscar meu irmãozinho mais cedo hoje e comer um hambúrguer*.

Mas não. Simplesmente dormi demais.

De volta ao presente, enterro os pensamentos de volta no buraco onde estavam. As cicatrizes em minha perna ganham vida de repente, ardendo, lembrando-me do metal que as forjara.

— Eu deveria ter estado lá. Eu deveria ter chegado a tempo — limpo meu nariz. — Isso é o que acaba comigo. Tudo o que eu tinha de fazer era chegar na hora certa. Mas não cheguei. Eu não estava lá e é por isso que ele morreu.

— Isso não é verdade.

— Sim. É verdade, sim — cruzo meus braços e me enrolo em mim mesma, como se isso pudesse estancar a dor em meu peito. — Se eu tivesse chegado na hora, ou antes...

— Valerie.

Theresa me olha com firmeza.

— Obrigada por me contar — diz ela. — Deus sabe como o mundo precisa de um pouco mais de honestidade. E, por isso, estou te dizendo que não foi culpa sua. Um acidente, simplesmente.

Eu aceno com apatia em resposta. Já ouvi esse lenga--lenga antes, da minha mãe, do meu pai, do Matthew, do maldito John Kilmer, de todos. Todos me disseram que a culpa não é minha. Nunca me convenceram.

Mas agora? Micah está morto, Leo está morto. Tudo o que tenho são os Stags.

Respiro fundo.

— Theresa, posso perguntar uma coisa... por que você faz isso?

— Isso o quê?

— Financiar os Stags. Financiar a Guerra.

O ponto entre o lábio superior e o nariz dela se contrai e, por um segundo, o rosto dela é algo sinistro.

— Eu amo meu filho. Isso é o que ele quer. Isso é o que o faz feliz. Que tipo de mãe eu seria se o impedisse?

— Sim, mas ainda assim.

Seu olhar vai de severo a malicioso em um instante.

— Sei o que você está pensando. Que sou cúmplice nisso. Bem, eu sou. Esta é uma decisão que tomei há muito tempo e a mantenho. Meu filho é minha vida. Tenho pleno direito de fazer com meu dinheiro o que eu quiser, e dar a Jax o que ele quer é o que me faz feliz.

Eu aceno novamente, desviando o olhar. Tenho uma visão repentina de Theresa me jogando dali de cima.

Theresa inspira tão profundamente que me pergunto como seus pulmões podem acomodar tanto ar. Ela expira e agita a mão como se estivéssemos discutindo algo frívolo.

— De qualquer forma, mantenha a discrição e tenho certeza de que terminará seu ano bem.

Concordando com a cabeça, tento pensar em algo complementar para dizer.

— Jax cuida bem de nós.

— Jon.

— O quê?

— O nome do meu filho é Jonathan Anthony Wilde. De onde diabos ele tirou "Jax", nunca saberei.

Jonathan Anthony Wilde. Queria poder apagar essa informação. Jax precisa permanecer um deus aos meus olhos. Meu líder, não um ser humano. Não o filho de alguém.

— Não vou pedir que você o perdoe — diz ela. — Ou a mim, a propósito. Claramente você acha que minhas ações estão erradas. A escolha é sua. Mas eu lhe pedirei que perdoe a si mesma. Tenho certeza de que já lhe disseram isso. Mas, de verdade, está na hora.

Ela se vira e fica tão perto de mim que, por um momento, tudo o que respiro é seu perfume sofisticado. Não estou nem um pouco triste por ela ir embora. Pelo vidro, observo enquanto ela abraça a cada um dos outros Stags e depois sai.

Nianna abre a porta de correr.

— Jax quer começar a fazer o plano.

Conheço o local que escolheram: o Music Concourse, no Golden Gate Park. Entre o Young Museum e a Academia de Ciências da Califórnia, há uma praça aberta com fontes, árvores nodosas e fileiras de bancos verdes. Muitas famílias vão para lá passar o tempo. Muito turistas também. É um lugar bonito e seguro, e Jax vai banhá-lo de sangue.

— Vou encontrar Camille e Ty aqui. — Jax põe o dedo para indicar as colunas de pedra. — Vamos conversar, fingir fazer algum tipo de tratado. Ty está nisto, e seus homens estarão por perto. Os Young Herons também estarão.

— Em que momento você vai agir? — pergunta Nianna.

— Imediatamente. Eu disse que quero uma negociação, mas não vou negociar nada. — Jax fica quieto e parado.

Eu estudo seu rosto, esperando que ele fale mais e me perguntando o que ele está pensando. Será que ele está contando com a possibilidade de morrer? Sinto uma pontada no peito, como um gancho no meu coração. Não posso perder mais ninguém. Não há mais espaço na minha cabeça nem no meu coração para mais dor.

Mako compra mais sanduíches na rotisseria e nós comemos. Mastigo e sinto o gosto salgado, depois o doce. Tudo é amargo.

Nós nos arrastamos para o sono. À noite, Mako e Kate se espremem em um dos lados do sofá. O rosto dela está contra o peito dele de uma forma que imagino que dificulte a respiração. Ainda assim, não há nada nesse mundo que a faça se mexer.

Jax vai para o quarto. Como ele não fecha a porta, entro atrás dele. Ele olha para a cama como se não soubesse para que serve.

Coloco meus braços em volta de sua cintura, encostando minha testa entre seus ombros. Ele não diz nada, nem se mexe.

Então, pego sua mão e o guio para a cama. Entrelaçamos nossos membros ao redor um do outro. Beijo sua bochecha. Meus lábios lembram a sensação de sua pele, mesmo depois de todos esses dias. Mesmo depois de todo *este* dia. Jax rola para o lado, de costas para mim. Eu encosto minha testa em sua pele.

Jax se desloca até que seu rosto esteja próximo ao meu.

— Tenho algo que preciso contar — diz ele.

— O que é?

— O cara que matou o seu irmão. É o Ty Boreas.

Suas palavras deveriam me chocar. Eu deveria ficar paralisada por uma onda de emoções diante dessa descoberta, mas estou tão exausta; todo o meu corpo é uma ferida aberta e dolorosa, então, em vez de reagir, começo a chorar.

— Por quê? — pergunto.

— Foi o teste final de Elliott Boreas para entregar a seu irmão mais novo as rédeas dos Boars. Ele queria ter certeza de que o irmão faria qualquer coisa para se vingar dos Herons. — Jax suspira, estremecendo. — O dia em que Ty me disse isso foi o dia que eu deixei os Boars. Já era uma vontade minha há algum tempo, mas matar uma criança inocente para ferir os Westons foi a gota d'água. Implorei a Brianna para vir comigo. No início, ela disse que não. Brianna sabia o que acontecia com os desertores e não queria correr o risco. Mas, por fim, ela cedeu e... você sabe o resto. Depois que ela foi sequestrada, nós fomos à polícia. Fizemos tudo certo. Ela teve que contar tudo, todos os detalhes. Mas assim que eles souberam que éramos Boars que queriam sair, eles nos levaram menos a sério. Disseram que acompanhariam nosso caso, mas nunca o fizeram, mesmo que eu ligasse o tempo todo. Brianna parou de falar comigo. Depois, descobri que ela voltou para os Boars. Eles fizeram com que ela se viciasse em alguma droga, e ela não conseguiu largar mais. E, então, ela desapareceu. Contratei investigadores para encontrá-la. Todos dizem que ela se mudou para Los Angeles e nunca mais voltou.

Jax não está chorando. Ele é um cara difícil de se decifrar em seus bons momentos, mas agora ainda mais. Por isso, deixo minhas lágrimas rolarem por nós dois. E por Brianna.

As lembranças retornam como brasas extintas de volta à vida — eu, Matthew e Leo na sala de estar, meu irmão rindo até chorar enquanto Matthew o girava como um avião. A visão muda. Matthew no funeral, segurando minha mão. Ele não disse nada na ocasião. Ele nunca, nunca me disse a verdade.

Meu líder me deixa soluçar em sua cama enquanto cada onda de assimilação dos eventos corrói todas as dúvidas que tive ao longo dos anos. Ty Boreas matou Leo para atingir

Matthew, antes mesmo de Matthew ser um Heron. Antes que Matthew fosse meu, ou fingisse ser. Preciso entender que as lembranças dos acontecimentos dos últimos seis meses são reais. O resto é apenas uma fantasia que eu construí na minha cabeça.

Meu pensamento avança. Ty Boreas. Já estive tão perto dele, literalmente. Fodam-se a honra e as regras. Eu poderia ter resolvido isso semanas atrás. Aquele olhar estúpido e culpado que ele lançou em minha direção. Será que ele me reconheceu e queria pedir desculpas? Será que ele queria rir na minha cara, me deixar saber a verdade ali mesmo? Ele deve ter se gabado disso, deve ter contado a alguém. Está explicado porque os Boars sabiam sobre Leo no dia em que fui tatuada. Tinham ouvido a lenda.

Jax coloca sua mão firmemente no meu ombro.

— Amanhã — diz ele —, quando eu tiver minha chance com Camille, você pode ter a sua chance com Ty.

Vingança por Leo, inocente de tudo. Vingança pelo doce e bondoso Micah. Liberdade para todos nós.

— Estou pronta — sussurro de volta. — Vamos acabar com isso.

Finalmente, um sorriso.

— Vamos acabar com isso.

25

Chega o Dia D. Não consigo ficar parada, então me concentro em cada tarefa como se minha vida dependesse disso. Ir até a loja com Mako. Buscar o café da manhã. Comer. Pensar. Planejar. Qualquer coisa para passar o tempo enquanto me lembro constantemente de que hoje é o dia em que terei minha vingança.

Pegamos a linha M para Forest Hill e depois pegamos um ônibus. A estrada é sinuosa, com filas de casas de um lado e árvores densas do outro. O ônibus faz uma curva e já estamos no Inner Sunset.

Chegamos ao parque às 19h17, o que nos dá horas até que alguma das outras gangues chegasse. Mas eu já sinto a presença delas. Eu as sinto chegando. Concentrando-me no chão sob meus pés, consigo manter a calma.

Micah. Leo. Isso é para eles. *Isso é o que eu quero.*

Permaneço ao lado de Jax.

— Não há muita cobertura.

Ele acende um cigarro.

— Apenas siga o plano.

Seus olhar está duro e focado enquanto ele esquadrinha o Music Concourse não uma, mas duas vezes. Um veículo de segurança do parque para na faixa de pedestres. Mako e Kate tiram uma selfie, brincando de turistas despreocupados. O carro segue em frente. Kate apaga a foto.

— Você e Kate, atrás desses bancos. — Jax aponta para o outro lado. — Nianna e Mako, lá. Jaws nos pilares atrás. — A voz dele falha brevemente, e sinto como se fosse um soco. Estamos todos acostumados a ouvi-lo dizer o nome de Micah, também.

Damos alguns passos, sem saber se devemos dizer boa sorte, adeus ou ambos.

Nianna se aproxima de mim.

— Você parece nervosa.

— Estou bem.

— Valerie?

— O quê?

— Sinto muito pelo que eu disse. Sobre você não ser uma verdadeira Stag.

— Sinto muito, também. Eu deveria ter sido mais aberta desde o início.

Eu me afasto, o cascalho rangendo sob meus pés e uma sensação vaga surgindo do fundo da minha mente e ricocheteando para frente. Essa é a primeira vez que ela me chama pelo meu nome inteiro. O único a fazer isso antes foi Micah.

É duro assistir ao ritual de Mako e Kate. O rápido beijo habitual que trocam é lento dessa vez, e depois ambos se arrastam. Estão desolados, como no final de *Casablanca*. Sou quase capaz de ouvir o motor de um avião esperando para levá-la embora.

Eles se afastam, e pego a mão de Kate. Ele sussurra uma última coisa no ouvido dela. Quero dizer algo, mas não há palavras. Não me despeço de Mako. Se eu olhasse para ele agora, perderia toda a minha coragem e diria a eles para fugirem. *Por favor, fujam e sejam felizes.*

A lógica diz que posso ir embora dali. A lealdade diz que não posso. Eu não consegui proteger Leo e não consegui salvar Micah. Já vivo com culpa há tempo suficiente para conhecer seu sussurro, a maneira como ela vira a cabeça, beija e mata.

Sei que nunca serei livre se eu fugir agora. Desta vez, tenho de fazer algo.

Dezenas de sicômoros e olmos espalham seus ramos volumosos entre si, como sinapses interconectadas entre neurônios no cérebro. Apesar de estarem bem verdejantes, há uma aura de pesadelo ao redor daquelas árvores, como algo saído de um filme de Tim Burton.

Jax ocupa um lugar ao lado de uma passagem. Atrás dele, um casal de idosos passeia. Há um grupo de adolescentes reunidos nos degraus em frente às colunas. As garotas falam e riem alto, usando calças skinny rasgadas e camisetas enormes.

Eu odeio todos eles. Eu queria ser eles — despreocupados e livres.

Olhando para o outro lado da praça, consigo ver apenas a silhueta de Kurt e Cameron. Juliet está ao lado da Academia. Estamos sinalizando a presença dos Stags.

Mako está posicionado à direita de Jax, mais atrás. Nianna desaparece do outro lado das colunas para guardar o lado oposto. Jaws percorre o perímetro da área que é como um palco montado por nós, contornando-o a passos lentos e pesados. Quando o carro da segurança aparece novamente, ele desaparece nas sombras das colunas até o carro ir embora.

Kate e eu nos revezamos, sentando no banco e nos agachando atrás dele. Os bancos são frágeis — de nenhuma maneira eles parariam uma bala — com apoios de braços verdes que me lembram a Disneylândia. Coisas bobas em que se pensa quando se está prestes a morrer.

Não há nada a fazer a não ser esperar e ouvir.

Os ônibus carregam e descarregam passageiros. Os corvos chamam uns aos outros a partir das árvores. O tilintar de um mastro de bandeira próximo. Ouço cada barulho.

Kate e eu trocamos de lugar. O sangue corre de volta para minhas pernas enquanto me estico. Mais abaixo do lugar onde estamos, Jax começa a fumar o que deve ser seu quarto ou quinto cigarro. E mais abaixo em relação a ele, Nianna e Mako se movimentam ao redor de seu posto e ao redor um do outro. Chegar aqui tão cedo parecia uma ideia inteligente. Era algo em que nos concentrar.

Mas ainda temos horas até o encontro.

Ao meu lado, Kate faz um pequeno barulho com a garganta. Ela muda sua arma de lugar. Então, do nada, ela ri.

— Acabo de me lembrar de como se chama este lugar. Spreckels Temple of Music.

— Sério?

— Li isso em algum lugar. Spreckels Temple of Music. *Spreckels*. É uma palavra engraçada. — Nós duas rimos, nervosas, desesperadas. — Ei, Val?

— Sim?

— Sinto muito pela forma como te tratei. Sei que você estava apenas tentando me ajudar.

— Está tudo bem — digo, estendendo a mão para apertar a dela. Kate retribui pegando minha mão e a apertando.

Não falamos mais nada por um tempo. Penso em ligar para meus pais e dizer adeus. Ou talvez apenas para ouvir a voz deles. Decido não ligar.

Micah entenderia minha opção por não falar com eles. Eu não entendia por que ele pensava que era melhor assim, mas agora entendo. Eu mudei. Eu não gostaria de ligar para casa e fazer meus pais perceberem isso.

As estrelas cintilam no manto escuro da noite, e eu tremo de novo e de novo. O sabor do ar muda. A noite se instala e cada som aguça meus sentidos. Estou mais afiada do que as facas de um chef de cozinha.

Os Boars chegam primeiro, suas sombras surgindo por trás do museu. Observo enquanto eles passam apressadamente por uma escultura de três figuras coloridas com as mãos sobre a cabeça. Vejo Adam Yglesias ao lado de um cara corpulento que mantém a cabeça baixa, com o capuz para cima. Os passos rápidos e decididos me dizem que os Boars não estão para brincadeira. Eles querem paz ou querem vingança? Não são essas as nossas únicas escolhas, agora? Alguns deles vão na direção de Jax, ficando a uma distância prudente.

Noto a presença da primeira Heron perto das colunas. Mesmo sob a luz fraca, reconheço o rosto pálido e as finas características de Aure. Ela está vestida de preto da cabeça aos pés, mas uma camiseta branca espreita para fora em seus pulsos.

Matthew aparece ao seu lado. Ele está vestido exatamente como Aure, assim como também estão os outros cinco Herons que se aglomeram ao seu redor. Matthew diz algo a Camille, ela balança a cabeça. Depois, Aure desce os degraus com os outros em direção aos bancos, deixando Matthew com Camille sob a meia cúpula.

Matthew subiu tão rapidamente assim na hierarquia dos Herons? Ou Aure foi rebaixada em consequência do que aconteceu na Green Apple? Tento pensar nisso como Jax pensaria, e não como eu mesma. *Camille está jogando com a posição e história deles como uma demonstração de força.* Para todos os outros, Matthew é o próximo líder Heron, então é natural ele estar lá em cima.

Próximo aos bancos, nosso líder se levanta. Ele se alonga e chuta uma pedra solta no chão, depois sobe e fica de frente para Matthew e Camille. Jax sorri, mas não de uma maneira alegre: é o sorriso de um maníaco, do tipo que avisa *você-vai-se-dar-mal.*

Encontro o cabo da arma no coldre colocado ao redor de minha perna.

— Aguarde o sinal — insiste Kate.

— Eu sei. — Mas ela não sabe o que Jax e eu planejamos.

De repente, uma preocupação desmedida por Jax queima em meu peito. Jonathan Anthony Wilde — o precioso garotinho de Theresa. Ele estará no meio de tudo isso. E se alguém estiver aqui para se vingar dele?

Respiro com cuidado enquanto observo os líderes falarem. Kate sussurra que é para eu esperar pelo sinal, e eu meneio a cabeça a cada vez. Gostaria de ter ligado para casa.

Então algo acontece.

Carros da polícia se materializam da estrada, seus faróis brilhantes nos cegando no contraste com a escuridão da noite. *Oro en paz, fierro en guerra.*

— Ah, meu Deus — diz Kate, erguendo-se do chão. — Val, nós estamos...

— Cercados.

Apanhados na tigela oval do Music Concourse. Os holofotes da polícia ganham vida com estalos monótonos. As árvores ao nosso redor lançam sombras deformadas sobre os bancos. Sobre mim e Kate. Sobre Jax. Eles levarão todos nós e a Guerra acabará. Todas as minhas chances de vingança por Micah e Leo perdidas na burocracia.

Sem pensar em mais nada, saio correndo enquanto ouço os megafones da polícia me dizerem o que eu já sei: não há para onde fugir.

26

Não sei quem dispara o primeiro tiro, mas, quando eu mesma disparo, Ty cai no chão e cambaleio com a sensação de um peso sendo levantado de meus ombros, e outro sendo colocado novamente, me forçando para baixo. Está feito. *Acabou.*

Jax atira também, e Camille cai. Em algum lugar atrás de nós, um Young Heron grita. Matthew mergulha no chão, gritando, enquanto saca uma arma, mas o Boar a seu lado se lança para a frente e lhe dá um soco forte na mandíbula. Outro tiro soa, e juro por Deus que ouço Jax rir.

Tenho que correr. Tenho que correr agora mesmo, caralho.

A polícia se apressa para entrar do outro lado do pavilhão. Dois policiais pegam Adam Yglesias por trás, mas o Boar grita e, de alguma forma, dá um soco. No frenesi, fico de olho em Matthew enquanto ele desaparece pelo outro lado do pavilhão.

Corro para o lado esquerdo do pavilhão e subo os degraus para as colunas. Sons truncados saem dos megafones da polícia e se misturam com o tiroteio. Quero largar minha arma e correr, mas, em vez disso, coloco minha mão livre em uma das colunas para sentir a textura. Mais coisas estúpidas para se notar quando se está prestes a morrer.

A adrenalina explode em minhas veias. Posso senti-la pulsando, sinto *eu mesma* pulsando, irradiando. Minhas mãos tremem e estou morta, mas tão, tão viva.

Alguém sobe os degraus atrás de mim. Eu me viro, mas não rápido o suficiente. Um Young Heron com o dobro do meu tamanho contorna a outra coluna e me dá um soco no estômago. Eu me engasgo com minha própria bile e dobro meu corpo. Ele tira a arma da minha mão.

— Cadela Stag! — Ele cospe e sua saliva quente cai na minha bochecha.

Eu o empurro para frente, mas ele mal se mexe. Ele se atira de novo em mim, mas consigo levantar meu joelho. Ele geme de dor quando acerto a joelhada em sua virilha, porém ainda consegue manter seu controle sobre mim. Ele me bate contra uma coluna. Eu giro para fazer o mesmo com ele, e ele apenas ri da minha cara. Ele coloca o lábio frio de uma arma contra mim. Uma sombra se materializa por trás dele. Dou ao braço do jovem Heron um empurrão final, desesperado, enquanto Jaws atira.

Mas não sou rápida o suficiente. O tiro me deixa surda e a dor me deixa cega.

Agonia. Absoluta agonia. Olho para baixo, para meu quadril, e vejo o vermelho.

— Jaws! — grito, enquanto a vida se esvai de mim.

— Vá!— diz ele, abaixando-se para me ajudar a ficar de pé. Eu dou alguns passos em direção à segurança das árvores densas mais próximas. Ele volta para trás, procurando mais Herons ou policiais, e então alguém o acerta no peito.

Vejo seu corpo bater no chão.

Sinto como se minhas orelhas estivessem tampadas com o algodão mais denso, zumbindo ao mesmo tempo em que tropeço para trás até ficar no meio da rua entre o templo e algumas árvores. Há uma quebra na estática: alguém grita.

— Weston!

Jax corre atrás de Matthew. Seus corpos correm parque adentro, engolidos pela noite, pelas folhas e pelo bosque.

Não! Não posso deixar Jax, não agora. Encontro uma marcha constante, algo entre uma caminhada rápida e uma corrida. Meus dedos estão grudentos de sangue e a ferida queima, causando muita dor. Posso senti-la bem no quadril — um pedaço da minha carne faltando —, mas não consigo parar. Agora não.

Em questão de segundos, eu os perco de vista nas sombras lançadas pelo poste de luz mais à frente. Continuo. As trilhas pela estrada principal são mais fáceis de percorrer, mas me deixariam totalmente exposta. Corto caminho por cima de um lençol de grama, observando, ouvindo e implorando a Deus que me ajude a encontrá-los.

Um tiro soa, vindo da área do Stow Lake. Respiro mais um pouco antes de me endireitar e coxear em direção ao som.

Ouço uma porta de carro bater na rua à minha esquerda e congelo. Um bando de viaturas da polícia está à espreita no escuro. Um policial está ao lado de um dos carros, um walkie-talkie na mão. As luzes giram em uma vertiginosa enxurrada de cores. Outra sirene — uma ambulância? — se aproxima. Eu me inclino para o emaranhado de folhagem mais próximo. Minha ferida sangra ainda mais, e eu quero me deitar, para ficar quieta. O barulho de um helicóptero soa de cima, enquanto o suor escorre pela minha testa.

— Por aqui! Aqui! — grita uma mulher, e eu me preparo para ser encontrada.

Mas ela não se refere a mim. Uma policial aparece em meu campo de visão carregando pelas axilas um corpo mole com membros claros e pálidos. O segundo policial o carrega pelos pés. Meu coração para.

Eles colocam Aurelia Saint-Helene no chão. A policial grita para a ambulância e depois se inclina e coloca dois dedos no pescoço de Aure. Ela balança a cabeça negativamente.

As lágrimas rolam quentes por minhas bochechas, enquanto arrisco uma fuga dali. *Ela já foi uma pessoa gentil, no passado.*

Afastando-me deles, calculo um caminho através da próxima fileira de árvores. Se eu conseguir chegar até o Stow Lake, talvez escape a tempo.

O nevoeiro desce em nuvens pesadas quando chego a uma escada. O cheiro de terra molhada próximo ao lago enche meu nariz. Estou tão perto. Agarrando o corrimão, subo tão rápido quanto posso, mas cada degrau é mais íngreme que o último. O suor escorre pela minha testa, meu peito, minhas costas. Entre respirações, tento ouvir os sons para saber se estou sendo seguida. Não ouço nada.

Encostada à barra de metal, tiro minha jaqueta e puxo o fino forro interno até rasgar. Aperto os meus dentes e corto o feixe de tecido, depois o amarro em minha cintura. Sufoco um grito de dor — mas, diabos, qualquer bandagem é melhor do que nenhuma bandagem. Eu não saberia dizer quanto sangue perdi. Prefiro não saber.

O caminho da trilha se divide. Não consigo decidir entre esquerda ou direita, então escolho o meio — o que me mantém sobre a folhagem, mas significa outra explosão de dor na ferida. Eu sugo o ar em um som sibilante e olho para a superfície vítrea do Stow Lake.

Diretamente à frente, do outro lado da água, vem um grito.

Outro grito. Conheço esse grito porque tenho ouvido nos últimos dois dias.

— Jax! — Com a cabeça leve pela perda de sangue e o coração vacilando, tento pegar o caminho à minha direita. É a céu aberto, mas é o caminho mais rápido.

Sigo por ele.

Meus passos parecem ecoar no silêncio. Não há outro som, até que um conjunto correspondente de passos soa da minha esquerda.

Alguém está vindo na minha direção. Eu o reconheço pela altura e pelo cabelo. Mesmo ao luar, ouro é ouro.

Jax coloca os braços ao meu redor imediatamente. Eu tremo e choro, e minha ferida irradia dor, mas ele está aqui. Eu decido aqui e agora que amo Jax. Eu o amo porque Micah o amava e porque ele não diz nada enquanto nos abraçamos. Estamos de volta à ponte, nós dois, ele me consolando. Sua mão está na parte de trás da minha cabeça, a outra ao meu lado.

Jax me beija, suave e clemente, e eu me entrego por um minuto antes de me afastar.

— Onde está Matthew? — pergunto ofegante.

— Em algum lugar perto da queda d'água — diz ele. — Eu o perdi de vista. Fique aqui. Encontrarei aquele filho da puta e...

— Não. Eu vou. — Jax suspira, e o momento estridente se estende. Eu me afasto dele. — Ele não vai me machucar.

— Você não tem como ter certeza.

— Eu tenho, sim. Posso fazer isso.

Ele suspira, mas acena com a cabeça. Ando mais perto da cachoeira além. A superfície do lago está imóvel, quebrada apenas pelos insetos que patinam em sua superfície. As sirenes ainda estão gritando da praça e posso ver as luzes à distância. Não tenho muito tempo.

— Matthew? — eu chamo, mantendo a minha arma pronta. Silêncio. — Sou eu.

Eu conto as batidas do meu coração. *Bum bum, bum bum bum*. Por fim...

Ele sai de trás de uma parede de copos-de-leite. Eu vejo seu cabelo aparado. Vejo o branco de sua camisa, cor dos Herons, escapando sob a jaqueta. Acima de tudo, vejo a arma na mão dele, que ele não solta quando se aproxima.

Olhando para ele, minhas mágoas superam a quantidade de estrelas no céu. Nenhum de nós se move. Penso o quanto estamos longe daquela noite na sede dos Young Herons, onde nada nos separava. Não faz tanto tempo assim, porém, sinto que mudei tanto, como se cada célula do meu corpo tivesse se tornado algo diferente — mais determinada, mais viva. Os Stags me deram uma base, me deram uma voz. E eu usarei essa voz.

— Os Herons mataram Micah Obin?

— Sim.

— Por quê?

— Camille deu a ordem. Era para ser sua última jogada antes de ir para casa, no Japão.

Minha voz treme.

— Micah era inocente.

— Ele foi um Stag durante anos. Você acha que aquele cara não matou ninguém? Você acha que ele nunca enviou alguém para o mesmo hospital onde nós o encontramos?

O hospital. É claro. Ainda assim, o que me atinge mais é Matthew dizer a palavra *nós*. Um legítimo Heron.

— *Aquele cara* era meu amigo, seu babaca. Ele foi àquele hospital porque era bondoso e altruísta.

Vozes gritam à distância. Mesmo sem vê-lo, sei que Jax está dizendo que estamos ficando sem tempo.

— Matthew, não estamos chegando a lugar nenhum. — Fico de olho na arma. — Quero dizer, o que estamos fazendo?

— O que você quer que eu diga? Você é quem não baixou a arma.

— Mas e se eu baixar? — digo, com cuidado. — Nós dois podemos fazer isso.

Segundos passam como anos. Um. Dois. Três.

Matthew começa a baixar o braço. De repente, Jax sai dos arbustos atrás de mim, com a arma levantada. — Não tão rápido, Weston. Vocês mataram meu melhor amigo. Vocês mataram meu *irmão*!

Matthew levanta sua arma novamente, mas sua mira é menos firme.

— Era de você que estávamos atrás.

— Jax — digo, mas ele não olha para mim. Ninguém no mundo existe, exceto ele e Matthew, e nada que eu possa dizer ou fazer vai mudar isso.

— Diga o nome dele! — grita Jax.

— Não devo nada a você — responde Matthew. — Não matei seu amigo. Não dei a ordem.

— Você tem a maldita tatuagem — retorque Jax. — Vocês machucaram minha namorada, violaram esta cidade e *mataram meu irmão* — sua voz é antinatural. Desumana. O medo e a adrenalina me mantêm em pé, mas não muito mais do que isso. — Eu vou dar três chances para você admitir. Quero que admita o que fez.

— Eu não o matei — diz Matthew.

— A primeira chance já foi. Admita. O que fez.

Matthew olha para mim.

— Val, afaste-se dele.

— Não — respondo, elevando minhas duas mãos. Coloco-me na frente de Jax. — Não tem que ser assim.

— Você sabe que tem sim — responde ele. Ele olha de volta para Matthew. — Segunda chance.

Matthew agora segura a arma com as duas mãos, com mais firmeza.

— Eu não o matei.

— Você o matou, sim.

Antes que eu tenha a chance de evitar, Jax avança e coloca seu corpo inteiro na frente do meu. Dois tiros soam, como as batidas de um coração.

Em seguida, silêncio.

27

Há dez anos eu me mudei para a velha casa de minha avó. Eu não queria deixar minha escola, meus amigos.

Depois conheci um menino, e ele estava na minha turma. Conheci um menino e crescemos um ao lado do outro. Conheci um menino e, com o tempo, me apaixonei por ele. Nossas histórias estavam entrelaçadas. Eu adorava isso.

Mas essa história termina aqui — com raiva, uma bala e um coração partido.

Porque Matthew Weston acabou de disparar uma arma contra mim, ou contra Jax, e talvez eu nunca saiba ao certo. O que sei é que Jax está segurando o braço enquanto o sangue corre entre seus dedos, e Matthew está no chão, imóvel.

Agarrando a parte de trás do blusão de Jax, eu grito enquanto meus ouvidos estão atordoados por um som agudo.

Não me mexo até ter certeza de que acabou. Quando abro meus olhos, começo a ir até Matthew, mas Jax agarra o lado da minha cabeça e puxa minha testa para a dele.

— O que você fez? — digo. Lágrimas deslizam pelo meu rosto, sobre meus lábios. Sal e tristeza.

— Acabei com tudo isso. Está feito.

— Eu preciso olhar para ele.

— Não, você não precisa.

— Preciso, sim.

Jax solta meu rosto. Respiro com dificuldade e depois olho.

Matthew está deitado de lado, totalmente imóvel. Achei que seria capaz de aguentar a visão, mas *não consigo* e, em vez disso, caio de joelhos, com meu corpo dobrado sobre si mesmo. Meu coração se despedaça ao meio, outra e outra vez até que não haja nada. A noite é tão fria.

— Ele atirou primeiro — diz Jax, agachado ao meu lado.

— Eu sei — respondo, mas a voz não se parece com a minha. A pessoa que acaba de falar como se fosse eu está vazia e devastada. Suavemente tento verificar o braço de Jax, mas ele o puxa para trás.

— Tenho de ir agora. Me dê sua arma.

Quando eu não me mexo, ele a retira com cuidado de minhas mãos.

— Vamos — digo.

— Não. — Ele levanta seu braço bom e puxa minha cabeça para perto, beijando minha testa. — Eu tenho de ir, sozinho.

— Jax?

— Adeus, Valerie. — Então, ele vai.

Chamo seu nome, ciente de que posso atrair a polícia. Estou sozinha, eu e Matthew.

De alguma forma, consigo me aproximar dele. Coloco minha cabeça em seu peito e espero ouvir o batimento constante de seu bom coração, mesmo sabendo que ele não virá. O tecido do meu jeans se encharca com o sangue dele.

Estou destruída.

Não sei quanto tempo demoram para me encontrar e não sei como me encontraram. Mako me levanta como se eu estivesse morta, e sinto o cheiro do perfume de Kate enquanto ela verifica meu pulso.

Os pagãos sem Deus deixam os mortos para trás e me levam para casa.

EPÍLOGO

O cascalho faz barulho sob meus pés enquanto ando em direção à casa. O latido dos cachorros é transportado através do ar fresco com cheiro de pinho.

Uma mulher abre a porta da frente. Ela está usando uma camisa enorme e calça jeans. Puxo meu rabo-de-cavalo e deixo o cabelo cobrir o pescoço. Só por precaução.

— Oi. Você é Leah? Nós conversamos ao telefone. Sou Valerie.

Leah aperta minha mão.

— Prazer em conhecê-la. Foi fácil encontrar o lugar?

— Foi, as instruções que você deu foram perfeitas. Obrigada.

Ela me conduz pela casa até um amplo quintal. Os cachorros me rodeiam, farejam e enfiam o nariz em minhas mãos. Leah aponta para um cercado menor onde os cachorros são mantidos.

— Há três machos e duas fêmeas à venda. Você queria um macho, certo?

— É isso mesmo.

Os filhotes são tão adoráveis que dói. Eles saltam pelo quintal, rosnando e seguindo um ao outro. Leah vê meu sorriso.

— Sim, são bonitinhos como bebês. Ótimos pais, também. Certificados pela AKC[8], ambos. Vamos ver. Os que estão usando fita roxa, verde e amarela são machos.

O de amarelo me chama a atenção primeiro. Ele não fica um segundo parado. O de roxo se junta a ele, e os dois soltam pequenos latidos e pulam um com o outro por um tempo. Duas de suas irmãs — Rosa e Vermelha — juntam-se à diversão.

O último dos filhotes choraminga junto à porta do cercado, jogando o focinho no ar. É uma cerca curta. Ele estende uma pata, tentando alcançar a borda. Ele a balança por um tempo e depois cai para frente. Ele é o de verde. Depois da queda, ele se levanta rapidamente e vai em direção a seus irmãos.

Leah me deixa passear pelo cercado, pegar cada um e ter contato com eles, mas o Verde conquistou meu coração. Ele se contorce em meus braços e eu me encolho — a cicatriz do tiro que levei não está totalmente cicatrizada — enquanto Leah arruma a papelada. Eu assino meu nome, pago a ela a taxa de adoção e vou até o carro.

— Ligarei dentro de alguns dias, caso você tenha algum problema com ele.

— Obrigada. Acho que ficaremos bem.

---

8. American Kennel Club, entidade norte-americana que regulamenta e fiscaliza a comercialização de cães de raça. [N.E.]

Nianna abre a porta do veículo e eu coloco o cachorro no colo dela.

— Puta merda, ele é uma graça.

— Você deveria ter entrado e visto os outros.

Ela o puxa para mais perto quando ligo o carro.

— Como você vai chamá-lo?

— Ainda não sei. — Aciono a seta para fazer a curva e entro na estrada principal.

Serão mais duas horas de volta a Berkeley. Pelo menos por enquanto o cachorro parece contentar-se em ficar dando voltas no colo de Nianna. Ele choraminga um pouco e depois se aquieta.

— Você acha que ele vai voltar? — pergunto. — Jax.

— Honestamente? Não.

Ninguém viu Jax desde aquela noite, há quatro meses. Ninguém tem outro número de telefone para localizá-lo, e Nianna disse que Theresa não retorna suas ligações. Kate e Mako também se mudaram. Foram para a casa da tia dele no Havaí.

— Pode ser um pouco chato lá — disse Mako quando me contou seu plano. — Mas acho que poderíamos nos acostumar a um pouco de tédio. Minha família está muito entusiasmada em conhecê-la — depois, ele me mostrou uma pequena caixa quadrada, piscou o olho e a enfiou de volta no bolso.

Nada tem sido fácil, mas tenho me esforçado para me curar. Estou superando.

Chorei até que meus olhos e meu corpo estivessem tão secos que pensei que nunca mais poderia produzir lágrimas. Tive febre por um dia e dores por mais dois. Fiquei destroçada por semanas. Só comi porque minha mãe me obrigou — mesmo assim, eram três bocados de cada vez. Fiquei na cama, dormi tanto quanto possível e me recusei a abrir a janela. Me despedi do meu irmão, do meu primeiro amor, e de Jax de uma só vez, de uma forma terrível e linda.

Não posso dizer que nunca penso nisso. Eu os carrego comigo — meu trio dourado. Eles vêm à minha mente quando estou na mercearia pegando a marca de aveia de que meu pai gosta, quando estou colocando pomada nas cicatrizes em minha perna e quando fico olhando para o teto e ouvindo as árvores farfalhando do lado de fora. São meu primeiro pensamento quando acordo, e aprendi a conviver bem com isso. Deixo que me inspirem, que me tirem da cama para começar cada dia e que me impulsionem por todo o caminho.

Jax estava lá por mim e para mim, no final. Foi por isso que ele levou minha arma consigo. Se o encontrassem, seria ele quem atirou em Ty, e não eu. Essa última parte é a mais difícil de engolir, mas eu me desconecto dela o máximo que posso. Tive de fazê-lo. Eu estava certa, não estava? Mas mesmo que tudo isso seja verdade, quem sou eu para matar alguém? Que tipo de monstro isso me torna?

Estou indo à terapia, duas vezes por semana. Não é o mesmo lugar que frequentei depois da morte do Leo e estou feliz por isso. Alguns dias, tudo o que faço é chorar. Outros dias, eu me sento lá e a terapeuta fala comigo, tentando me convencer a dar respostas. Acho que isso está ajudando. Pelo menos a dra. Stauffer foi a favor de eu arrumar um cachorrinho. Ela até disse que eu poderia trazê-lo para nossas sessões depois de treiná-lo.

Sei que nenhum animal de estimação nem a terapia são uma solução rápida para as merdas que fiz e para as merdas que vi. Mas eu devo isso a todos que me deram uma segunda chance de pelo menos tentar. Matthew, Micah, Aure — eles nunca terão esta oportunidade de cura e mudança.

Lyla e eu não estamos em nosso melhor momento. Apesar de todo meu esforço, o tempo que ficamos separadas parece ter criado barreiras entre nós. Já nos encontramos e saímos para andar por aí — indo a livrarias em Berkely e lojas peculiares no centro da cidade —, mas não é a mesma coisa de antes. Quando ela fala dos livros, das aulas e dos caras bonitinhos do clube de debates, eu me pego apenas acenando mecanicamente com a cabeça. Nós duas vivemos em mundos diferentes por muito tempo, mas não desisti e me esforço para encontrá-la com a maior frequência possível.

No banco do carona, Nianna mantém as mãos em torno do cachorro, fazendo carinho em seu pelo. Ela está usando mais maquiagem agora do que eu jamais vira ela usar: batom cor de ameixa e delineador nos olhos. Ela é e não é mais a mesma. Eu poderia perguntar o que provocou a mudança, mas decidi não fazer isso. Ela está vivendo com alguns amigos, dormindo no sofá deles até resolver o que fazer.

— Gosto de seu cabelo mais curto, assim — digo.

Ela estica um cacho e depois solta.

— Obrigada. Eu me sinto mais leve. — Ela fecha os olhos e faz carinho no cachorro novamente. — Cada pequeno passo ajuda.

Quando paramos na estação do BART, Nianna sai do carro e coloca o cão dentro da caixa no banco de trás. Ela dá a volta e passa pela janela, ajustando sua mochila sobre os ombros.

— Boa sorte com o bebê peludo.

— Obrigada. Vejo você no domingo?

Nianna não mora muito longe de mim — apenas a uma viagem de trem de distância, em Oakland. Nos encontramos de vez em quando. Às vezes comemos alguma coisa juntas. Outras vezes, apenas passeamos de carro. Pensei que ficar em contanto com ela pioraria as coisas, mas tem ajudado. Nós duas temos muito a reconstruir.

Sinto a tensão entre meus pais toda vez que nós compartilhamos um mesmo recinto. Uma criança morreu, e agora eu — uma ex-integrante de uma gangue que nem sequer terminou o ensino médio. É mais não saber como lidar comigo do que ter medo de mim. Parte do motivo pelo qual eu me juntei à Guerra foi para reparar meus erros, mas, ao fazer isso, criei uma barreira entre mim e meus pais, que se recusa a ceder. Nós não sabemos mais como falar uns com os outros, como ser uma família. Por isso, faço tudo o que posso para tentar voltar ao normal. Limpo a casa e tomo café com minha mãe pela manhã. Ajudo com o jantar e faço as tarefas que fazia antes. Em um dia desses, durante o jantar, mencionei ir às Filipinas. O rosto de ambos se iluminou como estrelas.

— Faz anos desde que fui a última vez — disse minha mãe em voz baixa, depois de uma pausa. — E seu *kuyo* tem me implorado para ir.

— Vamos ver os preços das passagens depois de comer — respondeu meu pai, pegando a mão dela e me dando o sorriso mais sincero que vi em semanas. A cena me fez começar a chorar na hora, e meus pais me abraçaram com força até eu me acalmar. *Estou vivendo dois "depois". O meu e o de Micah.*

Estamos planejando esperar pelo menos alguns meses até que o cachorro esteja treinado o suficiente para ficar com alguém enquanto estivermos fora. Mas vai acontecer, e mal posso esperar.

Coloco o carro em movimento e dou um último aceno à Nianna. Ajusto o origami no painel lateral do motorista.

— Muito bem, Obin, vamos para casa.

O cachorrinho olha para mim com bondade nos olhos, enquanto os meus se enchem d'água. Deixo as lágrimas rolarem ao virar na direção da nova casa em Berkeley. Meus pais estavam tão prontos para uma mudança de cenário quanto eu. Sair da cidade foi uma das primeiras coisas que eles sugeriram quando cheguei em casa.

Sair de São Francisco foi o primeiro passo. Não sei quantos mais serão necessários para que eu me cure, mas pelo menos estou avançando.

Por uma clareira entre as árvores, vejo um escudo cinza de neblina rolando acima do mar, pronto para engolir São Francisco em sua proteção fria. No entanto, ele não chegará até aqui. Aqui há árvores, ventos mais amenos e a chance de sol quente.

Vamos encontrá-lo novamente. O sol.

AGRADECIMENTOS

Há tantas pessoas incríveis e talentosas que entraram e saíram da minha vida conforme este meu sonho — e minha pilha de manuscritos arquivados — crescia, e tenho mantido uma lista atualizada desde o início. Agora é hora de pegar aquele post-it amassado e torná-lo oficial. A cada uma das pessoas citadas nas próximas páginas e àquelas que inadvertidamente esqueci, quero dizer que eu estaria perdida sem vocês.

Um enorme muito obrigada a Elana Roth Parker — minha destemida e implacável agente. Sua sabedoria e paciência preservaram minha sanidade várias vezes, e posso dizer muito sinceramente que você superou todas as minhas expectativas sobre como seria trabalhar com um agente. Você é a agente dos sonhos. Obrigada a Laura Dail e a todos na LDLA — vocês são todos grandes estrelas!

Obrigada à Diana Gill, que viu minha história e soube exatamente como alimentá-la para torná-la mais afiada, mais forte e mais vibrante. Um enorme obrigada também a Kristin Temple, Charlene Adhiambo e a todo o pessoal incrível da Tor Teen. Desde o primeiro dia, vocês me fizeram sentir como um membro de uma família que é muito bem-vindo. e estou muito grata por todo o trabalho que vocês fizeram por mim.

Obrigada ao #TeamElana — Alexa Donne, Leigh Mar, Anna Bright, June CL Tan, Lily Meade e Deeba Zargarpur — pelas broncas, o acompanhamento e todo o suporte mesmo antes da venda deste livro. Muito amor aos Stripy Tigers da SUISS 2014 e à Ruth Gilligan, que me propiciaram uma tribo internacional de amigos escritores com os quais pude contar sempre.

Obrigada à *Santa Clara Review* — vocês são minha família. Obrigada por acreditarem em mim antes que eu mesma tivesse o bom senso de acreditar. Obrigada especialmente ao professor Kirk Glaser, que sempre soube como impulsionar meus escritos.

Graças à Casa 151, cujas estratégias e amor ajudaram a modelar o que os Stags vieram a ser; e às mulheres de Measure UP, que fizeram da minha vida uma verdadeira *A Escolha Perfeita* de todas as melhores maneiras. Eu amo todas vocês. Continuem lindas.

Eu nunca poderia esquecer todos na Counterpoint Press: obrigada especialmente à Megan Fishmann, por apostar em uma estagiária de olhos grandes e por ser uma das melhores líderes de torcida que conheço. Obrigada também a Jack Shoemaker, Kelli Adams, Jenn Kovitz, Andy Hunter e Rolph Blythe pela orientação e pelo apoio enquanto trabalhei como publicitária.

Agradecimentos eternos à Bethany Onsgard, Deborah Kenmore, Kelly Winton e Jenny Alton: vocês são meus canários favoritos na mina de carvão e os mais brilhantes, gentis e hilariantes colegas de trabalho que uma pessoa poderia pedir. Nas palavras imortais de um cartão que posso ou não ter enviado acidentalmente por correio a um autor muito famoso: *stay cool*. E para Nick: eu sabia que você era uma raridade muito antes de partir e sou grata por tê-lo conhecido. Eu te amo muito. Espero ter deixado você orgulhoso.

Um enorme muito obrigada a Peter Gibbs, Drake Bonin e Christina Estrella-Lemus — obrigada por todas as risadas e diversão não editada, e por serem almas sinceramente amáveis. Para Zach Waterson, gritarei seu nome sempre e empurrarei as pessoas para fora do meu caminho para abraçá-lo quando você chegar às festas. Obrigada por ser quem você é.

Obrigada ao "5quad" — seu bando maravilhoso, estranho e trabalhador. Obrigada por seu entusiasmo, amor e constantes observações sobre meu livro (e por relevar quando minha resposta à última delas foi "AFF"). Uma saudação a Jon Slocum, que me fez rir todos os dias e que me deixou contar a ele sobre cada fofoca literária que eu via no Twitter. Você é o melhor.

Agradecimentos especiais a Samir Khanna, o Jack Donaghy para minha Liz Lemon, pelas conversas honestas e por me ensinar que o tempo urge. Muito amor a Tasha Yglesias, Ari Jones-Krause, David Jones-Krause e Sahand Emanian — estou tão feliz por ter respondido àquele anúncio do Craigslist.

Eu estaria transtornada sem a maravilhosa Natalie Grazian — chegamos tão longe desde o escritório do SCR, não é mesmo? Obrigada por ler o embrião deste livro e por trocar ideias comigo. Obrigada ainda mais por me ajudar a manter minha sanidade e por ser uma das poucas pessoas no planeta com quem posso ser totalmente eu mesma.

Muito afeto por "Moo" e Hannah, por serem faróis de amor e apoio desde o início. Admiro a ambos e os amo porque nunca reclamaram por eu digitar à noite, mesmo quando eu deveria estar de férias. Amor abundante para os pequeninos — Abigail, Anna Grace e Audrey —, fontes constantes de amor e luz.

Um enorme muito obrigada também a Richard por todos os conselhos sábios nesta jornada rumo à concretização deste livro e mais além. Amor à Meese Patly e à família por ajudarem a moldar a pessoa que sou hoje.

Obrigada à minha irmã, Nicole, por ser minha primeira leitora. Obrigada pelos comentários estritamente profissionais ("FILHOTES DE CACHORRO!") e por suportar todas as minhas mensagens de calma-aí-isso-é-um-furo-no-enredo-não-é tarde da noite.

Minha vida seria muito menos brilhante sem Gaston, meu amor perdido e encontrado — estou tão feliz por termos chegado ao "encontrado". Obrigada pelas refeições que você preparou, pelos pratos que lavou e pelos recados que anotou para que eu tivesse mais tempo para trabalhar neste livro. Seu incansável apoio a mim e ao meu sonho a cada triunfo, armadilha e choro deu significado a tudo. Eu te amo. Você é tudo.

Por último, mas não menos importante, obrigada à mamãe e ao papai por incentivar minha criatividade todos os dias da minha vida. Obrigada por me deixarem experimentar o que sempre quis, seja desenho, pintura, ou canto e, finalmente, escrita. Tenho muita sorte de ter pais como vocês. Obrigada, *mahal kita.*